临渊

波兰黑加仑 ◎ 著

下

重庆出版集团 重庆出版社

目录

四十四	锁麟囊	/1
四十五	惜双双	/6
四十六	杯中乐	/12
四十七	留客住	/17
四十八	斗婵娟	/23
四十九	替人愁	/28
五 十	燕同宴	/34
五十一	倦寻芳	/39
五十二	鹊桥仙	/45
五十三	芳心苦	/50
五十四	诉衷情	/55
五十五	驻马听	/60
五十六	此花身	/65
五十七	白首心	/71
五十八	镜中人	/76
五十九	月有阴	/81
六 十	小重山	/86
六十一	明珠垂	/92
六十二	玉生烟	/98
六十三	璧有瑕	/105

六十四	风满楼	/110
六十五	花溅泪	/115
六十六	且加餐	/121
六十七	长亭外	/128
六十八	暗香留	/135
六十九	百丈冰	/140
七　十	平地雷	/146
七十一	千帆尽	/152
七十二	尘满面	/158
七十三	燕归来	/164
七十四	天欲雪	/171
七十五	为君开	/176
七十六	又逢君	/182
七十七	卷绣幕	/188
七十八	细思量	/194
七十九	又一村	/200
八　十	复何夕	/205
八十一	念山盟	/211
八十二	青云志	/217

四十四　锁麟囊

看着英杨面色不悦，杨波却很高兴。他很热情地请英杨进村子，说："魏书记在上课，说话就要结束了，我先领你去宿舍吧。"

"我不去宿舍，"英杨说，"我想先见她。"

"那……我们去课堂看看？"

他们走进村子，到了一处土墙木门的小院，门口搁着一盘大石磨。杨波悄声道："魏书记在里面上课，我不敢打扰，你在这门口等她吧，很快就下课了。"

他说罢告辞，说手头还有些事，英杨请他自便。小院的门半开着，英杨倚在土墙上，透过门缝能看见微蓝。她站在小黑板前，梳着两条小辫子，穿着碎花褂子，扑闪着黑眼睛，像村里十来岁的女孩子。

这是英杨头回见她在根据地的模样。微蓝到了上海，多少要收拾一下，不如这样质朴可爱。但这可爱样子转眼是别人的了，再与英杨无关。

英杨心里的难受泛上来，恨不能立刻推门进去，拉着微蓝问个清楚！好在微蓝抬头看了看天，笑道："今天就到这里吧，明天我们继续讨论。"

她宣布了下课，小院里就热闹起来。微蓝目光流转，无意间看向门口，看见了英杨，但她很快低下头去，仿佛不认识这个人。

有小战士走上去，接过微蓝的书本，跟着她走出来。路过英杨时，微蓝轻不可闻地说："跟我来。"英杨不回答，只跟着他们走。日头越发偏西，村里炊烟渐起，米香味慢慢飘出来。

微蓝独住一处小院，洒扫得十分整洁。小战士进屋搁下书本，转身便出去了。英杨打量这屋子，正中放着张长条桌，像是开会用的，东面墙下摆了张书桌，西面墙下砌成土炕。

屋里只剩他们了。微蓝倚桌站着，捏弄着书本的边缘，低头不看英杨，却问："你托人给组织上带话，说要见我，是有什么急事吗？"

她的小辫子垂在肩上，碎花褂子过于宽大，腰那里空着一片，她穿着布鞋，一只脚搁在另一只的脚背上，长睫毛像黑蝴蝶似的，乖巧收起翅膀，停在脸上一动不动。

想到她将是别人的妻子了，英杨的心快被磨成齑粉。他努力克制声音不发抖，问："你结婚了？"

微蓝像是愣了愣，问："谁告诉你的？"英杨说："高云！"

"你怎么会见到他？"微蓝皱起眉头，忽然又不耐烦地把书本一推，低低道，"真能管闲事！"

"他若不管闲事，你要瞒我瞒到什么时候？"英杨嗓子发颤，问，"究竟是为什么？"

微蓝眼睫轻动，黑眼睛在窗纸上溜了溜，随即又低下头去，仍然不看英杨。

"是组织上逼你吗？"英杨问。

"组织上不管这些。"微蓝说。

"那你，你，你爱他吗？"英杨又问。

微蓝把头偏开，拒绝回答。

"你说话呀！"英杨急了，"究竟为了什么说出来，如果你真喜欢他，想嫁给他，我也能死了心！"

屋里陷入绝对静默。片刻之后，微蓝像下了决心，抠着桌角飞快地说："我有了孩子！"

英杨脑子里轰一声炸开，仿佛重庆上空的日本飞机走错了，把千吨炸弹都丢在他头上。他呆在当场，完全反应不过来，为什么这么快呢？才三个月，她就和别人有了孩子！

"太快了！"英杨惨白着脸说。他知道自己应该离开了，于是木然转身向门口走去，他什么都能接受的，可微蓝怎么能！怎么能！

才三个月！她总不能刚离开上海，就投进别人的怀里！她临走那晚，在愚园路的卧房里，他们说好的，等胜利就在醉翁亭相见，事了拂身去，从此浪迹江湖，快意人生。可是，她已经有了别人的孩子！英杨简直不敢相信，就是算日子，也不能这么快……

等等！英杨猛然站住，真正算日子也不能这样快！他猛地回身，一把抱住微蓝，扳着她的脸逼她看着自己，问："是谁的孩子？"

外面有小战士，微蓝不敢挣，也不敢大声吵闹。她脸颊上透出的红不知是急还是羞，眼睛里迸出泪光来，半怒半嗔盯着英杨。

英杨忽然明白了，这孩子应该是他的。刚刚落进他心里的炸弹，这会儿全变作了烟花，砰砰炸出满室灿烂来。他低头吻过去，微蓝却拼命推着，低低说："有人在外面！会看见的！"

"我不管的，我不能让我儿子叫别人爹！"英杨哑声说，"你不许和别人结婚！"

"来不及了。"微蓝在他怀里，忽然冰起了脸，平静道，"我们已经领证了。"

"啊？"英杨的狂喜瞬间散得干净，呆看着微蓝问，"你为什么要跟别人领证？孩子明明是我的，你为什么要嫁给别人？"

微蓝转过黑眼睛来，认真看着英杨，说："你不可能来根据地的，我也没办法去上海，没结婚就有了孩子，我以后怎么工作！"

"你……"英杨急得心里擂鼓，脑子里打闪，抖着声音说，"这么大的事，你至少同我商量一下！"

"我又见不到你，怎么商量？"微蓝嘀咕着。

"那么我现在为什么能见到你？"英杨恨恨说，"想办法自然能见到！你就是不肯想办法！"

微蓝低头不语。他请组织上转来黄铜钥匙，还写了那样一句话，微蓝能读懂，那意思是说英杨不想活了。他工作在敌人心脏里，求死十分便宜，微蓝不敢设想。换了别人，微蓝绝不肯纵容这样的情绪化，但唯独对英杨，她向来是不能狠心的。

比如英杨初见杨波的那个晚上，她知道自己不该追出去的，但她还是追了，还跟着英杨回爱丽丝公寓过夜。这些魏书记不该有的举动，微蓝都做了。她为此不肯原谅自己，同时也恼恨着英杨，于是叫杨波派人把英杨绑了过来。

她只是不肯承认罢了，她也很想他，她也想把孩子的事告诉他。

然而英杨仍在发急，他顾不得地说："同你结婚的是谁？我找他去！"

"你找他做什么？"微蓝气道，"他什么都不知道！"

听见她回护那个人，英杨酸成一根腌黄瓜，咬牙道："我就是要他知道！谁才是孩子的父亲！"他不知道去哪里找人，却翻身就要走，微蓝正要拉住这人，却听外面小战士喊"报告"。

微蓝瞬间收了儿女情长，板正面孔道："进来。"

小战士推门而入，不看英杨只汇报："魏书记，会议开始了，刘副队来请您。"英杨瞥见院子里站着个年轻人，正伸头往屋里看，应该是刘副队了。

3

"我马上就来。"微蓝说。她拿起笔记本,也不看英杨,径直走出去了。

微蓝走了,英杨脱力似的坐在凳子上,心里过了油一样,炸得焦黄黄的。天边飞起绯红的晚霞,村庄显得格外宁静,英杨忽然生起赖在这里不走的念头。就和微蓝住在这里,种田、喂鸡、养些猫狗牛羊,每天与世无争,也不用苦心设计,陪着她,还有他们未出世的孩子,多么好呢。

这简单的向往,却也是最奢侈的向往。英杨知道这不可能实现,他甚至沮丧,说什么理想信念,讲什么盛世图景,他那样没用,连心爱的人都保不住,要眼睁睁看着她红衣别嫁。

院子里响起脚步声,打断了英杨的思绪。门开着,跨进来的是个梳圆髻的大娘,她满面堆笑,打量着英杨问:"哟,你是魏书记的家里人呀?"

英杨忙站起身,赔笑点头。大娘搁下手里的篮子,从里面掏出一碗玉米面窝头,一碗粥,还有一碟炒鸡蛋。

她边忙边说:"杨队长说你要来,我要杀只鸡烧肉,魏书记又不让,说你不爱吃肉。我看她瞎说,大小伙子的,哪有不爱吃肉的?"

她说着抬起头,冲英杨笑道:"等明天!咱们不听她的!大娘给你做红烧鸡啊!"

英杨赶紧说:"大娘不要麻烦了,她说得对,我不爱吃肉。"

大娘不信,只小心翼翼摸出个瓦罐搁桌上,叮嘱道:"这是给魏书记的,你看着她喝了啊。"

英杨好奇:"这是什么?"

大娘神秘道:"黑鱼汤,我儿子今天在湖里摸的鱼,新鲜着呢!她有了身子,得补补!"

英杨心里一酸,忍不住问:"大娘,魏书记的先生叫什么名字?"

大娘摇摇头:"不是我们这片的,我没听说过呢。"

英杨不死心:"那么他不在这里?"

"是啊,许是在苏皖根据地。不过你放心,有我们照顾她一样的!"

英杨并不放心,看看门外问:"鬼子会来这里吗?"

大娘脸色黯然,低声道:"会!我真怕鬼子扫荡过来,别人都罢了,魏书记带着身子不方便!"

然而她立刻意识到这么说会吓着英杨,便又笑开来说:"不说这些了!鬼子也未必一定能来,魏书记到这里开辟新根据地,兴许就因为鬼子不会来！"

她说完告辞，再三叮嘱英杨看着微蓝喝汤。英杨答应着送她出门，再要回屋时，看见小战士站在院子里，正闲看风景。

"你吃饭了吗？"英杨放声招呼，"一起来吃吧？"

小战士摇摇头，说："我等魏书记。"

英杨想了想，从兜里摸出香烟问："你抽烟吗？"

小战士瞟一眼他手上的烟，转开脸不说话。

英杨知道他是抽的，于是走过去递上一根。小战士往后让了让，说："大娘交代了，不能在院子里抽烟，魏书记闻见了会吐。"

英杨瞧他和华明月差不多年纪，却要老实羞涩许多，不由问："你叫什么名字，多大了？"

"我叫双柱，今年十九啦。"

英杨点点头："我有个弟弟，今年也是十九岁，和你个头差不多。若有一天你能去上海，可以见见他。"

"上海好玩吗？"双柱的眼睛亮起来，"听说上海什么都有，吃的穿的玩的遍地都是！"

英杨不知怎么解释，只笑道："十里洋场嘛，总比乡下热闹些。"双柱听着笑起来，那么干净的笑容，英杨很久没看见过了。

"大娘说不能在院子里抽，没说不能在院外抽。"英杨撺掇着说，"我们到墙根底下去。"

双柱被说服了，跟着英杨出了院子，猫在墙底下抽烟。英杨假作不经意地问："魏书记什么时候结的婚？"双柱想了想："那有一阵子了。"

"那她嫁的是谁？"

"不知道。"双柱摇头，"我们都不认得，听说不是这片的人。魏书记去过很多地方，南京、上海、江西、湖北……她嫁人不会找我们这里的。"

英杨不肯放弃，猛嘬一口烟又问："叫什么名字呢？"

"那名字挺古怪的，我记着是两个字，却想不起来了。"双柱抠着脑袋说，"魏书记有婚书的，就藏在中间抽屉里。我看见过一次，但你知道的，我认字不多。"

双柱不好意思地笑起来。英杨把烟头丢在地上，将剩下的大半包烟塞给双柱，笑道："我渴了，去喝点水。"

双柱还没道谢呢，英杨已经进院子了。

他回到屋里，掩上门又上了闩，这才走到东墙的书桌前。书桌破破烂烂的，中间抽屉居然还加了把锁。英杨取出别在西装内袋里的钢笔，从笔帽顶端抽出藏好的铁丝，捅进锁眼。

这种乡下用的小锁，用点子力气就拧掉了，要捅开并不复杂。英杨很快弄开了锁，打开抽屉。抽屉里是各式各样的本子，还有几根红蓝铅笔、半瓶墨汁和一小碗糨糊。英杨把这些拨开，从最里面扯出一个纸卷，上头拦腰系着红绸子。

绸子簇新的，想来时间不久。英杨屏住呼吸，控制着手抖打开纸卷，先看见烫红的一双"喜"字。

那红双喜又红又亮，戳得英杨眼睛疼。他赶紧绕开了往下看，先在名字那里找到"魏青"，是用端楷题的，写得饱满鲜亮。同这并排的名字也用端楷写，也是墨渍丰润、流光溢彩，也是两个字——英杨。

英杨狠狠咬住嘴唇，控制着笑容蔓延。她太坏了，有了孩子瞒着他，结婚了，还瞒着他。

❖• 四十五　惜双双 •❖

微蓝开完会回到小院，天已经黑透了，窗里透出昏黄的灯火，本来的孤灯如豆忽然温馨了。她不由驻步凝望，心里又酸又甜，也不知什么滋味。她当然想见到英杨，当然想把孩子的事告诉他，不只是说他们有孩子，还要说她发现时是怎样地欢喜又恼火。

可他真的来了，就在咫尺灯火之后，她却又怕了。她怕这是个梦，是她日思夜想的幻觉，也许她走过去，兴冲冲推开门，屋里什么也没有。

没有灯，也没有英杨。

微蓝做着梦似的，在院里站了好久，才慢慢走向屋子，轻轻推开门。英杨还在屋里。他和双柱正在吃饭，炒鸡蛋金灿灿香喷喷，有一大半拨在双柱碗里，另有小半搁在碟子一角，剩下的地方摆着两只窝头，那是给她留的。

看见微蓝进来，双柱立即起立。微蓝便说："坐吧，你吃你的。"

英杨拉双柱一把，让他坐下吃饭，又把桌上的瓦罐推到微蓝面前，说：

"有个大娘送来的,说是黑鱼汤,要你一定喝了。"

自从有了孩子,微蓝很容易会饿。她忙了一个下午,这时又渴又饥,听说有鱼汤,便搁下笔记本揭开瓦罐,先被冲出来的香味馋到了。

那位大娘姓史,做饭手艺极好,湖里的鲜鱼又美味,熬出的汤浓白诱人。微蓝忍不住,双手捧起瓦罐就唇便饮,转眼咕嘟嘟喝干了汤。

她急成这样,把英杨看得眼眶发酸。他很想把微蓝接回上海去,好好伺候在家里,好好把孩子生下来。然而他知道这是痴心妄想,不可能的。

"魏书记,您要喝水吗?"双柱体贴着问。微蓝嗯了一声,双柱立时起身,捧起她的搪瓷杯子出去了,还贴心地带上门。

微蓝这才会意,心想这孩子竟长出心眼了,知道什么时候要躲开。她望了望英杨,怀疑是他教坏的。

英杨很高兴,刚刚对双柱的辅导没有白费,然而表面上却咬着筷子,满脸无辜地说:"你看我干什么?快吃饭呀。光喝鱼汤可不行,你现在是两个人,要吃掉两个窝头才对。"

他来时面孔灰白,现在恢复潇洒,这转换情绪的能力实在让微蓝警惕。她不由看向书桌,中间抽屉仍然挂着锁,并没有被破坏。

看微蓝拉凳子坐下吃饭,英杨殷勤地说:"这鸡蛋很好吃,特别香。"微蓝不吭声,夹了一块搁在碗里。

英杨盘算了一会儿,说:"我冷静下来想想,你说得很对。你不能去上海,我不能来根据地,以前也就罢了,但你有了孩子,又没人在身边照顾,实在是辛苦。"

微蓝本来在啃窝头,听了这话停一停。英杨却不停,接着说道:"既然有人愿意照顾你,我也很感激他。"

他说到这里,仔细查看微蓝的表情,微蓝没有表情。

"那个,"英杨继续说,"我这次来还有件事。"

"什么?"微蓝淡淡问。

"上回你同我讲,社会部批准我做特派员,指定了单线联络人。你走后没多久,那人同我联络了。但是,但是⋯⋯"

"但是什么?"

"但是呢,是个女孩子。"

微蓝送到唇边的窝头又停了停,却不吭声。

"其实，我也很苦恼。"英杨忽然哀声说。

"你苦恼什么？"

"那姑娘一来，就说上级指示，要我同她假扮夫妻。你的缘故，我绝不能接受的！但我们这样接触着，一来不方便工作，二来也招人耳目。"

英杨再度停下，认真侦察微蓝的脸色。微蓝却把个大窝头挡着脸，看不出是喜是嗔。

"现在你有了归宿，我也没什么好牵挂的。所以，所以，我想答应她，同她结婚。"英杨一口气说出来，"好在她待我挺好的，人也漂亮能干，很能配合我工作。"

他说完了，微蓝平静如水。她把窝头掰开了，把炒鸡蛋夹进去，美美地咬一大口，仿佛最重要的莫过于手上的窝头。

英杨掂量一会儿，决定下点重药："听说你结婚了，这两天我急得快死了，她也跟着担心。我看出来了，她是真正关心我的。"

这话的意思，是说微蓝只会气他。

微蓝忍不住笑一笑，放下窝头，掏手帕擦了擦手。

"现在你嫁了人，我也就放心了。"英杨接着聒噪，"等明天回去，我就接她到愚园路去住了。"

微蓝终于抬起脸，唇边噙着浅淡冷笑，只瞅着英杨。英杨不怕死，紧盯着微蓝的眼睛："你虽嫁了人，我也要另娶他人了，但我不后悔遇见你，你呢？"

他期望在微蓝黑亮的眼睛里看见慌张和泪光。自从与她相遇，英杨从没见微蓝慌过，慌的总是他自己，这不公平！他必须赢一次！

然而微蓝的黑眼睛静如深海，没有一丝波动。那眼睛忽然一眨，纤长的睫毛刷地一抖，倒吓得英杨往后一缩。没等他回神，微蓝已经脆声唤道："王双柱！"

双柱闻令而来，啪地推开门答："到！"

"去警卫班，领一天禁闭！"

"啊？"双柱惊呆，万分委屈地瞟一眼英杨，分辩道，"魏书记，我只抽了一根烟，是在院子外头！"

"你哪来的烟？"

"他，他给的。"双柱怯生生指向英杨。

"他为什么要给你香烟?"

"他,他问我,跟您结婚的人叫什么名字。我说我不记得了,不过您有张婚书……"

他越说,微蓝盯视他的眼色越凌厉,吓得双柱不敢再讲下去。英杨瞧微蓝气恼得脸通红,又怕她伤了身子,忙向双柱挥手:"你先出去,不忙领禁闭,等我劝劝她。"

双柱忙不迭退出去,紧紧关上门。

那门刚关上,微蓝便怒道:"你敢撬我的锁!"英杨赶紧抱住她,求饶道:"千错万错都是我的错,你别拿王双柱撒气啊!关他禁闭做什么?关我的好不好?就把我关在这屋里!"

"这事都怪你!"微蓝气得声音里带了泪,"这时候有了孩子,要怎么办才好?"

英杨只得哄劝:"你小心一点,别伤了孩子!"

听见孩子,微蓝这才扭过脸不说话了。英杨抱她坐在膝上,柔声道:"你把我吓得没了魂,高云只说你嫁人了,却不说嫁给了谁。你可知道,那几天我不吃不睡,魂不守舍,险些就暴露了!"

"这与我何干!我怎么知道他会去找你?"

"我可要谢谢他呢,若不是他,我都不知道我……"他将手掌覆在微蓝小腹上,心里一阵难过,说不下去了。微蓝也软了心肠,轻声说:"我不是想瞒着你,是怕你知道了着急。"

她说得不错。英杨若知道了,必定要牵肠挂肚,说不定还百般设法,要把微蓝接回上海生产。

"可是你不告诉我,你有没有想过,"英杨轻叹道,"我有可能永远不知道,我们还有个孩子。"

微蓝垂眸不答。她想过的,但又有什么办法呢?她甚至是有私心的,也许往后再也见不到他了,也许他会遇见更合适的姻缘,但总有个孩子,能够陪着自己。

"到了这里,我还是想问,有办法接你回上海吗?"

微蓝摇了摇头:"不可能的。"英杨的奢望被这四个字击得粉碎,他沮丧极了,只能将脸贴在微蓝怀里。

他们互相依偎着,这世上只有对方的温暖是真实的。也不知过了多久,房门被咣地推开,史大娘冲进来热情唤道:"魏书记,鱼汤有没有喝啊?"

英杨和微蓝飞速分开,但没逃过史大娘的眼睛。她讪然解释道:"这,这个,魏,魏书记,我以为你亲戚歇在别的地方。"

微蓝涨红了脸,把史大娘拉到一边,低低说:"大娘,他不是我亲戚,是我爱人。"

"可他刚刚还问我,你究竟嫁给了谁!"

"是这样的,"微蓝拉了她的手,努力圆话,"他工作的地方很危险,我怕他担心,不敢讲有了孩子,当然也没提申请结婚的事。谁知他,他,他……"

"他听说你结婚,忍不住赶来了?"史大娘扑哧一笑,"魏书记,他对你可真是实心眼!"

微蓝含羞不答。史大娘又从提篮里拿出一罐小米粥,收起煨鱼汤的瓦罐道:"我怕你晚上饿,给送些粥来,不想打扰了你们,对不住啊!"

微蓝脸上更红,更不知该说什么。史大娘放下瓦罐,笑向英杨道:"你们难得见一面,我也知道的。可魏书记有了孩子,你可要小心些。"

英杨莫名被叮嘱了,脸上也红起来,一时不知该否认还是听从。就在他嗫嚅无措的工夫,史大娘已经满意而去,并且贴心地带好了门。

几秒安静后,英杨说:"她不提醒我,我还想不到,咱们真是不容易见一面。"

"你若不老实坐着,那么就睡到双柱屋里去!"微蓝警告他说。

"你总不能这样狠心,叫我在这硬板凳上坐一晚!"英杨委屈着说,跨两步打横抱起微蓝。

微蓝不敢叫,又怕乱挣摔下来,只得紧紧搂住他。英杨抱她坐在床边,摸着又冷又硬的一床薄被,不由皱眉:"虽然入了春,这晚上还凉呢,怎么被褥这样单薄?"

微蓝怕他啰唆操心,不肯说寒冬里她也是这床被子,一半盖一半垫。英杨心疼起来,把微蓝抱得更紧些:"这我怎么能放心?"

微蓝不知该说什么,只偎在他肩膀上,闻着他衣领里散出的味道,带着好闻的古龙水香气。她也想回上海,高床软枕,锦衣华服,每天都能见到英杨。

可她不能啊,她不只是英杨的微蓝,也不只是卫家的兰小姐,她还是华中局的魏青。她在英杨肩上擦了擦眼睛,其实没有眼泪。

"你怎么了?"英杨温声问。他以为她哭了,微蓝正要解释,忽然听见外面炸出一声枪响。

英杨条件反射般背手摸枪,微蓝也揭开炕席,拿出藏在底下的佩枪。外面的枪声又响起来,起初是零星的,渐渐密集了,很快院子里响起杨波焦急的声音:"魏书记!鬼子来了!"

微蓝急忙去开门,杨波一步跨进来,道:"鬼子围了村,你赶紧躲一躲。"微蓝急道:"我怎么能躲?百姓怎么疏散的?派人突围求援了吗?"

"这些你别管了!都办去了!"杨波说着拽开书桌,用脚擦去地上的浮土,露出极隐蔽的地窖盖子。他拉开盖子,说:"你快点进去!"

"我不!"微蓝坚持说,"我不能自己躲着!"

"你不为自己,也为英杨想想!"杨波急道,"他好不容易打进敌人心脏,暴露了太可惜!"

微蓝听了这话,一时间犹豫不决。英杨却道:"你可以不想着我,总要想着孩子!鬼子围了村,多了你一人又能怎样?"

"英杨说得对,你们快点进去,我还要组织转移!"

"快进去吧。"英杨也催促着。微蓝掉转枪把,把书桌抽屉上的锁砸开,抢出各式笔记本和婚书丢进地窖,自己也跃进去,英杨跟着跳入。

杨波盖好地窖,踩实浮土,又把桌子挪回原位,这才匆匆跑出去。

地窖用来保存粮食,由于不通风,味道十分难闻。英杨和微蓝贴壁站着,他们不敢说话,仿佛能听见对方心脏咚咚的急跳。

这是英杨第一次经历扫荡,他终于明白沦陷区的百姓过着怎样的日子。扫荡随时降临,说不准什么时候,死神已经贴面而来。

枪声越来越密集,但又渐渐远去了,也不知道过了多久,枪声忽然停了。英杨伸手握住微蓝的手,摸到她手心里一层汗。

"鬼子要来了。"微蓝轻声说。英杨不敢接话,但他听见外面轰隆隆的声音,应该是卡车进村。紧接着,女人的尖叫声和孩子的号哭声次第响起,伴随着一股浓重的烟味。

英杨感觉到微蓝在发抖,他把她抱在怀里,低低说:"别怕!我们一家在一起呢,也挺好的。"

"我不是怕,"微蓝抖着声音说,"我只是痛恨。"

四十六　杯中乐

　　没等英杨答话，外面忽然响起门被踢开的巨响，鬼子搜进来了！英杨一手搂定微蓝，一手握紧了枪，对准地窖入口。他盘算着枪里的子弹，无论如何要留一粒给微蓝，他知道的。

　　屋里的家具被推倒了，刺刀嗖嗖地插进桌子。微蓝挣开英杨的搂抱，蹲下身子摸到婚书纸卷，凭记忆扯下写名字的位置，塞进嘴里吃掉。

　　然而被推倒的书桌挡住了地窖入口，鬼子没发现底下的玄机，他们叽里呱啦说着什么，逐渐走掉了。

　　英杨和微蓝松了口气，却仍然不敢大意。也不知过了多久，外面的哭声和枪声都慢慢停了，卡车轰隆隆开出村子，留下一片死寂。他们不敢出去，但地窖里空气不流通，渐渐憋闷难忍。英杨把微蓝藏进角落，自己踩着麻布包顶开地窖。好在书桌被鬼子翻到一边去了，弄开它不至于太费力。

　　然而盖子刚顶开，一股焦臭味扑面袭来，让人欲呕。英杨忍住心头烦恶，屏息静听动静，然而外面一片死寂，静得可怕。他于是爬出来，先看见一轮明月。那月亮又圆又白，仿佛近在眼前，却没有一丝诗意，反而诡异可怕。

　　英杨知道是窗户的缘故。窗户被完全捅掉了，像被暴力撕裂的伤口，赤裸裸暴露在月光下。焦臭味从破窗里灌进来，英杨小心翼翼走到窗口，看见月光下的人间地狱。他压抑住冒在心头的激愤和悲凉，转身走回地窖口，轻声唤道："鬼子都走了，可以出来了。"

　　微蓝也踩着麻布包探出身来，英杨半扶半抱把她弄出来。然而刚攀上来，微蓝猛然打个恶心，哇地吐出来。

　　外面味道难闻，她有身孕更容易吐，英杨看见桌上的搪瓷缸子还在，因为有盖子，里面剩了些干净的水。他把水拿来喂给微蓝喝，让她止住恶心。

　　"村里人都跑出去了吗？"微蓝压住恶心，第一句就问。英杨没回答，蹲下说："你上来，我背你出去。"微蓝明白了大半，她没有拒绝，温顺地伏在英杨背上。

　　村庄已成焦土，夕阳下轻柔歌唱的芦苇只剩下苍黑尖杆，一排排的，暗影幢幢戳在月光下。黑夜里的湖水也是黑色的，它浓腻如墨，随风发出哗哗的轻响，近水泥滩上的白点全是尸体，有被冲刷着的，有浮在水面上的。

　　微蓝不敢再向远处眺看，她难过地别过脸，却猛然看见史大娘。大娘被捅死在一堆干草上，身下浮着大片黑色血块。微蓝猛地捂住嘴，再次呕吐起来。

"闭上眼睛。"英杨感觉出她不舒服，赶紧说，"什么都不要看，我们要赶紧逃出去。"

微蓝顺从地闭上眼睛，她身边的地狱也同时关上了门。自从十六岁参加革命，这是微蓝头一回交出掌控权，她完全依赖英杨，无所谓他带她去哪里。

英杨凭着记忆，沿杨波领他进村的路出去，很快摸到了大路。离开经历屠杀后的村庄，英杨把微蓝放下来，他们躲在路牙下面，商量着怎么回去。

"他们绑我来的时候，开着我的车。"英杨说，"我猜他们把车子藏起来了，但就在这一带。"

他说着牵起微蓝，沿着大路下的田埂往上海方向走去。走了半里路，微蓝忽然回头看看，道："原来高云说得对，月亮真的会掉在地上。"

英杨不解其意，也回头看去。这条路是下坡，他们走到了坡底，回望来路时，能看见路尽头停着硕大银白的月亮，仿佛是月亮落下人间。

"高云跟我说，他打死了地主家的恶狗，被地主讹着出狗殡。他爹拿不出钱，叫地主儿子活活打死了，他娘没办法，赶着高云去找队伍上的哥哥。"微蓝轻声说，"他说离开村子时，回头看了看，看见月亮掉在地上。"

英杨心下泛起一股股难受，像被海潮不断舔舐的沙滩。他忽然生出莫名的信念来，无论再艰难，无论要牺牲什么，他们只能勉力去做，去实现那幅盛世图景。只有到了那个时候，寻常百姓才能自在地活着。

"走吧，"他握紧微蓝的手说，"快走吧。"

他们向前走了好久，都没有找到汽车。也许杨波他们开走了，也许是被鬼子发现了，如果是后者就麻烦了。英杨心里烦乱，不知该怎样回上海。

"再往前走有个小王庄，那里能雇到牛车，可以到县城。"微蓝说，"到了县城，就能设法回上海。"

"好，那我们去小王庄！"

因为微蓝有孕在身，英杨不敢贪图赶路，他们走走停停，凌晨三四点才赶到小王庄左近。夜里进庄子无异于自我暴露，英杨便找了处草窝子，拉着微蓝躲进去休息。

"累吗？"英杨问，"累就睡一会儿。"

微蓝摇了摇头，她的眼睛黑亮如曜石，十分精神。英杨正要说话，忽然觉得脚下微颤,他把手放到路面上,摸着轻微的抖动。

"有车来了。"英杨道,"我们往里面躲一躲。"

所幸春天到了,这一带的田野吸了几次春雨,长得繁茂喜人,躲在杂草丛里暂时安全,不多会儿,一辆黑色小汽车驶过来,渐渐停在不远处,有人开门下车,走到路边拉开裤子哗哗撒尿。

来的不是鬼子,英杨多少放了心。然而他眼馋这辆车,暗想若能夺了过来,带微蓝回上海就便宜许多。

他一面想,一面反手摸出枪来。微蓝立即明白他的心思,却没有阻止。她对这一带很熟悉,也比英杨更清楚,到小王庄租马车去县城,要冒多大的风险。怀了孩子,不是一个人了,微蓝觉得自己怯懦了。

要做就要果断。英杨拔枪闪身而出,三两步跃上大路,向撒尿的人吹了声口哨。撒尿的人一惊回头,已被英杨欺到跟前,他刚叫一声:"什么……"

那"人"字还没出口,英杨左臂箍住他脖子,右手的枪直捅到他脖子底下,低喝道:"别出声!"

那家伙也是倒霉,裤子还没提好,人已手脚发软。他抖着声音说:"好,好汉饶命!"

"你车里有几个人?"英杨问,"说实话!"

"我车里只有,只有一个有钱人家的小姐。你把她绑到上海去,准能卖出大价钱!人和车都给你,只求好汉留我一条狗命!"

英杨听他说得不伦不类,也懒得多话,抡起枪柄将人砸晕,丢进汽车的后备箱。收拾完司机,英杨向汽车走去。车是老款福特,现下只有出租汽车行还在用。他持枪拉开后门,却见后座一个年轻女孩被五花大绑,嘴里堵着布条,吓得缩作一团。

四周黑黢黢的,英杨看不清她样貌,只觉得她眼睛很亮,像两只小灯泡。这应该就是司机说的"有钱小姐"。为了保险起见,英杨没给她松绑,而是反身去接微蓝。微蓝早看见英杨放倒司机,因此自己走了过来。英杨接她上大路,让她在后座守着小姐,自己钻进驾驶室,发动汽车窜出去。

他凭着来时的记忆,一口气驶出十多里地。天边渐泛鱼肚白,曙色缓缓透出云层,田野一点点浮现在晨光下。英杨正在想多久能到上海,却听后座咣的一响,紧接着有钱小姐呜呜哼叫起来。

英杨吃一吓,忙踩了刹车回头去看,却见微蓝晕倒在车里。他急忙停妥车，绕到后座打开车门，抱起微蓝急道："这是怎么了？"

外头天色亮了，那小姐看清了英杨容貌，惊得呜呜直叫。英杨甩过去凌厉眼风："别吵！没看见她晕了吗！"

小姐被他喝得一呆，安静了好一会儿，突然摇头晃脑呜呜噜噜，像是要说什么。英杨着实不耐烦，揪掉她嘴上的布条，小姐立即喘着大气说："她可能是饿晕的，你解开绳子放了我，我会治，我学过护理！"

学过护理？英杨转眸看去，这个小姐和林奈年岁相仿，穿件精致合体的纯黑细呢风衣，戴着同色圆边帽，耳垂上缀着三角镶钻耳环，一看就很值钱。

"你是护士？"英杨不信。战乱年代，肯做护士的都是穷人家的女孩子，这分明是个富家千金。

"我真的学过！"小姐急起来，"低血糖晕倒可大可小，她出了事，你能负责吗？"

她自己被绑得像个粽子，竟还同英杨谈论责任，真有点滑稽。不过这文绉绉的学生样儿，也让英杨放松了警惕，特别是现在，总要先救微蓝再说！

他解开绑在小姐身上的绳子。她脱开束缚，忙扑到微蓝跟前，探摸她颈间脉搏，又用力掐弄微蓝的虎口，转而吩咐英杨："我脚边有个包，里面有个水瓶！"

英杨闻言摸过去，找到一只草编的拎包，里面有只玻璃瓶子，像是医院挂水用的。他把瓶子递过去，小姐接过去拔了盖子，托起微蓝的头，给她喂瓶子里的水。

"喂！那是什么你就给她喝！"英杨急道。

"白开水啊！"小姐一脸无辜，"我带在路上喝的白开水！你不放心，那我喝一口？"

她说着掉转瓶口，咕嘟嘟灌了半瓶，惬意道："我的天，渴死我了！"

英杨不再多心，却沉了脸说："喝了水就能醒吗？"

"要吃点糖。把包给我。"

英杨递上草包，小姐从包里摸出咖啡里常加的方糖，掰了一小块喂进微蓝嘴里，接着掐她人中。没过多久，微蓝嗯了一声，悠悠醒过来。

"你没事吧？"英杨赶紧蹲下身子，握住她的手。

根据地生活艰苦，微蓝原本就吃不饱，有了孩子消耗更大。加上这晚上担惊受怕，又走了几个小时夜路，她好不容易上车定了心，松了劲竟晕过去。

她这时候醒来，觉得舌尖甜丝丝的，反比之前好受，只是觉得饿，饿得胃都痛。听微蓝说饿，英杨急顾左右，这前不着村后不搭店的，要找口吃的也难。那小姐却说："我带了干粮，但是在后备箱里，要拿出来才行。"

英杨这才记起，后备箱里还有个活人呢！他想了想，问那个小姐："司机为什么把你绑在车里？"

"我租了辆车去上海，谁知司机半路变了脸，要绑了我卖给人贩子！"小姐心有余悸，"我想这下是完蛋了，所幸他半路停下来方便，遇到你们，救了我！"

"你一个女孩子，租辆车大半夜的孤身上路。"微蓝不由皱眉，"你胆子好大呀。"

"我也是没办法。"小姐愤愤道，"我爹爹要把我嫁给很讨厌的人，他不肯替我退婚，我只好到上海去，自己找到那家人，当面叫他们退婚才是！"

英杨和微蓝被她的神奇操作惊呆了。微蓝忍不住问："你去找他们，他们就肯退婚了？"

"他们是汉奸，大汉奸！"小姐认真地说，"他家同我家定了娃娃亲，但我爹爹不肯做汉奸，就搬到重庆去了！结果这家人可是厚脸皮！汉奸他们要做，婚约他们也要保留，非要我嫁过去！那怎么能行！"

"你是从重庆来的？"英杨简直不相信自己的耳朵。小姐点了点头，心虚地看看英杨："你们不会把我交给日本人吧？"

英杨不回答，说："你没有良民证，所以不敢直接进上海。这是买出租车公司的黑证，说把你送进上海吧！"

"你，你怎么知道的？"小姐立即语气虚弱。

"换了我，我也要把你卖掉。"英杨无奈道，"要不是看你衣饰华贵，想带去上海多卖点钱，说不准早就扔进乡下娼寮去了。那你真是叫天不应，叫地不灵！"

"但是，我不买黑证就进不了上海。"那小姐瑟瑟发抖，"我也没办法啊！"

"兵荒马乱的，你一个女孩子，急着退什么婚呐！"英杨叹道，"我可以带你进上海，但你要告诉我，你叫什么名字。"

小姐犹豫一下，但还是说："我姓贺，叫贺景枫。"

贺景枫！这三个字咣地砸进英杨脑子里，把他砸蒙了。

"他说能带你进上海,你就相信吗?把名字也告诉他了?"微蓝被贺景枫的天真逗乐了,忍不住调侃。

"我的直觉相信他,"贺景枫说,"他和我哥哥长得太像了,简直一模一样!"

微蓝一怔,忍不住看向英杨,而英杨表情复杂。

四十七　留客住

他们在路边说话,后备箱里发出一阵挣扎响动,应该是司机醒了。英杨想了想,背手抽出枪来。

"你要杀了他?"贺景枫吃惊地问。

英杨瞥她一眼,没有回答。微蓝却说:"他不是什么好人,看你孤身一人,就要把你卖掉。"

"但是,但是,"贺景枫结巴道,"但其实,他也没做什么……"

英杨听她这么说,便把枪收了起来。

"既然你能原谅,那就放他条生路。"他说着拿起捆贺景枫的绳子,关上车门向后备箱走去。打开后备箱后,醒来的司机立即哀求:"好汉饶命啊!这些事都是老板叫做的,与我无关啊!"

"老板叫你干什么?"

"老板说,让我把这丫头送到驻屯军司令部,他说,说日本人最喜欢大小姐,还说,说这种高等货能卖很多钱,给我抽成也多些!"

天越来越亮了,英杨不想耽搁,找块布塞住了他的嘴。

"把自己的同胞送给日本人,你们真行。"英杨低低说着,抬手扭断了司机的脖子。无论从哪个角度,他都不能给自己留后患。把司机的尸体扔进田沟时,英杨发觉自己越来越冷血。

他拿了后备箱里的干粮,回去打开车门,递给贺景枫。"你放了他吗?"贺景枫抖着手接过,问。

"我把他敲晕了,醒来之后,他自己会跑的。"英杨说。贺景枫点了点头,不再问下去,忙着拿出面包分享给微蓝。

他们继续上路。不一会儿,英杨忍不住问:"贺小姐,你和哪家定的亲?"

"他家姓何,是汉奸政府的财政部长。"

何锐涛?

贺景枫接着生气:"我爹爹明知道何立仁是汉奸,却偏要把我嫁给他的二儿子何锐涛,还说是出于爱才之心!"

"爱才之心?"

"外面吹嘘何锐涛是金融神童!人人都说他才高八斗!"贺景枫撇撇嘴,"我偏偏看不上!"

英杨想,何锐涛有才没才在其次,关键是私生活太过放荡,夏巳的官司还没理清,又天天围着西子露送零食鲜花,这样的人如何能嫁?

不经意间,他已经将贺景枫当作妹妹看待,立场完全站在她这边。英杨很快意识到了,不由自嘲着笑笑。

也许英杨与贺景杉太过相像,贺景枫扳着车座椅,套近乎问:"这位大哥,你有没有去过重庆?"

"没有。"

"那么,你有没有去过南京?"

"去过,但没长住过。"

"真是可惜了,"贺景枫叹道,"如果你见到我哥哥,一定要吓死的!他和你拥有同一张脸!"

"真有绝对相像的陌生人吗?"微蓝吃了面包舒服多了,此时插嘴问道。

"若非亲眼所见,我也不敢信的,太神奇了!"贺景枫感叹,"或许也有人同我一模一样的,只是我还没遇见呢。"

她说罢了,又向微蓝亲热笑道:"姐姐,我怎么称呼你呢?"

"我姓金,叫金灵。他呢,姓英,落英缤纷的英。"

"哟,英这个姓真好听,可也真少见!"贺景枫欢快地笑道,"姐姐,你们住在上海吗?"

"是啊,我们去苏州乡下玩,结果车子被人偷了,只好连夜往回走,正巧遇见了你们。"

"天呐!多谢老天爷了,派了英大哥和姐姐来救我!"贺景枫举手拜一拜,"谢谢啊,让我小命得保!"

微蓝被逗笑了,说:"你真可爱。"

这一路上,微蓝和贺景枫叽叽咕咕,很快关系融洽起来。等到了上海,英杨用一本证件轻松过了岗哨,贺景枫不由疑心起来。

"姐姐,英大哥在哪里做事?为什么他掏个证件出来,连车里人都不查?"

"嗯……"微蓝知道贺景枫痛恨汉奸,不知如何回答。英杨在前座听见了,拦过话头道:"贺小姐,你是直接去何家呢,还是先找个酒店休息?"

"我这风尘仆仆的样子,不能直接去何家的,气势不够。"贺景枫斩钉截铁地说,"要先住酒店!"

"你没有良民证,住酒店不方便。这样吧,你先跟我们回家,安顿之后再想办法。"

贺景枫一派没心机大小姐的样子,因为救命的缘分,也因为英杨一副"和哥哥一模一样"的长相,她十分信任英杨、微蓝,当下满口答应。

英杨却另有心思。兵荒马乱的,只有把贺景枫带在身边,他才能放心。

他把车开回愚园路附近,找了间面包店打电话,叫成没羽出来把车开走处理掉,自己领着微蓝、贺景枫走回家。

珍姨听声音迎出来,见了微蓝激动不已,不知要说什么才好,只一迭声地叫小莲。英杨虽不忍打扰她们三人重逢,也必须叫珍姨过来,让她收拾客房给贺景枫。

这幢小三层不算大,楼下一间是珍姨带着小莲住,楼上三间,一间用作书房,英杨和微蓝各住一间,再上去的亭子间,一半放箱笼,一半是成没羽的住处。听说要安顿贺景枫,珍姨不由为难:"先生,这位贺小姐要住多久?要么请成没羽去我家,和小七挤两天?"

"不必,金小姐同我住一间。她原先的房间收拾出来,给贺小姐住。"

"啊!"珍姨一时愣住,想问又不敢问。

英杨含笑悄声道:"金小姐有了孩子,我们很快要办婚礼了。"

"哦哟哟,大喜大喜!"珍姨高兴极了,连声道,"这房子风水好!刚搬进来就有喜事啦!"

自从微蓝走后,英杨常要睡办公室,愚园路的小三层冷清清的,今天骤然热闹起来,珍姨忙活得都起劲。她嘱咐小莲给贺景枫打扫屋子,添换被褥。自己镇守厨房做饭,说:"金小姐瘦了好多,要吃点好的!"微蓝无事可做,便陪着贺景枫在院子里看风景。

贺家是名门世家,无论在南京还是重庆,家中庭院都极其阔大。

贺景枫很新鲜英杨的小院子,没见过方寸间能置办得如此精致,不由大

19

声赞叹。她尤其喜欢池子里的乌龟和金鱼，又说自己养着只猫儿，最喜欢凭水捞鱼，若带了来，只怕三天便吃光了鱼。

贺景枫分明是个话痨，微蓝竟有耐心相陪，很令英杨刮目。在他的印象里，微蓝少有女性朋友，和静子、林奈、夏巳的气场统统不合，之前待小莲好些，也不过是拿她当小孩子。

她们俩做伴，英杨插不进话，于是躲屋里去睡觉。他昨晚熬夜开车，此时又困又乏，洗了澡躺下，不多久便蒙眬睡去，这一觉舒坦至极，连梦也没有。

醒来后，他竟不知身在何处，久久才缓过劲来，窗外已是暮色西沉。

潜伏敌后压力大，英杨睡眠轻浅，前一段误会微蓝嫁人，又急得几天睡不着。这下可算是补了回来，睡得骨酥筋麻，说不出地舒服。

他对窗伸个懒腰，换衣裳走出卧房，先闻着一股糖醋黄鱼的香气，这才感觉到饥肠辘辘。楼下，微蓝和贺景枫坐在沙发上，头碰着头不知说什么，叽叽咕咕的。

"你们聊了一下午？"英杨吃惊，"不累吗？"

"没有，我们也睡了一会儿。"微蓝笑道，"珍姨说你醒了就吃饭，我们都在等呢。"

"那么对不住了。"英杨也笑起来，"我耽误大家吃饭了。"

微蓝起身去厨房，帮着张罗开晚饭。英杨便冲楼上喊道："成没羽！成没羽！"

他喊声未停，成没羽却从外面进来了："小少爷，你找我？"英杨一怔："你刚回来吗？去哪里了？"

"你要的东西，我在图书馆找到了。"

成没羽潇洒递上一沓书本，都是华兴券的相关资料。眼下英杨没有组织领航，万事要靠自己学习，因此开了单子让成没羽去找资料。

"太好了！"英杨兴冲冲接过来，却见成没羽看着沙发上的贺景枫。

"哦，这位是贺小姐。"英杨介绍，"路上遇见的，她来上海找人，在家里借住几天。"

成没羽武艺高强，处世又沉稳，看着总有些清冷疏离的味道。贺景枫只当他身份贵重，忙不迭站起来，微微躬身道："先生好！"

成没羽长到这样大，从没被人叫过"先生"，不由得脸上发热，匆匆后退半步，不肯答话。

"你不必叫他先生,他叫成没羽。"英杨解围,"你听过'没羽箭张青'吧?就是那两个字!他比孙悟空还要厉害,没有做不到的事。"

　　"小少爷!"成没羽含嗔低唤,让英杨不要乱讲。

　　英杨仅剩的不拘小节,只能在卫家众人前流露,他没有回答,笑微微瞅一眼成没羽。

　　"比孙悟空还厉害?"贺景枫被成功调动起情绪,笑呵呵问,"那么谁是你的唐僧呢?"

　　"他还没有遇到。"英杨意味深长地说,"我也很好奇啊,能压制成没羽的唐僧是谁呢?"

　　眼看气氛要尴尬,所幸微蓝端个盘子出来,见着成没羽道:"回来得正好,珍姨的大黄鱼刚出锅,我记得你最爱吃的。"

　　"快去洗了手来吃饭。"英杨也说,"鱼冷掉了就不好吃了。"

　　这顿晚饭丰盛至极,珍姨拿出了浑身解数,除了糖醋大黄鱼,还有菜干五花肉、烤麸炒素、竹笋煨鸡汤,外加一碟油炸花生米。

　　战乱时有这一桌子饭菜,多亏张七在总务处。可惜他今晚不能来吃,几人托他的福,团团坐下举筷,贺景枫吃一口夸一句,把珍姨夸到了云端里。

　　"你不要再夸珍姨了,"英杨说,"你家里的厨子必是名厨,难道做不出好菜吗?"

　　"名厨或许是名厨,但做不出这家常味道。"贺景枫含着筷子说,"我经常一个人吃饭的,再好吃的菜,一个人吃也没味了。"

　　英杨假作不在意问:"那么你哥哥呢?"

　　"他当兵去了,很少回来的。"贺景枫叹道。

　　按照姬冗时的说法,丁素雪只生下一对双胞胎男孩。贺景枫应该是贺明晖另娶的太太所出,她与贺景杉同父异母,感情却这样好,说明贺太太待贺景杉不错。

　　昨天太过劳累,吃了饭不久,珍姨便催着微蓝去休息。微蓝早已心神俱疲,只是撑着应酬,此时被珍姨哄劝着,也就上楼去睡了。英杨却睡了大半个下午,晚上又精神了。他独自在书房研究当下的金融形势,弄到后半夜才回房。他悄悄上床,俯身看了看微蓝,正要低头吻一吻,微蓝却动了动,醒过来了。

　　"你怎么还没睡?"微蓝轻声问。

　　"我看了会儿书。"英杨握住她的手说,"把你弄醒了,都是我的罪过。"

"哪有那么严重？"微蓝笑起来，又推他道，"我渴了，你去弄些水来我喝。"英杨得令，自去楼下取温开水。等他再回卧室，微蓝已开了台灯坐起来，披衣服拥被靠在床头。

她去了根据地三个月，瘦了许多，像一把纤草栽在被子里，弱不禁风。英杨递上水杯，叹着气说："你要多吃点，这比没孩子时还要瘦。"

微蓝接杯子喝了几口水，心事重重道："昨晚村子被屠了，又和杨波失去联络，我应该设法联络组织。"

英杨有私心，认为微蓝失联挺好，能够安心养胎。但他不便说出来，只安慰道："你分管保卫的，在上海找联络点多么容易。这点小事何必挂怀，明天去办就是。"

换了以往，这些事微蓝不会与英杨商量，自己去办掉就罢了。可她现在竟当作一件难事，半夜睡不着，不知该怎么办。

微蓝很清楚自己的变化，她不敢深想，打岔说："贺景枫挺有意思。"

"我看出你同她投缘，"英杨笑道，"不过，你知不知道她是什么人？"

微蓝怔了怔，摇头道："我不知道呢。"

"她是中央银行行长贺明晖的女儿。"

"贺明晖的女儿？"微蓝的黑眼睛闪了闪。

"我听何锐涛提起过贺家，贺明晖有一儿一女，儿子叫做贺景杉，据说是在前线。"英杨道，"贺景枫并不知我与何锐涛相熟，只怕闹起退婚，还要怨恨咱们。"

"她若是贺明晖的女儿，就有些不简单。"微蓝幽幽道，"一个涉世未深的小姑娘，没有良民证，却能从重庆跑到苏州，可不容易呢。"

"什么意思？"

"和平政府在筹办新中央银行，听说要何立仁出任行长。现在的上海，日本军票、华兴券、法币各行其道，多少人都盯着新银行、新钞票！这个节骨眼上，贺明晖的女儿跑来找何家退婚，会不会太巧了？"

是啊，是太巧了！

英杨愣愣听着。他只顾着与贺家的亲情，却不如微蓝在局外，看得更清楚。

四十八　斗婵娟

英杨怕微蓝劳累，哄着她早些睡觉。然而关灯躺下后，英杨却精神十足。

自从见过姬冗时，英杨的睡眠越来越浅，每晚只能囫囵睡三四个钟头，满脑子的事转来转去，闭上眼睛也是一张张的脸，或嗔或喜的，只在脑子里演戏。

今晚的睡眠又要报销，英杨索性认了命，披衣下床要去书房。临走时他凑过去看微蓝，见她双目微阖躺着，仿佛呼吸均匀。

英杨正要羡慕她好梦，却见微蓝的眼睫轻抖，他不由低声道："咦，你也醒着吗？"

微蓝被识破假睡，不好意思地笑道："你又起来做什么？"

"下午睡多了，晚上竟睡不着了。"英杨柔声道，"我想去书房看看资料。"

"什么资料这么重要？"

"关于新中央银行的事。"英杨含糊回答。他不想让微蓝多操心，替她掖实被子道："你快睡吧，我去坐一会儿，犯困了就回来。"

他说罢起身要走，手却被微蓝握住了。英杨一怔，复又坐下，低低问："怎么了？"

他说着要去开台灯，微蓝却道："别开灯！就这样挺好的。"英杨不知她何事，顺从地收回手，在黑暗里注视着她亮晶晶的眼睛，问："有事要说吗？"

微蓝犹豫了一会儿，说："我到了上海，组织上应该不知道。"

说来说去，还是这件事。

"你想联络组织很容易，"英杨笑道，"找仙子小组也行，找华中局的联络点也行的。"

微蓝嗯了一声，没再往下说。英杨感觉出她有别的想法，便追问道："是联络不上吗？"

"那倒也不是。"微蓝幽幽道，"我想联络，总能联络到的。"

"我听大雪同志说过，华中局在上海的力量部署，满盘在魏书记的脑子里。"英杨逗她开心，"只有我怕找不到组织，你怕什么？"

"我不是怕这个！"微蓝有些烦躁，冷了声音说。

英杨愣了愣，不敢再说话。一片沉寂之后，微蓝轻声道："我真不该怀孕，有了孩子，像有了拖累。"

"怎么这样想？"英杨怕起来，握紧她的手说，"你不许动孩子的念头，听见没有？"

"可我带着他回根据地，我怕，怕他……"微蓝陡然拔高了声音，然而又说不下去了。

英杨终于明白了，他试探着问："你不想回去？"

黑暗里无人应答。

"不想回去就留在上海，"英杨斩钉截铁地说，"等孩子生下来，你再回去我也放心些。"

微蓝仍然沉默着。

"你不要怕连累我，我会理顺它们。"英杨努力劝说，"或者我们公开操办婚礼，就用金老师的身份，李若烟和沈云屏都不会说什么。"

"那当然不行，"微蓝赶紧说，"这两个都十分精明，万一查出我同卫家有关系，只怕弄巧成拙。"

"那你的意思呢？"

"我想，"微蓝皱紧眉头，"不宣扬也就罢了。"

英杨叹了口气，把微蓝搂在怀里，轻声说："这样好委屈啊，明明申请了结婚，也有了孩子，却不能叫世人都知道。"

微蓝闷在他怀里不出声，半响才说："我不在意。"

"依着你就是。"英杨款款道，"我做梦都盼着这样的日子，虽然只有几个月，那也满足了。"

良久，微蓝声如蚊吟道："可这是违反纪律的。"

英杨当然知道，一旦微蓝私自留沪出了事，后果不堪设想。

他们在黑暗里沉默着，也借着黑暗的掩护，无声交流着不曾触碰过的私心。不知过了多久，英杨道："先休息吧，一路上担惊受怕的，等缓过来再做决定，好不好？"

"好。"微蓝说，"我要睡了，你去书房吧。"

英杨知道她睡不着的，但也知道她想静一静，他于是摸摸微蓝的脸，起身走出卧室。

******

第二天早上，微蓝醒来时已经九点多了。她匆忙穿衣下楼，客厅里只有贺景枫，正坐在沙发上读报纸。

"贺小姐，你起得真早。"微蓝问好。

贺景枫放下报纸，冲着微蓝露出甜笑："姐姐早上好，英大哥去上班了，我叫珍姨给你开早饭来。"

她说着要起身，微蓝忙拉住笑道："你是来做客的，怎么事事叫你操心？我不急着吃早饭！"

"有身子的人容易饿！你不吃，小孩子也要吃啊。"贺景枫一本正经地说，去厨房帮珍姨开早饭。

微蓝无奈，只得跟进厨房去。珍姨却把这两位都轰出来，说有小莲帮忙足够了。坐在餐桌边，微蓝问贺景枫："你今天有什么安排吗？"

"我想去何家。"贺景枫一面往微蓝的牛奶里加糖，一面说。

"你一个人去不安全，"微蓝沉吟道，"要么让成没羽陪着你去吧。"

成没羽。贺景枫脑子里闪过昨天那个男人，走路站立身形潇洒，生得又面容清俊，加上周身气定神闲的从容劲，让人很有安全感。

"成没羽是什么人？"贺景枫忍不住打听，"他为什么叫英大哥小少爷？"

"他是我们的朋友。英杨有个哥哥，因此被叫做小少爷，成没羽也就这么叫他。"

"我看他样子不凶，却仿佛很厉害！"

"他当然厉害，"微蓝失笑道，"他可是武术高手，拳脚刀枪，暗器轻功，那都是一等一的。"

"哇！"贺景枫为之神往，又说，"不知道和我哥哥比，他们谁厉害！"

"你哥哥也是学武术的？"

"那倒不是。"贺景枫摇摇头，"他很想学啊，到处拜师父，可爹爹不让，因此没人敢收他。"

经过贺景枫的形容，微蓝对这个"与英杨十分相像"的贺景杉也有了兴趣。但她在保卫口子待久了，养成了本能，越是感兴趣的事越不问出口。

今天的早餐是热腾腾的鸡汤面，珍姨还给炒了两个小菜。她把菜端上桌，看见糖罐开着，不由道："金小姐，有身子不好吃太多糖的，你那个牛奶里不要加糖了！"

"啊，有这个说法吗？"贺景枫大惊，"为什么我听讲，怀孩子要多吃红糖的？"

"那是生过以后吃嘛，"珍姨笑眯眯道，"我之前做过的都是大户人家，他们很讲究的，少奶奶生孩子之前不许多吃糖，也不要吃得油腻，免得孩子太大，生产困难！"

"这说法倒新鲜，"贺景枫笑道，"我以为有了孩子要拼命吃东西！"她说着拿过加了糖的牛奶，笑道："姐姐这杯我来喝，你喝没糖的。"

微蓝不得不承认，贺景枫十分讨喜，笑得也甜，嘴巴也甜，性子也甜。

吃罢早饭，微蓝让小莲上楼去请成没羽，自己同贺景枫在院子里闲站。

四月春暖，小院里的桃枝绽出粉蕊，衬着几片绿叶十分可爱。贺景枫爱极了，便说要找纸笔画下来，听说她会画画，微蓝便与她谈讲水粉纸笔，正讲得热闹呢，忽听着外面有人扬声道："喂！小丫头，你过来一下！"

彼时微蓝站在桃树后，贺景枫与她对面而立。从外面看进来，只能看见贺景枫的背影，这声"小丫头"，自然是唤贺景枫。作为贺家小姐，贺景枫从没被叫过"小丫头"。她忍不住回头瞧瞧，却见一个年轻小姐，穿着西式长裙，戴着缀满大朵绸绢花的宽檐帽，正冲着自己招手。

不是别人，正是林奈。

贺景枫低头看了看自己。因为要去退婚，她特地找微蓝借件衣服来穿，八成新的蓝白格子布旗袍，配着白袜黑布鞋，的确很朴素。不能在衣裳上略胜一筹，贺景枫不大愉快。她当然不知道来的是林奈，只没好气地一瞪眼，问："你叫谁小丫头呢！"

"咦，你这丫头好凶啊！"林奈奇道，"新来的用人吧？上海真是没法搞，这样凶也有人肯用你啊！"

"你才是用人呢！"贺景枫气坏了，正要上前理论，微蓝一把拖住她，自己转过桃树，走出来冲林奈笑笑，斯斯文文道："林小姐，好久没见了。"

林奈起初没看见微蓝，这时候猛然见了，心底里先飙出一股酸水来，刚刚还自得的表情忽然皱起来，像吃了只酸杏，咽不下又不肯吐出来。

"我当是谁，原来是金老师。"林奈撇撇嘴，"英杨讲你去苏州啦，怎么又回来了？"

"我想去便去，想回来就回来，都是小事，不必林小姐劳神管顾。"微蓝平静道。

"那是当然,"林奈轻蔑道,"你的事与我何干?报告给我,我也不想听的。"

微蓝瞧她这样子,分明是来寻不痛快的。她不愿与林奈争口舌意气,便问:"林小姐有事吗?"

"我有事啊,我找英杨。"林奈神气活现,扶了扶造型夸张的帽子,"今天天气好,叫英杨陪我游园去!"

贺景枫一听这话,不由睁大眼睛看向微蓝,满脸不可思议。微蓝却不气恼,道:"英杨不在,一大早出去了。"

"他去哪儿了?上班去了吗?"林奈追问道。

微蓝静了静,说:"不知道,他没说。"

林奈浮出愉悦神气:"他去哪儿都不告诉你?是讨厌你吧?那么你还赖着做什么?如果我是你,早就走掉了,绝不受这窝囊气的!"

微蓝瞧她如此强词夺理,一时竟不知说什么。贺景枫却不服气,蹦出来道:"喂!你也该够了!一大早跑过来自说自话!英大哥待我姐姐又温柔又甜蜜,哪有半点讨厌她?你是哪里来的妖怪,说的都是什么鬼话!"

这句"又温柔又甜蜜"成功刺激到林奈,她脸上的笑立时无影无踪,沉脸咬牙道:"一个人来蹭还不够,这还带着妹妹,人穷果然没志气!没脸皮!"

"你说谁没脸皮呢!"贺景枫完全炸开。她几步冲到林奈面前,隔着半人高的木栅门,劈手扯下那顶造型夸张的帽子,刷地丢下地,抬脚踩在绸花上碾三碾,这才说,"这是我姐姐的家!谁同意你没脸没皮来闹事的!快点滚蛋!"

"我的帽子!"林奈叫起来,"这是巴黎出的春季新款,你敢踩我的帽子!"

"什么春季新款!"贺景枫抱臂冷笑,"戴上像个老虔婆!倒是同你很配!又老又丑!"

林奈长到这么大,何曾受过这等羞辱,气得声音也抖手也抖,指了贺景枫道:"你给我等着!"

她说了转身往家跑,贺景枫不晓得她去叫人,十分解气笑道:"姑奶奶我就等在这儿!你可别不来啊!"

林奈失了帽子,像只被咬掉冠子的公鸡,狼狈万分迎风奔走,引得贺景枫咯咯娇笑。她一边笑,一边指了林奈的背影回头,向微蓝道:"姐姐!你瞧她……"她说到这里，觉得气氛不大对。安静的小院里，默默站着微蓝和成没羽，表情都很复杂。贺景枫不知道成没羽什么时候下来的，但他应该看见自己怒踩林奈的帽子了。

"姐姐，"贺景枫一秒变回小白兔，委屈巴巴地说，"我做错什么了吗？"

"那倒没有。"微蓝笑道，"我只是没想到，你这么温柔的人，发起脾气来这样凶的。"她不知道，何锐涛早就讲过，贺景枫一旦变身势不可挡。此时贺景枫已经收了神通，微噘着小嘴蹭到微蓝身边，撒着娇道："姐姐，这个林小姐是什么人呀？她凭什么叫英大哥陪着游园？"

微蓝沉思两秒："严格来说，她是英杨的未来嫂子，应该会嫁给英杨的大哥。"

"嫂子！"贺景枫被吓到了，"上海真开放！嫂子可以让小叔子陪着游园吗？"

"所以她不讲理啊。"微蓝笑道，"下次再见她，你就叫她嫂子，保证比踩她帽子还叫她七窍生烟！"

"好啊，我就叫她林嫂子！"贺景枫哈哈大笑。

"对！林嫂子，大少奶奶！"

两个人有说有笑，正在热闹高兴，却听成没羽叹了口气，说："嫂子搬救兵来了！"

✦• 四十九　替人愁 •✦

林奈果然搬来援兵。她再来时气势汹汹，身后跟着两个膀大腰圆的保镖。

贺景枫见状吃惊："她这么快能找来帮手！"

"她住在前面那幢楼，"微蓝指点道，"林奈的父亲是林想奇，你听说过此人吗？"

"林想奇？替投降政府牵线日本人的那个？"

重庆来的，当然称和平政府是投降政府。微蓝闻言笑道："你说得不错，正是他！"

"原来是这样，"贺景枫露出鄙薄神气，"有其父必有其女，只会对国人龇牙！"

话音刚落,林奈已然奔袭而来。她将手一挥,指定贺景枫道:"就是她!她抢我的帽子!还出言不逊!替我捉住了好好教训!"

两个保镖齐声答应,伸手去推木栅门,吓得贺景枫嗖一声躲到微蓝身后。成没羽见状向前,伸手阻拦:"两位,有话好说,不要随便推我家的门。"

"什么有话好说!她抢我帽子,何曾同我有话好说!"林奈气得跺脚,又向保镖叫道,"你们两个人,他只有一个人,不要听他废话!"

林想奇一对儿女,儿子是指望不上了,因此把所有宠爱都灌注给这个女儿。保镖当然知道小姐发话的分量,二话不说便要推门闯入。

谁知成没羽单手抵门,看似不费力气,两个保镖却死命推不开。这两人情知遇到高手,又不肯在小姐面前出丑,恼怒之下抬起脚来,向着木栅门踹去。

按着武林规矩,成没羽只用了暗劲,没有当面给难堪,林家保镖应当知难而退,抱拳道声"惭愧"就走。可他们同"武林"不沾边,因此也不懂门道,非但不谢成没羽留面子,反倒飞腿来踢。成没羽一时间反应不得,只得急退半步,被保镖咔嚓一声踢折了木栅。

成没羽自从成名八卦门,没见过这等不讲规矩的。他剑眉轻拧,闪电伸手抄住踢门保镖飞起的腿,带了劲向上一托一甩,把那保镖啪地摔在地上,四脚朝天嗯嗯啊啊爬不起来。

另一个大吃一惊,正要跨步上前,成没羽回头瞪瞪眼睛:"想干吗!"

那保镖吓得直退三步,干咽唾沫不敢出声。

成没羽也不去为难他,弯腰捡起帽子,拍拍灰递给林奈,说:"我家小姐弄坏你的帽子,你家保镖弄坏我的木栅门,这就算扯平了。"

林奈满脸不服气,却知道自家保镖不是对手,闹下去又要吃亏。一时无计,她只能悻悻夺过帽子,骂一句"废物",转身便走了。

站着的保镖扶起躺着的那个,也灰溜溜地走了。

这边贺景枫从微蓝身后转出来,拍拍胸口说:"可吓死我了!"她说罢看见成没羽在弄木栅门,不由走过去道:"这门虽不是我弄坏的,却也为了我牺牲掉,不如我来赔吧!"

成没羽头也不抬,说:"好。"

贺景枫一怔,她不过客气客气,不料成没羽一点不客气,不由挑刺说:"如果你早点抓住他的脚,这门就不必坏啦!所以也不能全怪我,你也要负担一半。"成没羽笑了笑,并不答话,只把坏掉的木栅门全拆掉,收拾了扔到垃圾场去。

"他怎么不理人?"贺景枫问微蓝,"我在同他讲话呢!"

"他就是不爱说话,特别不喜欢跟女孩子说话。"微蓝帮着解释,"他能说个'好'字,已经很不错了。"

"真是个怪人!"贺景枫嘀咕着,却盯着成没羽的背影,直到他转个弯不见了。

******

英杨并不知家里闹得鸡飞狗跳。他一大早出门,先去了趟展翠堂,把微蓝有孕的事报告给十爷。十爷听了就皱眉,批评英杨道:"我早先就说过,你们未成大礼,不能过于亲近!这下可好,我如何向老爷子交代!"

英杨理亏,垂头听训不语。

十爷情知木已成舟,这时候骂死英杨也于事无补。好在英杨早已是公认的姑爷,补行婚礼也来得及,只是免不了被卫清昭发作一场。

"事已至此,你硬着头皮过老爷子那关吧。"十爷叹道,"总之我也要被骂,那么陪你同去就是!"

"十叔,这事情还有个难处,"英杨吞吐道,"兰儿嫁给我,并不能提卫家小姐,仍要用金灵的化名。"

"什么?让老爷子嫁女儿,还不能用本名!"十爷眼睛珠子要瞪出眼眶了,"这事提也不必提,卫老爷子绝不能允准!"

"您知道的,兰儿做的事情,不方便扯到家里人!你要她用卫兰的身份与我结婚,那么她宁可不结婚的!"英杨叹气,"我也劝不了兰儿呀!"

十爷一时傻眼,两人对坐叹气。良久,英杨试探着说:"十叔,兰儿的意思是,此事不必张扬,我们领一张婚书,定下名分就是。"

"糊涂!"十爷急到跺脚,"老爷子就这一个女儿,终身大事怎能如此随意!"

英杨不敢吭声,垂眸不语。又过了一会儿,十爷悄声道:"小少爷,你给我个准话,兰儿在外面究竟做什么?"

事情到了现在,再瞒下去要节外生枝。英杨与十爷相处日久,知道他脸冷心热,看似张扬其实行事低调,是能托付的人。他犹豫再三,伸手比了个"八"。

十爷虎躯一震。他心里虽有个影子,却又不敢确认,有时侥幸地想,或许是重庆那边的，但现在落实了，倒有股子说不出的感觉，又担心又骄傲的。

"那么你呢？"十爷又盯着问。

"您知道兰儿的，"英杨无奈道，"若不是同路人，她绝不会搭理我。"

十爷这倒笑了，点头道："有点道理。"

事情挑明了，十爷倒不愁了，只说老爷子那边他去应会，让英杨好好照顾微蓝，把孩子生下来。两人商量妥当，英杨这才告辞出来，驱车回到特工总部。然而板凳没坐热呢，李若烟叫英杨去他办公室。

英杨敲门进屋，李若烟正在用剩茶水浇花，见他来了便问："我仿佛很久没看见你，这两天你去哪儿了？"

英杨怔了怔，算算出去了两天，便说："我收到线报，苏州有个共产党的联络站，因此连夜赶了过去。"

"哦，那么有收获吗？"

"没有。"英杨说，"线报不准，扑了个空。"

李若烟笑笑，收起杯子坐到英杨身边，递上香烟说："有句话我就一说，你就一听。挖共产党的事没什么意思，他们成不了大气候，就仿佛之前的太平天国、义和团，除了成为历史，没有别的作用。"

英杨嗯了一声，擦火柴给李若烟点烟。

李若烟吞吐烟雾，问："你觉得眼下最重要的是什么？"英杨道："是去南京啊！听说下周就要举行正式典礼了。"

李若烟点头："是的，这才是和平政府的头等大事！我问你，谁最恨咱们去南京正式宣布成立政府？"

"那自然是重庆！"

"对喽！所以抓共产党干什么？他们无非是在根据地打打日本人，与我们何干呢？"

"啊，是的。"英杨摆出恍然大悟的样子。

"去南京准备得差不多，在所有事情里，重庆盯得最紧的，就是新中央银行！"

又是新中央银行。英杨莫名绷紧神经。

"现在上海的光景你晓得的，日本人弄军票，租界里用法币，之前搞过一阵子华兴券，乱糟糟的。新中央银行出来，华中、华东、华南统一用新货币，那么问题来了，军票如何兑换，法币又如何兑换呢？"

英杨这几日在研究此事,听李若烟张口说到关节上,想他果然不是草包。然而李若烟话锋一转,又道:"这里头有多少利益,你想一想。"

英杨立即明白了。新货币如何兑换法币,又如何兑换军票,这都是当权者的一句话,多少的民脂民膏又要被搜刮,甚至变相为日本输送利益。但此事延安无法插手,只能眼睁睁看着重庆、南京以及日方操作。英杨不敢他求,只希望和平政府能有些良心,不要让国民在困窘之地陷得更深。

"我们能做什么吗?"英杨问。

"大家都在关心,日本人对新中央银行的态度。"李若烟抚着脑袋道,"日本人吃的是肉,多少人张了嘴,在等着喝汤呢。"

他说罢看向英杨:"明晚林想奇部长在家办酒会,你陪我同去。到场的都是汪派核心,你该同他们熟悉,不要学骆正风,永远在外围打转。"

"是。"英杨答应,想想又道,"主任,我有件私事要报告。"

"你说。"

"我要结婚了。"

"哦?"李若烟一惊,"和谁呀?"

"之前我同您提过,她姓金……"

"我记起来了!"李若烟打断道,"就是那个,冯其保介绍给你的美术老师?"

"是的。"

李若烟笑而不答,不说答应,也不说反对。晾了一会儿,他终于开口道:"我建议你再想想。"

英杨不料他这样说,一时竟沉默了。

******

晚上到家,英杨没进门就看见木栅门坏了,代替品是两根捆作十字形的圆木头。

英杨心生诧异,跨过木头进门,搁下包先问:"珍姨,木栅门怎么坏了?"

珍姨从厨房赶出来,支支吾吾答不上来,眼睛却往楼上瞟。英杨情知有事,放珍姨回去烧饭,自己上楼推开书房门,看见微蓝在里面。

"院子里的木栅门为什么坏了?"英杨说,"我问珍姨,她也弄不清楚。"

"被林奈弄坏的。"微蓝捧着书,头也不抬。

"谁?"英杨以为听错了,"林奈一个娇滴滴的小姐,能把门弄坏?"

微蓝抬起眼睛，越过书本盯一眼英杨，又垂下目光："她当然弄不坏，是她的保镖干的。"

英杨越听越不理解。他知道微蓝低调，这八成是林奈惹出来的事，于是笑道："她又做什么不讲理的事了？"

微蓝这才放下书本，似笑非笑道："她大早上跑过来，说要你陪她去踏青游园。我当然说你不在，她也不知怎么，就同贺小姐吵了起来。"

"贺……"英杨呆了呆，"我真是越听越糊涂。"

"本来就是笔糊涂账，是你非要问清爽。木栅门坏了就换掉，不值得劳心劳神。"微蓝又拿起书本。

英杨感觉到她不高兴，便赔笑道："这事重点不是换门，我是担心，林奈总要惹你不高兴。"

"我并没有不高兴，不高兴的是她。"微蓝漫声道，"她今天戴顶老漂亮的帽子，结果游园不成，反被贺景枫扯下丢在地上，还踏了两脚，能高兴吗？"

"啊！原来是吃了亏，所以回去叫保镖来踢门！"英杨终于弄明白了。

"你说得她很无辜的样子。"微蓝举眸看向英杨，眼睛里笑盈盈的。

英杨感觉到一股寒气，忙说："她怎么能无辜？首先我没答应过陪她去游园，她为什么跑过来？换了别人跑到她家，叫她先生陪着游园，扯掉帽子都算客气的！"

"谁的先生呀，"微蓝笑道，"我可没有先生！"

"你都有孩子了，怎能没有先生？"

微蓝脸上腾地红了，举高书本挡住面目，装作没听见。英杨知道林奈这事过关了，便拉她手笑道："你别看书呀！我大早上去了展翠堂，和十叔商量咱们的事。"

"哎呀！"微蓝一听这话，急忙放下书嗔道，"谁让你告诉他的！"

她说不下去，脸急得通红。英杨微叹一声，握住她的手说："你总要为妻为母，这有什么不好意思的？"

"我爹爹若是知道，我……"微蓝急得说不下去，转而威胁英杨，"他一定不会放过你！"

"十叔也怕你爹生气！但他最气的不是你有孕，是我要娶的是金灵，却不是卫兰！"

33

微蓝咬了咬嘴唇,情知她爹这关难过。瞒着肯定不行,不结婚也绝不答允,但办婚礼用金灵的身份,卫清昭还是要生气……

"总之都要生气,索性瞒着好了。"微蓝喃喃道。英杨叹一声:"我也这样同十叔讲,他,他说帮咱们瞒着。"

想到连结婚也要瞒着父亲,微蓝又心痛又无奈,皱眉推着英杨道:"你别在这儿聒噪,让我清静看会儿书!"

"好,好!你歇一会儿,我去替你换杯热茶!"

他捧着微蓝的茶杯走出书房,见成没羽坐在楼梯上。

"怎么了?"英杨问。

"贺小姐下午去何家了,兰小姐让我陪她过去。"

"哦?那么她住到何家去了?"

成没羽点了点头,面无表情道:"但她没带行李。"

"那是要回来的。"英杨叹气,"真麻烦!"

成没羽笑而不答。英杨想想又问:"家里的木栅门是怎么回事?你在不在场?"

成没羽当即把全程讲述一遍,英杨沉吟着问:"我们搬来这么久,林奈没上门几次,怎么兰儿刚回来,她就跑来闹事了?"

"小少爷,您赶紧和兰小姐成婚吧。"成没羽劝道,"你们把大事定了,林小姐自然就断了念头。"

话是这个话,可事情哪有这么容易呢?当初进入伏龙芝的时候,英杨从没想过,有朝一日结婚也这么困难。

五十　燕同宴

第二天晚上,英杨要陪李若烟去林家赴宴,却不敢告诉微蓝。他谎称晚上和骆正风有约,不回来吃饭。等到下班出发,也不敢开自己的车,要搭李若烟的车去。汽车进了愚园路,他不由自主压低帽子,挡住半张脸。

李若烟瞧他奇怪,说:"你是来赴宴的,不是来行动的,别弄得鬼鬼祟祟。"英杨应声"是",却我行我素,不肯坐好。

直到车进了林家大院,英杨才松了口气。下车时他恢复常态,彬彬有礼,态度大方。这是他头回进林家,这处洋房并没什么特别,甚至不如英家气派,只是院子里保镖极多。林家保镖并没有统一服装,他们闲散在各处,仿佛是来参加宴会的客人。

比起魏宅草木皆兵的戒备,林想奇的警戒低调有序。林想奇早年也是坚定的革命派,追随国民政府时热血满满,谁能想到全面抗战爆发,他居然做了汉奸。英杨有时不明白,以林想奇为代表的汪派核心,他们也曾勇立潮流,立志推翻清政府建立科学民主的新秩序,他们真的不明白什么是爱国,什么是卖国吗?

李若烟带着英杨踏进林家门厅,戴白手套的侍者迎上来招呼。里面的客厅撤掉家具,在正中围出小舞池,沿舞池一圈摆着放置冷餐的条桌,条桌外散放着沙发圆几,供客人闲坐休息。

李若烟是林家的常客,他领着英杨穿过客厅,直接上二楼。二楼安静多了,李若烟走到一扇日式纸拉门前,伸指敲了敲。屋里立即有了反应,有人走过来,哗地拉开纸门。来的是英柏洲,他显然很意外,没想到会见到英杨。厌恶的神色在他脸上一闪而过,却没逃过英杨的眼睛。

"英次长,"李若烟笑道,"今天来得早啊。"

警政部比内政部高半级,因此兼任副部长的李若烟也比任次长的英柏洲高半级。受到主动招呼,英柏洲要给面子,他于是掠过英杨,道:"晚上好,李主任里面请。"

这间和室是林想奇起居之所,进出都是心腹亲信。林想奇见李若烟进来,笑道:"平时要见你很难,今天有饭吃,这么早就跑过来了?"

"老师家的厨子从南京跟到上海,手艺令人难忘。"李若烟盘膝坐下,"我师妹的厨艺,是得名师指点呀。"

"你莫要听林奈胡吹大气,"林想奇摆手笑道,"她是个纸上谈兵的,成日讲演厨艺,我从没吃过她的出品!每每要出去应酬,也是我家大厨替她备好了,装在篮子里叫拎去罢了!"

英杨暗想,原来林奈吹嘘的厨艺是这样!李若烟却笑道:"您说师妹的坏话,我一会儿告诉她!"

"哎!你行行好吧!"林想奇合掌拜一拜,"这丫头成天烦得我头痛,你别再找事啦!"

众人哈哈一笑,林想奇这才瞥见英杨,不由向英柏洲笑道:"你弟弟也来了……"

他这话还没说完呢,便听着纸推门忽啦一响,林奈人没出现,声音先到了:"爹爹!"

等她闯了进来,看见李若烟和英杨便惊了惊,咦一声不说话了。林想奇笑道:"刚刚还叽叽喳喳的,这就没声音了?进来见了人,总要问声好。"

林奈不喜欢李若烟,日常躲着他走。此时父亲提了要求,她只得勉强笑道:"李先生晚上好。"

"师妹好偏心呐,"李若烟笑道,"你叫英次长师哥,却叫我李先生,这是为什么?"

林奈不喜欢这类打趣,闻言只笑笑不答。林想奇要替女儿说话,解释道:"林奈在日本留学两年,全靠柏洲照料。那时候咱们在南京搞俱乐部,你没机会见到她、帮助她,她当然叫你李先生!"

李若烟本也是开玩笑,呵呵两声就罢了。英柏洲却问:"师妹看着不高兴?谁惹你生气了?"

英杨从不见英柏洲如此殷勤柔和,正在暗暗吃惊,林奈却嘟起嘴巴,靠着林想奇说:"爹爹,你举办的酒会好无趣啊,依我看,很应该换成游园会!"

"你这孩子!"林想奇正要教育女儿,纸门却被轻轻敲响,林想奇的秘书在外面说:"部长,财政部的何部长来了,您要下去吗?"

"哦,请他到隔壁小会客厅吧。"林想奇丢开女儿,吩咐道,"我就不下去了。"他说罢又道,"何立仁来了,你们跟我去见见吧。"

他说的"你们",指的是英柏洲和李若烟。李若烟起身跟上,却向英杨笑道:"你陪林小姐下去转转,年轻人多交流,跳跳舞,不要吵架。"

他这叮嘱小孩的架势,倒让英杨哭笑不得。一时之间,书房里只剩英杨同林奈,静得可怕。

"我要下去了,"英杨作势起身,"坐着腿麻。"

"你等一等!"林奈板起小脸,沉声道,"前几天我到你家去,却被欺负了!这事怎么算!"

"你也踢坏了我家的木栅门,还要怎么样呢?"

"木栅门算什么?你家用人从我头上揪下帽子,丢在地上踩!"林奈想起来就气,"这就是踩在我头上!"

"你讲不讲道理啊?"英杨奇道,"你跑到我家去闹事,吃了亏还要问我怎么算？我来问你，我们何曾约好了去游园踏青？"

"我没想过去闹事，也没想叫你去游园！"林奈愤愤说，"我只是路过，碰巧看见两个小姑娘站在你的院子里，我发出好奇心来，想上去看看是哪位，不料却看见了金小姐！"

"金灵是我的未婚妻，看见她不是很正常？"

"她不是走了吗？半年多没见到的人，为什么又回来了？"林奈低喊起来，"她为什么要回来！"

"她离开上海，是回苏州照顾姑母。现在老人家病好了，她当然就回来了，这又怎么惹着你了？"

林奈眼睛里冒出小刀子，狠狠盯着英杨，把英杨盯得不自在，仿佛真冒犯了她。良久，林奈哽了声音说："我就是不想看见她！就是不想让她回来！"

英杨皱起眉头："你也二十多岁了，为什么一定要扮演成孩子？时时不讲道理，处处折腾任性！你的要求十分无理，我没办法回答。"

他说罢转身就走，林奈急道："好！那么我换一个要求，你能不能答应我？"英杨脚下微滞，也许是怕她再闹，也许是知道林奈并无坏心，他终于转过身问："是什么？"

"陪我去游园！明天，去鸳鸯湖！"

英杨顿了顿，道："我劝你不要这样吧！有件事也该挑明了说，我和金灵就要正式结婚了，正在筹办婚礼！"

林奈一时吃惊，向后退了半步，晃了晃身子，说："是！有些事早该挑明了说！外面人都说，我日后要嫁进英家，要嫁给英柏洲。可我早就同爹爹讲啦，我只当英柏洲是哥哥，我想嫁的人，是你！"

英杨不料她竟和林想奇这样说，不由急道："明明我大哥才是你爹的学生，他不会忘了吧？"

"谁说我一定要嫁给爹爹的学生？"林奈犀利反问，"我爹爹的学生多着呢，李若烟也是！一个个都要嫁，我能嫁得过来吗？"

"不，你这……"英杨一时语塞，只得无奈问，"那么你爹怎么说？"

"爹爹以为我们两情相悦，却不知这世上还有个金小姐！英杨，我不会放弃的，不论你有没有结婚，在我心里都是一样的。"

"你为什么不说实话呢？"英杨皱眉道，"从我们认识到现在，我对你的态度明明白白，没有一件事能与两情相悦扯上关系！这……"

他想告诉林奈，微蓝已经怀孕了，请她不要再来纠缠，却又怕林奈走火入魔，做出伤害微蓝的事，于是缩住了不说。

"是，你是没同我两情相悦，但你也没明白拒绝我啊！"林奈开始不讲理，"你从没说过，你只喜欢金小姐，你不会给我半点机会！"

"好吧，那么我现在说！"英杨沉声道，"林奈小姐，我爱的人是金灵，这辈子心里只有她，我会永远同她在一起的，请你不要再执念难消！"

他每说一句，林奈的脸色便白一白，直到他说完了，林奈已完全失了血色。然而她却狠狠笑起来："我不相信这世界上有永远！总有一天你会改变的！总有这一天！"

英杨瞧她又可怜又可怕，既不知如何解劝，又深感她不可理喻。他不想再逗留下去，转身出了和室，一口气奔下楼。在宾客之中站了好一会儿，英杨才觉得缓过劲来。他不知该如何处置，因此一直逃着躲着，就怕林奈得了机会，把"感情"两个字赤裸裸说出来。

林奈和夏已不一样，夏已有再多的心思，她也只是堂子里的姑娘，在英杨的世界里，她连涉足一角的机会都没有。但林奈是林想奇的女儿，是英柏洲的师妹，甚至在李若烟那里也有一定分量。如果林奈要逼迫上来，英杨也不得不做掂量。更麻烦的是，林想奇已经知道了女儿的心思，甚至误会了林奈与英杨的关系。

英杨回想着与林想奇的两次见面，他的态度确实不一般，他待英杨有种刻意疏远的亲近，仿佛父亲当众见到儿子，并不会扑上去热烈拥抱，反而要冷淡着不理睬。所以，李若烟听说英杨要与微蓝结婚，才会说出"建议你想一想"。林想奇一定向李若烟打听过英杨，而李若烟待英杨超越寻常的信任，也有迹可循了。

这可真麻烦！英杨正在头痛，却被人一巴掌拍在肩上。他略带恼火地转过脸，看见的却是何锐涛。

"小少爷！我拿你当兄弟，你拿我当什么？"何锐涛满脸不高兴，眼睛里全是愤懑不平。

英杨怔了怔："这是怎么了？我哪里惹了你？"

"你不知道吗？你半路捡到了贺景枫，为什么不同我通个电话，竟由着她闹到我家去！"

"啊！"英杨恍然回神，抱歉道，"森少对不住，你不晓得我有多少事情，脑袋完全稀昏！本想先安顿了贺景枫，等办公室的事忙完，再去提醒你！不料贺小姐等不及，先跑去找你了！"

"你不知道我爹爹吓死了！"何锐涛压低声音，"在这么个节骨眼上，忽然从重庆来了贺明晖的女儿，一旦传出去，可怎么得了！"

"什么节骨眼上？"英杨不解。

"你不知道吗？新中央银行筹备委员会案下周就要讨论，行长人选要随之敲定！我爹爹现在是大热人选，若因为贺景枫被奏上一本，那么这个行长，必然花落别家！"

英杨心里叮的一响，敏锐捕捉到重要信号。相比之下，他当然希望何立仁坐上行长之位，有些风吹草动的，也能从何锐涛这里打听。

"那么现在情况如何？"英杨紧张地问，"贺景枫的事有没有被人知道？"

"我爹爹瞒得铁紧，不敢让任何人知道。但我家被多少双眼睛盯着，留着她很不方便。小少爷，你行行好，是你请来的神，也烦你送走吧，能不能把贺小姐接回你家，再找机会送回重庆去？"

"我没问题啊，就怕贺景枫不答应。她虽面色和善，其实脾气极大！"

"你看出来啦！"何锐涛苦着脸说，"我同她自小一处长大，真心只拿她当妹妹，没有半分他想！她要退婚，我举双手答允！如今退婚之事已然办妥，把她送出上海，却要麻烦小少爷了！"

"你也不必着急，我现在就打一通电话，叫我家里人去府上，把贺小姐接回来就是。"英杨笑道。

"好！太好了！"何锐涛几乎鼓掌，"我也去打一通电话，叫小枫做好准备，等在那里！"

五十一　倦寻芳

英杨要用电话，林家仆役把他领到楼梯间去，指着挂在墙上的黑色电话请他用。英杨道了谢，打电话回家，吩咐成没羽去何家接回贺景枫。

成没羽答应，却又说："小少爷，刚刚有位郁先生来电，说您存在右罗小馆的酒快过期了，问怎么处置。"

英杨知道是郁峰，这意思是要约见。他沉吟道："我知道了。郁先生来电的事，兰小姐知道吗？"

"她在楼上看书，不晓得这件事。"

"好，"英杨嘱咐，"她有了身孕，乱七八糟的事不要叫她操心。"

"是。我知道了。"英杨挂上电话，盘算着要走，出去联系郁峰。然而他一回头，却见林奈靠在墙壁上，目光幽幽地望着自己。

"你怎么在这里！"英杨脱口道。

"你刚才说，谁有了身孕？"林奈微微歪头，眯眼瞅着英杨问。

她这样步步紧逼，把英杨弄得心烦，索性说："金灵有了身孕，我们很快就要结婚了！"

"原来是这样。"林奈低低说着。她雪白的小脸浮在黑暗里，像挂在墙上的西洋画，"我刚刚想，牛不喝水不能强按头，你要同她结婚，又和她有了孩子，我也只能放弃了。"

英杨低了低头，没有回答。

"那么，我有个最后的要求，你可以答应吗？"

林奈的声音有点发抖，像在用力忍住不哭出来。英杨见惯了她的刁蛮跋扈，这副可怜的样子却少有，他略有动容，抬眼看见林奈渴盼的眼神。这眼神让英杨想起往事。刺杀藤原加北时，林奈坐在英家沙发里，向英杨诉说对日本人的恨意，当时她眼中也迸发着这样的光芒，既渴盼，又知道不可能。

同样在日本留学，自诩成熟的英柏洲成为彻头彻尾的汉奸，看着任性的林奈却保有独立思考的能力。

没有她，也没办法在秋苇白诱杀藤原加北。英杨想，她无非对我任性些，并没有多么可恶。

英杨于是心软，说："那你讲吧。"

"陪我游园吧。"林奈央求着，"以前我哥哥在时，每年春天都陪我去鸳鸯湖。我已经好几个春天都没有去了，我太想他了！"

她被自己的心事打动，眼里浮出泪花来，亮晶晶闪动着。提到她的哥哥，那个未曾谋面的、在太行山上的林可，英杨彻底屈服了。严格来说，林奈算战友家属。

"好吧，什么时候呢？"英杨问。

"这个周日，就是后天。"林奈欢快起来。

英杨点了点头,刚要说"只此一次",却见何锐涛冒冒失失闯过来:"小少爷,你电话打好没有啦!"

他立即看见倚墙而立的林奈,不由怔住了。这位风月场中的老手,很快发现了气氛微妙,不由呵呵笑两声,道:"对不住,打扰了啊!"

"不打扰,"英杨扯着他往外走,"林家的小姐,遇见了聊两句而已。"

何锐涛嗯嗯连声,笑微微不再提起。可他越是这样,英杨越觉得难受,仿佛自己同林奈真的有什么似的。

****

酒会早已开始,宾客们各自扎堆,英杨站了一会儿,深觉无聊至极。他不想上二楼,又怕在楼下再被林奈纠缠,于是脚底抹油,溜出了林家。

所幸他在愚园路有房子。李若烟若要召唤英杨,自然会给他家打电话,那时候再回林家也不困难。

现在,就好好放松下吧。英杨在夜色里伸个懒腰,乘着仲春和暖的风,慢慢走回家去。小三层透出的灯光如此温馨,叫人心神振奋。

他推门进屋,先拿电话给右罗小馆去电。接电话的是郁峰,说得很简单:"沈先生想见你。"

"什么时候?"

"现在。"

英杨想,沈云屏一定是有要事,否则不会这么急。他答应了,挂上电话上楼看看,书房关了灯,微蓝也许睡了。

英杨决定不去打扰。他唤来珍姨,让她听着电话,有人来找就说英杨醉了,已经睡着了。他安排妥当,自己步行出了愚园路,叫辆黄包车直奔右罗小馆。

快要到宵禁时间,街上行人极少,黄包车撒开腿往前奔,说跑完这趟就收工了。到了右罗小馆,英杨抽了张大钞票递过去,叫车夫不要找了。

右罗小馆也快打烊,店里没有客人,服务生都走了,电灯灭了大半,只留着厨房间的灯。英杨推门进去,郁峰听见动静探出身来,看见他就说:"沈先生在楼上。"

"是急事吗?"英杨问。

"应该是吧,我不知道。"郁峰回答。

也不知怎么,英杨始终无法与郁峰形成默契,虽然他们彼此客气。相比之下,英杨与高云见面就火药味冲天,但工作起来却默契十足。

他一面感叹，一面拾级而上，走进熟悉的包厢。

沈云屏在倚窗吸烟，他最近烦心事多，看着很疲倦。

"你现在是李若烟的红人，可以跟去林家参加宴会了。"沈云屏半玩笑半认真说。

"不希望我这样吗？"英杨随意坐下，"越接近核心，越能拿到更有价值的东西。"

"说得对，现在有价值的事来了。"沈云屏戏谑道，"重庆来了最新指令，要我们拿到日方对成立伪中央银行的态度。"

"态度？什么意思？"

"为了防止新银行新货币冲击军票，日方派了前财相青木一男来做顾问。他们要搞个新通货对策委员会，起草指导要领，我们要提前拿到要领草稿，交给重庆。"

"这……这任务交给我吗？"

"必须是你。要领由青木一男的秘书室主任堂本声雄起草，他是你大哥英柏洲的好朋友。"

"又是他的好友？"英杨皱眉头。

"你大哥在日本留学，当然有许多好友，这有什么奇怪？戴老板得到情报，为了安全起见，堂本声雄来沪后，将下榻在英家。"

说到这里，沈云屏笑起来："你说说看，这是不是叫近水楼台先得月？"

"沈先生，您知道英柏洲如何待我。"英杨皱眉道，"再说，我现在搬出了英家，没机会回去！"

"但是明面上，你仍旧是英家小少爷。只要脸皮够厚，找理由回去多么容易！"

英杨无言以对，良久叹道："我试试吧。"

"小少爷，日本人想用军票取代法币，掠夺民间财富。如果他们从新货币着手，搞垮举国财力指日可待，那么全国沦陷近在眼前啊！"他说这段话时声音肃重，不像漫不经心的沈云屏。英杨不由动容，认真看了看他。

"统一战线是不是挂在嘴上的，就看小少爷的了。"沈云屏只认真了三秒钟，立即换上讥诮口吻。

统一战线是双方共同的努力，被沈云屏一说，仿佛只靠延安维护了。但英杨不想争论，淡然道："我知道了，我会尽力的。"

"好。"沈云屏道,"那么我静候佳音了。"

"我还有件私事,"英杨说,"我要结婚了,最近都在筹办婚礼,可能会忙一些。"

"结婚?"沈云屏很意外,"是和那位金小姐吗?"

"是的。她叫金灵。"

沈云屏摸了摸胡子,说:"小少爷,我劝你放弃这门婚事。无论你为谁工作,娶这样的姑娘都是浪费。婚姻是一笔财富,你得让它价值最大化。"

"我不明白你的意思。"英杨皱起眉头。

"无论是为了信仰,还是为了救亡,小少爷的最佳对象是林奈。"沈云屏直言不讳,"英柏洲排斥你,如果想进入汪派核心,成为林想奇的女婿是最省力的办法。"

"我想,我总不至于要出卖感情吧!"

"最没有价值的就是感情,出卖又何妨?"沈云屏说,"不要被逼到没得选了,才觉得我说得对。"

英杨不想再讨论下去,敷衍两句告辞出来。走到门口时,郁峰说:"前面巷子挺黑的,我送送你吧。"

英杨知道他有话要说,于是答应了。

他们漫步向前,郁峰低低说:"重庆来了专员,代号冰刀,传达了新任务。沈云屏因此急了。"

"你见过这个冰刀吗?"

"没有,我也是听沈三说的。重庆的全盘精力都放在伪中央银行上,盯得很紧。"

"我知道了。"英杨说。他在黑暗里沉默着,想起了沈云屏的那张脸,疲惫又憔悴。

******

回到愚园路,家里出奇地热闹,原来成没羽把贺景枫接回来了。

英杨进门时,贺景枫正拉着微蓝叽叽喳喳,激情描述自己如何大战何家诸人,坚持原则取得了退婚胜利。她回眸看见英杨,停止夸耀笑道:"英大哥,多谢你肯收留我!何家见到我吓死了,供着我像供着一枚手雷!"

英杨瞅她一眼,也笑道:"你还知道手雷呢。"

"是我哥告诉我的,他是真正的军人。"贺景枫兴奋地走到英杨身边,

"英大哥,你太像我哥哥了!"

英杨一刹慌乱,打岔唤道:"珍姨!厨房有吃的吗?我饿了!"

"不是说出去吃饭吗?怎么会饿了?"微蓝不由问。英杨笑道:"请客的是个小气鬼,只准备冷餐,那些个蛋糕火腿的,我吃不惯。"

"你不说我竟忘了,我在煮面条呢!"贺景枫两手一拍道,"这面条可是一绝,请你们尝尝我的手艺!"

她说做就做,撸袖子便向厨房去了。英杨坐在微蓝身边,不知为什么就心虚了,讨好着笑道:"我今天得知了一件好玩的事,原来林奈的厨艺都是假的。"

"好好的又说到她了。"微蓝赖在沙发里,浑身没劲似的。英杨忙摸摸她额头,问:"你是不舒服吗?"

"也没有,就是没胃口,想着我娘做的乌梅汤。"

"这个容易,明天叫珍姨去买乌梅,她一定会煮。"

微蓝强笑点头,心底却黯然。母亲做的乌梅汤,没有能复刻出来的道理。

他们在这里闲话,忽然闻着一股香味,小莲用只托盘捧了面条出来。英杨被香味吸引,不由得凑上去,见白瓷碗里盛着金黄的汤、雪白的银丝面、碧绿的青菜叶,还卧着只胖墩墩的鸡蛋。

"卖相极好,"英杨忍不住提筷,"看着就饿了。"

微蓝见他狼吞虎咽的,出声打听:"好吃吗?"英杨顾不上说话,只顾着点头,好不容易吞下半碗,却唤道:"你快些来吃,保管胃口大开。"

微蓝被他说得心动,也走到桌边坐下,比齐筷子尝了尝,果然滋味无穷。她赞了一声,见贺景枫捧出一只海碗来,里面卧了两只蛋,不由惊道:"你能吃这么多吗?"

"这不是我的。"贺景枫脸上微红,转头对小莲说,"烦你喊一声,请成没羽下来吃。"

"原来是给他的,"微蓝笑起来,"成没羽的确辛苦,又送你过去,又接你回来,多吃一个鸡蛋也应该。"

她随便说说,贺景枫的脸又红了一层。英杨便替她岔开道:"贺小姐,你这面条太好吃了,有什么名目吗?"

"这叫做二十八碗面。"贺景枫笑道,"原是南京灵谷寺的看家手艺,因为每天只卖二十八碗,去晚了就吃不着,因此才得了名!"

她正说着话,便听着楼梯响动,成没羽施施然下来了。英杨笑而招呼:"闻见香味没有?快来吃面条!"

❖• 五十二　鹊桥仙 •❖

眼看着成没羽下来,原本高谈阔论的贺景枫忽然没了声音,客厅里陷入奇怪的沉寂。微蓝对坐下的成没羽说:"这面条特别好吃,贺小姐亲手做的,你快尝尝。"

成没羽没什么表情,提筷子捞面条送进嘴里,吃了也没什么态度。英杨替贺景枫问:"好吃吗?"

"好吃。"成没羽低头说着,捧起碗喝了口汤。

"我们都一只鸡蛋,你有两只。"英杨笑道,"你那碗应该更好吃。"

成没羽愣一愣,抬头看看别人的碗,又看看自己的。微蓝怕贺景枫尴尬,忙道:"贺小姐,你刚说这面条的故事,还没讲完呢。"

"面条还有故事?"成没羽忽然开口,"是什么?"

"这面是南京灵谷寺的秘传,一天只下二十八碗,因此叫做'二十八碗面'。"

微蓝笑道:"贺小姐,灵谷寺的秘传为什么叫你知道了?"

"我每天都去呀,磨得做面的老和尚不耐烦,终于把方子传给我了。"贺景枫得意起来。

"这方子是什么?你说出来听听,让珍姨也学一学。"英杨追问道。

"这面条的精华全在汤头,说来却简单,不过是把豆芽、香芹、香菇,煸了油做第一道,再放进老藕、马铃薯熬成第二道,最后放莴苣、山药焖煮,这汤就成了。煮了面捞起,浸在这汤里,香得掉舌头!"

"全素的?"英杨一怔,"全素的能这么鲜?"

"灵谷寺的秘方,那可不是全素的!"贺景枫奇道,"哥哥,你见过和尚不吃斋吗?"

英杨自失一笑,他的面已经吃完了,眼看着微蓝斯斯文文的,碗里还剩了不少。他于是伸过筷子,在她碗里捞只香菇来吃。

微蓝道:"我这碗给你吧。"

英杨却又不肯，咬着筷子说："不要，我儿子会骂我，跟他抢吃的。"

微蓝脸上悄然透红，把面碗推到英杨面前："你全吃了吧，我也吃不下了。"

他们在这里推让，却听贺景枫问成没羽："你够不够？后面还有汤，还能下呢。"

"我够了。"成没羽吞下最后一口荷包蛋，端起空碗送去厨房了。微蓝见了，向英杨低低说："你只知道吃我的，为什么不知道叫人再做新的？"

英杨还没答话呢，贺景枫已经叫起来："你们鬼鬼祟祟地说什么？为什么不让我听见？"

"我们在说今晚天气极好，星星多得像撒了把钉子。"英杨笑道，"若是上房顶看，一定美不胜收。"

"看星星为什么要上房顶？"贺景枫不解，"在院子里不也能看见？"

"一听你就没上房顶看过星星，那感觉当然不一样。"英杨笑而起身，指指从厨房出来的成没羽，"这人成天在房顶看星星，你不信问他！"

成没羽忽然被赋予了新任务，一时反应不过来。英杨却送佛送到这，不肯再向前半步了，只伸手搀住微蓝笑道："你不能熬夜，要早点睡。"

等上楼回了房，两人安顿着躺下，英杨道："你说成没羽会陪她看星星吗？"

"你真能替人操心，"微蓝笑道，"你也没陪我看过星星，却担心贺景枫看不到。"

"是的！那么我们现在起来，去房顶凑热闹可好？"

"我和贺景枫不一样，一点儿不稀罕房顶上的星星。"微蓝躲懒似的，边说边往被子里钻一钻。

"这说得对，兰小姐想上房顶噌噌便上去了，并不需要我。"英杨扒着她说，"那么你想做什么？可以是我能陪着的？"

"我想去游园，"微蓝扬起睫毛，似笑非笑说，"小少爷有时间吗？"

英杨心里一凛，忽然想起陪林奈游园的事。他不知微蓝这话是玩笑还是另有所指，只得不动声色："游园有什么难的？你想什么时候去，就什么时候去！"

微蓝咯咯一笑，便也丢开了。

熄灯之后，英杨躺在黑暗里睁着眼睛，后悔答应陪林奈去游园。关于林奈,李若烟竟与沈云屏意外合拍,他们带来的压力让英杨不寒而栗。

这些人看着衣冠楚楚,其实恶贯满盈,很难讲他们会使出什么手段来。英杨并不怕自己怎样,他担心微蓝。他对林奈如此坚壁清野,尚且要被啄出一条缝来,若开了游园的口子,简直后患无穷。

然而事已至此,反悔只能给林奈再闹一场。英杨无声长叹,只能走一步看一步了。

******

有不喜欢的事在前头,时间总是过得快。一转眼,就到了陪林奈游园的周日。

英杨一大早出门,只说是办公室有事,交代了不回来吃午饭。他和林奈约好在鸳鸯湖入口处见面,因此驱车而去,并没到林家等候。

四月中旬,天气暖融融的,沿路树木全冒出青翠枝芽,上海仿佛焕发出生机来。英杨把车停好,刚走到门口,便听见林奈的叫声:"英杨!这里!"

她今天刻意打扮,穿件粉白色长袖连衣裙,依旧戴着极夸张的阔边软檐帽。这帽子太过抢眼,英杨也忍不住道:"为什么戴这么大的帽子?"

"这是巴黎时新春款!"林奈得意道,"我爹爹托朋友从法国带回来的,上海可买不到呢。"

"法国人还顾得上这些?"英杨嘀咕。战事新闻说英法绥靖政策彻底失败,德国闪击荷兰、比利时和卢森堡之后,接下来就要向法国开刀了。

林奈不喜欢谈论战事,挽住英杨手臂说:"我们快点买票进去吧,别站在门口了。"

英杨想把手臂抽出来,却被林奈抱得更紧了。他不想在大街上拉扯,只好任由林奈挽着,买了票进公园。虽然是踏青的好时节,公园里并没有太多人。战争像只黑色的大狗,每日将鼻息喷在人脸上,让人没心情顾及生活。

他们在安静的公园里漫步着,身边是熬过严冬绽出春色的树木花草,湖边垂柳打起嫩黄的芽谷,有些已经抽出枝条,绿油油随风摇曳。

"碧玉妆成一树高,万条垂下绿丝绦。"英杨随口吟诵,"可我看这垂柳零落破败,不复诗人眼中的盛况。"

"你怎么变得酸唧唧的?"林奈歪头打量英杨,"你是英家小少爷,并非不得志的酸腐文人。"

果然话不投机半句多。英杨压住满怀愁绪,静默着向前走去。两人沿湖走了半圈，见前面挺热闹，走近了才知是租船的码头。

"我们去划船吧。"林奈兴致颇高，"荡舟湖上，才不负春意呢！"

"我不会划船，"英杨立即拒绝，"这种小木船很不安全，有许多人半途落水的！"

"不会的！别人都能玩，我们也能！"林奈不受恐吓，拖着他往码头去。英杨正没奈何，忽听着有人咦一声，大声道："小少爷！你也来游园呀！"

英杨循声望去，正看见笑眯眯的何锐涛，他身边跟着个女子，穿着薄荷绿湘云纱旗袍，却是夏巳。

英杨暗自叫苦，不料这时候遇见这两个人。何锐涛眼尖，早已看见了林奈，不由笑道："林小姐，这是请小少爷陪你游园呀！"

林奈是个窝里横，她的跋扈只对她爹和英杨，甚至待英柏洲都是知理懂事的。此时见了何锐涛，她拿出名门闺秀的样子来，大方点头笑道："何少爷早上好。"

何锐涛同她寒暄两句，目光回顾英杨时，那眼睛里有好几层的意思。英杨要解释，却又不知从何入手，正烦恼间，却听夏巳道："小少爷，林小姐真漂亮啊，我看比瑰姐的表妹要漂亮。"

英杨微怔，林奈已经笑问："瑰姐的表妹是谁？"

夏巳向英杨飞个十足的眼风，说："那就要问小少爷了，我只知道她是瑰姐的表妹。"

何锐涛听着不像话，忙打岔道："你们要不要坐船？我们刚租到一条，不如一起吧？"

林奈心喜，正要答应下来，英杨却断然道："我不喜欢坐船，林小姐着实要去，不如请森少陪一陪，我就在岸上等你们。"

林奈当然不愿意，当着何锐涛又不便发作，气氛立即冷下来。好在何锐涛极有眼色，立即拱手告辞，带着夏巳去坐船了。

留下英杨和林奈在岸边站了一会儿，看着那两个摇摇晃晃御波而去，林奈说不出的羡慕，忍不住噘了嘴说："跟你出来游园，是真没意思！"

"你现在知道也不晚，下回不要再约我了。"英杨正色道，"我和金灵结婚后，有时间也只能陪她游园，你再怎样胡闹，我也不会出来的。"

"谁胡闹了！"林奈急得跺脚放声，就要吵起来。

英杨忌讳码头人多，转脸先走开了。林奈无法，只好不远不近跟着他，心头一阵酸一阵气，难受得遭不住。

两人一前一后又走了七八分钟，英杨只听林奈在身后"哎哟"一声。他回头看去，却见林奈站在湖边一块石头上，悬着一只脚，正神色幽怨地望着自己。

"又怎么了？"英杨皱眉问。

"我的鞋子掉下去了。"林奈指着湖边浅滩，"我只想攀上来瞧瞧，谁知它掉下去了。"

英杨走过去看，只见离石头一人多高的草丛里，躺着一只白色的高跟鞋。他虽厌烦林奈多事，但也知道，这鞋子不捡起来，今天是没办法收场的。

英杨只好脱了西装，交给林奈说："你在这里等着，我下去替你捡回来。"

他卷起袖子，攀着石头跳下去，落脚处绵软无比，那草丛下全是软泥。英杨怕陷进去，不敢多走动，捡根树枝挑过鞋子，拿在手里了却又头疼，这里跳下来容易，爬上去却难。

事到眼前，英杨也顾不上怕脏，把林奈的鞋尖插在后腰处，腾出手来摸抠石壁，咬牙攀爬上来。他今天的西装是浅色的，里面配着白衬衫，这下刮蹭得一团稀脏，狼狈不堪。

英杨暗自抱怨，忽然想到这正是借口，上去就可以同林奈告辞，回家换衣服去。这场尴尬的游园可以结束了，英杨双臂振奋出力气来，撑石头跳上去，却又愣在当场。

小莲站在距离他十米处，看着英杨与林奈。良久，她不相信似的，小声唤道："先，先生。"

"你怎么在这里！"英杨大惊失色，顾不得把鞋子从后腰拔出来，先抢到小莲面前问，"金小姐呢？"

小莲还没回答呢，只见华明月满头大汗跑过来，手里抓着两瓶橘子汽水。他也不承想遇见英杨，忽地紧急刹车，怯生生叫道："处长……"

英杨心里一块石头通地落地，知道是华明月拐了小莲出来玩，与微蓝并没关系。只要不当场遇见微蓝，英杨就能活着回家。他收回紧张，睨着华明月道："你胆子挺大啊，偷到我家里来了！"

"不，不是。"华明月挠挠头，不敢分辩。

"你俩逛公园我不管，但是碰见我的事若是说出去！"英杨凶巴巴点手指头，"一个离开特工总部，一个离开我家，听见没有！"

"听见了！"华明月和小莲老实回答。

"特别不能叫金小姐知道！"英杨接着说，"你们若找我的麻烦，我就找你们的麻烦，知不知道！"

"知道！绝对不说！"华明月机灵，立即明白关键所在，踊跃表态道。

"行了！赶紧走吧！"英杨没好气地说。

华明月如蒙大赦，拉着小莲的手，头也不回地跑了。英杨站在那里，又是好气又是好笑。他喘匀了气，这才把鞋子递给林奈，道："我的衣裳脏了，我要回家了。"

五十三　芳心苦

愚园路悄静无人，只有珍姨在厨房做事。英杨并不去打扰她，先回屋换掉脏衣裳，再去问人都去哪儿了。

珍姨说微蓝回展翠堂看瑰姐，因此贺景枫和成没羽陪着去了，讲好要用了晚饭才回来。她以为英杨不回来，因此没准备午饭，这就慌张要去买菜。

珍姨去买菜了，屋里更加安静。英杨享受着难得的安宁，觉得脑袋里松快不少，然而一道尖厉的电话铃声打破了宁静。

英杨无奈去接电话。话筒里传来郁峰低沉的声音："沈先生急着要见你。"

"他是疯了吗？两天前才见过！"

"堂本声雄已经到上海了，冰刀催得很紧。你快点来吧，他很急。"

英杨搁下电话，转身走出家门。沈云屏被重庆催得乱了方寸，正是浑水摸鱼的机会，英杨蛮好借机设法去重庆。但是微蓝有孕在身，英杨不想现在走。

英杨接受姬冗时的任务时，没想到微蓝会怀孕，也没想到她能再回到上海。他一路心事重重，到达右罗小馆时不免脸色难看。沈云屏照例等在二楼，他的脸色比英杨更难看。

"今天上午十点，堂本声雄到了上海。"沈云屏猛吸着雪茄说，"他已经住进英家了。"

"我知道了。"英杨说。

"你别光知道啊！你要拿出行动来！"沈云屏忽然急了。英杨奇道："堂本声雄是青木一男最得力的秘书，我总要设法接近他，才能谈下一步！"

沈云屏盯视英杨两秒，拿出个盒子甩过去。

"这是英国最新研制的窃听器，带外接微型录音机，使用时把两根导线插进电话线两端，拿起话筒通电录音，挂上则断电，当目标使用电话时，它才工作。"

英杨打开盒子，拈起小巧的窃听器，沉默不语。

"你大哥给堂本安排房间，必然会另装单线电话。你在英家生活了二十多年，对那里了如指掌，给电话装个窃听器不难吧？"

理论上讲，这事的确不难。但英杨知道，此事的关键不在给电话装窃听器，而在于如何进入英家。

没有正当的理由，英柏洲不会同意他回去。此外，如果林奈再闹下去，英柏洲对英杨的恨意会越来越大……

等等，林奈！英杨猛然想到，林奈进入英家，比他进入英家要容易得多。他的目光刚刚闪动，沈云屏已经开口了。

"你应该接近林奈，放弃和美术老师结婚的念头！"沈云屏沉声说，"漂亮女子多如牛毛，小少爷怎么能被个女人拴住，弄得做不了大事！"

"给电话装窃听器而已，与结婚有什么关系！"英杨硬邦邦顶回去，"我还不至于这样，为了装窃听器，要出卖自己的婚姻！"

"你同我吹牛没有用，要拿到要领才行！"沈云屏也不再客气，"英柏洲那么讨厌你，他能轻易让你回去坐坐？"

"找理由回去一次，总是可以的。"英杨嘴硬。

"小少爷，你拎拎清爽，这可是件长期任务！侬晓得堂本啥时候在电话里提到要领吧？没有人知道的呀！这录音带要天天换的！回去一次管什么用？"

英杨被问得无话可说。

沈云屏没有错，青木一男怎样开展"新银行及新货币指导"没有人知道，钱财不只是日方和重庆的核心利益，也是和平政府的核心利益，这是一场三家入场的较量，谁和谁都不是好朋友。在要领最终出台之前，没人知道日本人葫芦里卖的什么药。要拿到这样的顶级情报，只能用最笨的办法——监听。

显然日方也想到了这一点，所以才让堂本下榻在英家。能进出私人住宅的毕竟是少数，一旦泄密，追查也很容易。

看着英杨不说话了，沈云屏趁热打铁："我们只有一次机会放置它，一旦让堂本发现这东西，再想拿到要领就难上加难！"

英杨盯着窃听器，它带着两根极细的导线，像摆动触角的蚂蚁。

"让林奈去做这件事，她可以自由出入英家！英柏洲不会怀疑她，堂本也不会！"

英杨闭了闭眼睛："林奈怎么就会听我的话？"

"小少爷，让一个小姑娘听摆布，这事不难吧？"

"林奈是要嫁给我大哥……"

"别再自欺欺人了，林奈不会嫁给英柏洲！"沈云屏冷笑，"英柏洲三十六岁了，林奈早已成年，能婚早就结了！等到现在只有一个原因，林奈不喜欢英柏洲，林想奇不愿强迫女儿。傻子都能看出来，你会不知道？"

英杨无言以对，却坚持道："我不想欺骗林奈。给点时间吧，我再想想。"

"你们共产党人真是婆婆妈妈，"沈云屏恼火道，"完成任务要以任务为先，这有什么可想的？"

英杨不回答，但也不屈服。

******

离开右罗小馆，英杨思绪复杂。

利用林奈完成这个任务不难，但之后怎么办？沾上林奈便很难甩脱，特别是林想奇和李若烟都有撮合之意，这样搞下去，肯定会波及微蓝。

如果要利用林奈，英杨必须借这件事跳到重庆去。他可以不同微蓝厮守，也不能陪着林奈过下去！可现在时机不对。堂本声雄为什么不能晚点来，等微蓝把孩子生下来，让英杨能安顿好他们母子。他心思烦乱，开着车在外面乱转，既不想回家，也不知该去哪里。

他在外面消磨了一下午，找了间包子店胡乱吃了晚饭，这才开车回到愚园路，成没羽的亭子间亮起了灯，微蓝应该从展翠堂回来了。

看见英杨进屋，珍姨连忙迎上来，问有没有吃晚饭。英杨回答吃了，打听着小莲也回来了，这才安心上楼去。

微蓝换了睡衣，正靠在沙发上看书。英杨走去她身边，笑道："看什么这么专心？我来了也不知道。"

微蓝嗯一声，却不说话。英杨觉出不对，伸手扒下书，要看微蓝的脸。微蓝却恼火起来，皱眉道："这是干什么？"

英杨吓一跳，不知她为何发火，不由勉强笑道："怎么吃了枪药似的，在展翠堂受委屈了？"

"展翠堂不会给我委屈，"微蓝冷淡道，"没有展翠堂，只怕我更加不值钱了。"

自从在静怡茶室见到微蓝，英杨从不见她言辞刻薄。她向来是沉静大方的魏书记，站位高姿态高，今天是怎么了？英杨很快想到了夏巳。微蓝去展翠堂一定遇见了她，又听她说了英杨陪林奈游园的事！

他立即心虚起来，堆笑说："那么，一定是我叫你受委屈了，对不对？"

微蓝垂眸不语，目光流连在书本上。

"是不是夏巳同你讲了什么，惹你不高兴了？"

这下微蓝抬起了眼眸，可她的眼神很冰冷。她盯着英杨看了好一会儿，说："你今天陪林奈去游湖了？"

英杨只得老实解释："是这样的，我，我……"

他"我"了几声，解释不出来，复归长叹。

"你看着很委屈啊，那么，是林奈逼你去游园了？用什么要挟的？"微蓝又问。

英杨静了静，摇了摇头。

"那是你主动邀请她的？"微蓝又问。

"当然不是！"英杨立即否定，"是她提出来的，我只是，只是……"

"只是没有拒绝？"

英杨无奈，点头承认。

他并不知道，就在自己承认的同时，微蓝的心里像被插进了尖锐的银针。

一直以来，微蓝认为林奈只是一厢情愿，她认定英杨不会喜欢这个浅直鲁莽的大小姐。然而在英杨点头的瞬间，微蓝忽然想，她以为的未必就是她以为的那样。也许在英杨眼里，林奈的浅直是天真，林奈的鲁莽是坦率，甚至林奈被宠成无法无天的坏脾气，也有刁蛮任性的可爱。

这么想来，微蓝的缺点也太过明显。她朴素得像乡村小院里灰色的母鸡，根本没办法同五颜六色的林奈相比。

酸涩、失落、不安同时攫住微蓝，让她瞬间被点燃，把手上的书用力摔了出去。伴随着书页的哗啦声，那本书砰地砸在墙上，又无助落地。

英杨吓了一跳。他从没见过微蓝用这种方式发脾气。

无论是手刃立春，还是击杀鬼子的巡逻小队，又或者是枪毙浅间夫妇，微蓝极度冷静，不带一丝多余情绪。可是现在，她居然把书扔到墙上！

"为什么要气成这样？"英杨不知所措，"我没有拒绝她，只是想找个机会同她讲清楚，我要和你结婚了，请她不要再来纠缠。"

"这句话一定要到鸳鸯湖去说吗？"微蓝反问。

英杨不敢说话了。再说下去，就要扯出前几天去林家参加酒会，如果再把李若烟、沈云屏逼自己接近林奈的事说出来，只怕越描越黑。

然而他不说话，微蓝更伤心。她认定林奈在英杨心里有了小小的位置，擅长做思想工作的魏书记很明白，这世上最难把握的就是人。

没有谁能掌握他人的思想。她可以为了工作去讲道理，去分析心理，去奖罚分明调动积极性，但她不能为了感情去做这些！

感情必须是自然而然的，不能被人为干涉！

"我累了。"微蓝灰白着脸说，"你去书房睡吧，我想一个人待着。"

这是他们第一次因为感情闹别扭，英杨毫无经验，束手无措。因为微蓝怀着孩子，他不敢再烦扰，只得站起身说："好，那么你好好休息。"

他说罢带门出去了，却并不知道关门之后，微蓝的眼泪掉了下来。

英杨也不好受。他人进了书房，心还在卧室里，走立坐卧皆不安宁。

他恍惚知道自己不对，可这不对又有点冤枉，说到底，英杨从没接受过林奈的感情，他承认自己待林奈有怜悯，可那与感情无关。

只是这些幽微琐碎，如何让微蓝明白呢？古人常要剖心明志，英杨这时候才懂得，若能将心剖出来，也省得他坐立不宁。

越是心烦意乱，就越觉得屋里闷气。英杨走下楼，想去院子里透口气。他捏着烟走进院子，却看见贺景枫正负手仰面，抬头望天。

这晚天上多云，并没有出色的月亮。英杨不知她在看什么，不由问："贺小姐，不去睡觉在干吗呢？"

贺景枫一惊回头，见是英杨像松了口气，笑道："我睡不着，出来走走。"

英杨心里有事，懒得多话，便点点头过去，自顾擦火点烟。贺景枫却问："英大哥，你和姐姐吵架了？"

自从见到微蓝，贺景枫一口一个姐姐，很不拿自己当外人。英杨甩着手灭了火柴，叼着烟不说话。贺景枫却又叹道："这是你的不对！无论是什么理由，看见未婚夫陪别的女子游园，那都是要生气的！"

英杨一怔，打量她两眼："你怎么知道的？"

"我陪姐姐去的展翠堂啊！喔唷你不知道，那个女孩子嘴巴好厉害，讲得我姐气死了！"

"那个女孩子"八成是夏巳了。英杨很想知道，夏巳究竟怎么挑拨的，他要哄微蓝总要对症下药！

"咱们找个地方聊聊吧，"英杨说，"把你今天看见的、听见的，都告诉我。"

五十四 诉衷情

人少清静，又安全不怕宵禁的地方，只有李若烟推荐的无名咖啡馆。

英杨一路沉默，开车把贺景枫带到无名咖啡馆，刚进门，贺景枫就皱起眉头："这里面什么味道？"

"我刚来时也不习惯，慢慢就好了。"英杨解释着，抬头看看四周。咖啡馆一如既往生意冷清，一排排橡木桌子在昏黄灯色下散发冷光。英杨带贺景枫坐下，叫了招牌咖啡。

"你说的那个姑娘叫夏巳，"英杨开门见山说，"她不喜欢金灵，经常说些话气她。"

"要我说，姐姐的脾气太好了。"贺景枫鼓起嘴巴，"夏巳尖酸刻薄，还要笑眯眯地讲，换了我，早就一个巴掌打过去了！"

"你不像会动手的人。"

"那是你的错觉，"贺景枫认真地说，"在家里，我哥都靠我保护。"

"靠你保护？"英杨失笑，"他是你哥哥，你怎么保护他？"

话说到这里，咖啡送来了。英杨请贺景枫尝一尝，然而贺景枫只啜了一小口，就尝出来里面有酒。"英大哥，这咖啡里兑了酒？太难喝了！"

"我有时候会很累，这样喝能放松。"英杨喝了一大口，烦乱的心神慢慢清宁下来。

"我哥累的时候也爱喝酒。"贺景枫托起下巴看向英杨，"你和他太像了，有时候我会疑惑，也许你就是我哥，只是不肯告诉我。"

她说者无意，英杨听着却心虚。不知为什么，英杨并不急于打消她的念头，他沉默着，等着贺景枫说下去。

"你不知道，我哥虽然是我哥，却不是我亲哥哥。"

"是吗？"英杨漫声回答。他早就知道，贺景枫应该是贺明晖明媒正娶的太太所出。

然而贺景枫却说："因为我是捡来的。准确来说，我是爹爹的养女。"

"什么？"英杨这却吃惊了。

"我哥的母亲过世后，爹爹没有续娶。把我捡回家时，我哥只有四岁。这些都是听爹爹说的，我只知道，从小爹爹总是不在家，我只有哥哥，哥哥也只有我。"

贺明晖再没有娶亲！

这是英杨没想到的。从这时开始，他忽然对这个父亲有了真实的好感，在威士忌咖啡的刺激下，英杨甚至产生奇妙的感觉，希冀早些到达重庆。

"那你奶奶呢？"英杨忽然问。这个老太太，才是他悲剧身世的始作俑者。

"她去世很多年了。"贺景枫说，"可她在世时，爹爹也不愿见她，我们很少去奶奶家里。"

片刻静默后，英杨说："在上海这段时间，你有任何需要都可以向我提，我会尽最大努力去做。"

"像我哥那样吗？"贺景枫笑起来。英杨弯嘴角笑笑，点了点头，算作承认。他挺喜欢这个没有血缘关系的妹妹，她的善良天真，连时不时的猝然变身都招人欢喜。

"如果你能把我当妹妹，我也想劝你，不要再跟林小姐来往啦，还有比我姐姐更好的人吗？"

英杨目光闪动，没有说话。

贺景枫并不知道，英杨正柔软在他父母的爱情里。恩爱是有遗传的，贺明晖能顶着压力，终身不负丁素雪，英杨有什么理由愧对微蓝？

"是我不够周到。"他诚心认错，"我答应林奈时，只觉得她的要求不过分，又看她挺可怜的，我没考虑金灵的心情。"

"这就对啦！"贺景枫笑道，"虽然夏巳的挑拨可恨，但我姐并不是受挑拨的人，她生气，是因为你不对。"

"你们认识才几天呀，说得仿佛很了解她！"

"有缘千里来相会，无缘对面不相识！感情好和时间没关系。"贺景枫笑眯眯喝口咖啡，又迅速皱眉，"这味道怪怪的，英大哥，你还是少来吧！"

******

回到家,英杨在卧室门口站了好一会儿,鼓起勇气推门进去。屋里黑着灯,微蓝静悄悄躺在床上,她太瘦了,藏在被子里薄薄一片,仿佛没有似的。

英杨歪身上床,凑过去看她的脸。微蓝像是睡着了,闭着眼睛,而睫毛却轻轻抖动着。

"你在等我吗?"英杨轻声问。

微蓝知道装睡不成,索性把脸埋进枕头里,不让英杨看见。

"千错万错都是我的错,"英杨诚恳道歉,"我不该答应林奈,不该陪她去游园。"微蓝仍旧岿然不动,没听见似的。

"我同她讲,我要和你结婚了,让她别来家里胡闹。她说有个最后的要求,让我陪她游园。"英杨叹道,"她提到林可,说林可每年春天都陪她去鸳鸯湖。我也不知怎么,听到这句话就心软了……"

"是不是她今后想哥哥了,都可以来找你?"微蓝闷在枕头里唔唔发声。

"当然不是。"英杨扳她肩膀说,"你要讲话就转过来,这样要闷死的。"

他强行把微蓝从枕头里拔出来,微蓝凌乱的额发覆着半边脸,仍旧转开眼睛不看英杨。

"我知道错啦!我当时答允她,完全是把她当作妹妹看待,没有别的想法。"英杨哀求道。

"你的妹妹也太多啦!林奈想哥哥了要找你,贺景枫又说你和她哥一模一样,这么样下去,你岂非要做全天下人的哥哥?"

英杨愣了愣,想她说的也没错。他低下头,在微蓝脸上吻了吻,说:"我哪有多少妹妹?只有你一个,成天都忙不过来。"

"我让你忙什么了?"微蓝倒被他逗笑了,终于肯转过眼睛来看他。

"你有了孩子,我是不是成天操心?"英杨摩挲着她的手心,叹道,"你也太瘦了,这几天是不是吐得厉害?珍姨说你胃口不好!可是你不吃,孩子也吃不着,这可怎么办?"

微蓝默然不语。自从回了上海,她孕吐得越发厉害,时常饭碗还捧在手里,人已经冲出去要吐。珍姨熬煮的许多滋补品,微蓝都无福消受。

算算孩子也有四个月了,可她依旧小腹平坦、腰肢纤细,一点儿也不显怀。若不是吐得厉害,微蓝都怀疑自己怀孕是真是假。

"我娘没去法国前,特别相信沈老夫子。这位老先生医术高超,我替你约时间问问脉,好不好?"

因为母亲常年病着,微蓝最怕看医生。换作之前必定拒绝,然而有了孩子,微蓝不敢任性,于是点了点头。

英杨抱紧她,吻吻她的头发,没头没脑地说:"在你把孩子生下来之前,天大的事都要放放,我不管的。"

"眼前最大的事,就是叫我爹满意。"微蓝低低埋怨,"今天在展翠堂,十叔说他试探了我爹的口风,要用金灵的名字结婚,他万万不肯!"

"那么,咱们结婚只能瞒着他了!"

想到瞒着也会惹父亲伤心,微蓝烦躁起来:"说来说去都是怨你!如果没有这孩子,那就什么都……"

她话没说完,被英杨捂住了嘴巴。

"这话不能瞎说,孩子会听见的!要我说,有这孩子是头等大事,比什么都好,比什么都强!"

微蓝听出他的柔情似水。该不该联络组织的焦虑,无法令父亲满意的烦恼,一日三吐的狼狈,以及林奈带来的不悦,逐一消散在此刻的温存里。

她在黑暗里想,他们这些人,以信仰为名做出的种种奋斗,所为不过是这样的生活。不只是他们能够,也要所有百姓都能够,丰衣足食,家和事兴。

******

第二天早上,英杨下了决心,无论什么都放放。人生匆匆,他总要偷出几个月的时间,留给微蓝和孩子。

有了这想法之后,英杨变得很懒。他尽量不出门,有时候必须去办公室,也设法绕着李若烟走。家里的所有电话都交给成没羽听,郁峰来了几次电话,英杨也不回。

"中央银行筹备委员会"案早已通过,伪中央银行被定名为中央储备银行,预备发行的货币为中储券。外面为了中储行闹得沸反盈天,英杨却不闻不问不打听,像只缩在壳里的乌龟。

几个月就好。英杨想,几个月而已。

慢慢地,他自认与外面脱节,神经全盘放松,一直饱受困扰的失眠也消失了,晚上睡得很是香甜。

微蓝瞧他无所事事的,倒问了几次,延安那边的联络员如何,有没有下达新任务。

英杨不方便说没有，于是打太极拳，左右忽悠着。微蓝渐渐看出他不肯说，按照纪律，英杨的工作也不该泄露，微蓝自认是懂纪律的，于是也不问了。

捂住耳朵就能岁月静好。经过沈夫子的调理，微蓝孕吐好转，身子渐次沉重。时间滑进七月，溽暑天怀孕最是难熬，微蓝的胃口又差了，每天只肯喝点冬瓜汤。

珍姨觉得不行，于是找英杨汇报，说要微蓝再去看看大夫，开几剂开胃养脾的丸药来吃。

英杨定好了第二天去医馆，晚上却接到华明月的电话，通知他明天上午十点开会，李若烟讲不许请假。

英杨暗生烦恼。如今沈夫子生意火爆，能约上很不容易，改时间又不知要等多久。他思来想去，为了开会和李若烟公开叫板很没必要，只能让成没羽陪微蓝去看医生了。

微蓝态度爽快："你去开会就是，我自己可以去看医生，也不必成没羽陪着。"

"成没羽会开车，有他陪着多好，免得贺小姐要跟你挤电车。"

"原来是顾及贺景枫，不是关心我。"微蓝笑道。英杨在她头上轻敲一记，并不理她的挑衅。

却说微蓝和贺景枫吃了早饭，叫上成没羽去沈夫子的医馆。一路都很顺利，沈夫子切了脉，说胎儿尚好，只是微蓝体质虚弱，要吃些温补的，因此开了几剂汤药。

三人从医馆出来，看看时间尚早，成没羽便说，他今天本要去金财主的店里收账的，英杨临时派任务只得罢了，现在却能去转一圈。

贺景枫听说要去金店，拍手说："我正要打只长命锁，就去这间金店好了。"微蓝也答允去看看。

成没羽拐弯向金财主的店驶去。等到了金店，他将车靠边停好，正要招呼微蓝、贺景枫下车，只听着呼啦一声，一辆黑色轿车从后面直冲上来，吱地急停在左侧，离他们的车极近。

成没羽想也不想，身子向后急仰，袖子里抖出一枚飞刀，凭感觉向窗外飞去。与此同时，那辆车里探出枪来，砰砰砰连放数枪。

子弹击破车窗玻璃的同时，飞刀也穿了出去，稳稳镖中杀手脑门，杀手应声而倒。成没羽得了这个空，摸出枪向来车后座连放数枪。

前座开火的同时,后座也数枪并发。微蓝坐在右侧,早开了车门下去,伸手来拽贺景枫。贺景枫却乖觉,只矮身藏在车座下,等成没羽的火力压住,才爬出车来。

"姐姐!怎么办?"贺景枫吓得脸色发白。

"到金店去。"微蓝沉声说。

然而就在此时,又一辆黑色轿车飞驰而至,车停门开,下来的人举枪便放。微蓝从随身坤包里摸出枪来,正要探身反击,小腹却猛地一动,突然疼痛起来。不会在这时候吧。微蓝想,才七个月,千万不要。

❖• 五十五　驻马听 •❖

眼看微蓝捂着肚子蹲下去,贺景枫以为她受了伤,连忙扶住了唤道:"姐姐,你怎么了!"

"我没事。"微蓝咬牙说,"快点,进金店!"

然而车上下来的枪手越走越近,成没羽被牵制在车头处,微蓝又大着肚子,虽然只有十多步,只怕没等到门口,她们就要被杀掉。

危急关头,贺景枫一把夺过微蓝的坤包,从里面摸出枪来,探身向外砰砰砰连开五枪。大步走来的杀手没料到贺景枫会开枪,当先两个应声而倒,后面的纷纷抱头找掩护。就这个空当,成没羽转回来了。

"姐姐受伤啦!"贺景枫哑着嗓子,披头散发,"你抱着她走!"

成没羽想问她怎么样,却也顾不上,只得丢下枪,咬牙抱起微蓝转身就往金店冲。贺景枫拾起成没羽的枪,掩在车后砰砰砰连续射击,成没羽借机奔入了金店。

贺景枫瞥见成没羽进了店,忙又甩了两枪,跟着奔过去。外面枪响得像放鞭炮,金店伙计正要上门板,就见成没羽抱个人闯进来。他正要出声阻止,成没羽已低喝道:"叫金财主出来!"

伙计这才认出是成没羽,屁滚尿流就往里跑。

因为今天收账,金财主、黄仙女和老延都在后堂,听伙计跑来报信,忙不迭赶出来。

他们刚到店堂,就看见成没羽用门板作掩护,向着街上射击,只一支枪苦苦支撑。贺景枫护着微蓝躲在柜台后面,已是瑟瑟发抖。

这场景别人罢了,黄仙女可忍不了。

金店为了防劫,墙群做成中空,里面存着枪支。黄仙女一脚踹穿墙群,拽出一支花机关,三步跨到门口,哒哒哒哒冲着外面就是一抡。刺杀的来了两辆车,满打满算十个人,哪里经得起 MP18 一顿猛扫,瞬间就哑了火。

黄仙女抬肘持枪,扭腰跨出金店,竖眉立目冲汽车走去。两个司机见状不好,顾不上载人,急踩油门开溜。黄仙女也不追它,只将花机关扛在肩上,检视地上横七竖八躺着的人。

一圈下来,他找着个没死的,揪领子直提到面前,问:"谁派你们来的?说了给你个痛快,不说我一片一片活剐了你!"

那人盯视黄仙女良久,啐一口道:"林小姐也是你能惹的?"

黄仙女大怒,那人却用力咬牙,嘴角沁血而亡。黄仙女知道他牙齿里藏着剧毒,咬碎了便救不了,于是丢开尸体,冷哼一声回金店了。

店里,微蓝捂着肚子脸白如纸,只说孩子保不住了,众人围定微蓝,一片惶急不知如何是好。

这屋里的男人有一个算一个,都没成家,对着孕妇束手无策。贺景枫虽是没出阁的小姐,在这里却最冷静,叫喊着要送微蓝去医院。

"去沈老夫子那里吗?"成没羽急问。

"还去什么沈老夫子那里!"贺景枫跺脚,"赶紧送去陆军医院,给英大哥打电话,让他赶到医院去!"

成没羽答应,他开来的车坏了,金财主找了辆人力三轮,接上贺景枫、微蓝,留下老延给英杨打电话,剩下的都上了黄包车,浩浩荡荡直奔陆军医院。

到医院看了医生,所幸微蓝只是惊了胎,有轻微出血,并没有小产。大家刚松口气,英杨便赶到了。

他脸色寡白,安慰微蓝几句便出了病房,只问成没羽怎么回事。成没羽说了事情经过,心惊道:"万幸车停在金店门口,否则不堪设想!小少爷,什么人这么狠,要对兰小姐下手!"

英杨心里掠过两个名字,一个是沈云屏,一个是李若烟,虽不知道谁干的,但若知道了,必定不能放过。他低眉不语,身上直逸出杀气来。成没羽跟了英杨这么久,只见到小少爷的温文和雅,不曾见过他杀气腾腾。

他知道这事英杨不会轻易了结,便说:"最后是黄仙女打扫的战场,我叫他来问问。"

"好。"英杨把烟塞进嘴里,擦火柴的手稳如磐石。

不多时,黄仙女跟着成没羽过来,见到英杨就说:"小少爷,那两个司机跑了,剩下的有个活人,可我刚问他,他就自杀了。"

"在你面前自杀?"英杨平心静气地说,"你怎么能允许这种事发生?"

"他那后槽牙是假的,里面藏着毒药,用力一咬就死啦!我怎么来得及管他!"黄仙女喊冤,"不过他临死前说,林小姐是惹不起的!"

在假牙里藏毒,是军统高级特工的惯常做法。英杨在特工总部情报处,并不知李若烟如此安排手下。至于临死前说一句"林小姐",既已招供,何必自杀?那十成十是攀诬了!他心里有了七分数,却说:"我知道了!今天多谢你救了兰儿和贺小姐。"

"小少爷这话见外!都欺负到家门口了,难道要我学国民政府,只会挨打吗?"

英杨笑了笑,想黄仙女说得很对,都欺负到家门口了,这事不能忍。

他借口去买烟,到医院门口的烟杂店给郁峰打电话,约他来陆军医院门口。两人见面后,英杨直截了当说:"我未婚妻遭遇暗杀,是不是沈三干的?"

郁峰犹豫了一下,道:"我知道他很生气,因为你躲着不肯见他,但刺杀的事我不知道。"

"把这事弄清楚,尽快给我答复。"英杨的口吻不容置疑,"我未婚妻很快就可以出院了,有消息给我家打电话。"

郁峰答允,告辞而去。

英杨回转医院,让金财主赶紧回去,即时搬空金店,把人和货都撤走。金财主见英杨面色凝重,也不敢多话,领命匆匆而去。

成没羽调来青衣人,里外守牢陆军医院。英杨检视一圈,把诸事安排停当,这才进观察室陪伴微蓝。

他刚进门,便看见贺景枫坐在床边,正对着微蓝抹泪。见英杨进来,她赶忙站起身,擦了泪说:"我先出去了,一会儿再来陪你。"

微蓝点头答应。等贺景枫走了,英杨便问:"她这是怎么了?"

"被吓到了,"微蓝平静地说,"她跟我说,今天是头回开枪,现在手还在抖。"

英杨已听成没羽讲了当时情景，知道贺景枫危急时顶了上去。他笑笑说："养尊处优的小姑娘，遇到这种事能帮上忙，那真是万幸了。"

"她那几枪，可不像养尊处优的小姑娘。"微蓝道，"不过为了救我，能这样出手，我该谢谢她。"

英杨没说话。不管贺景枫有什么秘密，现在都不是英杨的主要目标。微蓝当然懂他的心思，问："谁做的？"

事情要抽丝剥茧说出来，必然要讲到"沉渊行动"。微蓝是内行，英杨糊弄她可不容易，索性含糊道："我会去查。"

微蓝说："人是冲我来的，这打法只想要命，不想留活口。"英杨知道她的意思。如果敌人识破她是魏书记，应该要活捉她，而不是杀了她。

"他们针对的是金灵，"微蓝索性挑明，"对吗？"

英杨不置可否，又说："我会查出来的。"

"我们本来不去金店的，是成没羽临时起意要去金店。他们能立刻跟上来，说明什么？"

"什么？"

"这两车人在跟踪我们。"

"不，成没羽警觉性很高，他能发现被跟踪。"

"跟踪不是从愚园路开始的，是等在沈老夫子的医馆。"微蓝说，"可他们为什么不在医馆动手？"

"为什么？"

"有两种可能，一是守在医馆的人在等命令；二是下命令的人不想牵累沈老夫子。"

英杨抬眸看向微蓝，感觉她方向偏了。

"我们身边，有谁痛恨金灵，又要照顾沈老夫子呢？"

"不是这样……"英杨赶紧拦截。微蓝已经说出来："我想来想去，只有林奈。"

英杨瞠目当场，无言以对。

"你不相信吗？"微蓝问，"你觉得她虽然刁蛮，却心地善良，对吧？"

"我没有。"英杨无奈道，"我是想说，你的推断有漏洞，林奈怎么知道你要去医馆？谁会告诉她？"

微蓝没有回答，黑乌乌的眼睛亮晶晶地盯着英杨，盯得英杨心里起了毛。

"你不要这样看着我,"英杨说,"我发誓,绝没有把你看医生的事告诉她!"

微蓝幽幽收回目光,低头看向自己的小腹。

"林奈怎么弄我都可以,她实在想要,我也能把你让给她。"微蓝轻声说,"但她伤到孩子,我不能饶。"

英杨张了张口,却没有说话。他知道这事与林奈无关,但他也知道,这时候帮林奈说话是火上浇油。

一片寂静后,英杨叹道:"对我来说不只是孩子,不管谁动了你,我都要他偿命。"

******

黄昏时分,微蓝情况稳定,医生允许她回家。成没羽弄了两辆车来,一前一后护着英杨的车,缓缓回到愚园路寓所。

珍姨早已收到消息,提前收拾卧室,大开房门等着。英杨把微蓝抱到楼上,安顿她躺下后,交代珍姨看顾。他自己叫了成没羽,走到院子里。

"兰儿去医馆的事,你同谁讲过吗?"英杨问。

"没有别人,就是珍姨和小莲知道。"成没羽道,"我也觉得蹊跷。从愚园路出发后,我一路关心后面,并没有车跟着。"

"所以你认为没事了?"

成没羽惭愧点头:"没想到他们等在医馆!"

"他们守在医馆,确定我没跟着去,这才动手。"英杨想了想,低低道,"你要留心,咱们家也许不干净,有人在透风。"

"是贺景枫吗?"成没羽脱口道。

"关心则乱,你竟能犯这样的错。"英杨悠悠道,"如果是贺景枫,她为什么不惜暴露自己会开枪,也要救兰儿?"

成没羽汗颜道:"是。"

英杨安慰着拍拍他,说:"我出去一下,照顾好她们。"

他说罢出门,驱车到了右罗小馆。这时是饭点,右罗小馆有几桌客人,门外凉伞下的桌椅是空的。

英杨索性坐在门外,郁峰慌忙出来,说:"我正要去找你。"

"问到情况了?"

"是沈云屏下的令。他确定你没在金小姐身边,临时加派人手去的。沈云屏很吃惊，他没想到对付一个司机两个小姐，居然弄得全军覆灭！"

英杨不吭声，坐在那儿默默抽烟，良久才问："他怎么知道金灵要去医馆？"

"估计是跟踪的吧，"郁峰说，"这我也不清楚。"

"好。"英杨指间青烟袅袅，似虚似幻挡住了面目，"你坐下来，我有件事与你商量。"

他看起来像暴风雨前的大海，仿佛风平浪静，却静得让人心慌。郁峰被他气势所慑，乖乖坐下。

"沈云屏不能留了，"英杨说，"与其千方百计取得他的信任，不如杀了他，利用军统专员去重庆。"

郁峰目光微闪："利用冰刀？你有什么计划吗？"

"中央储备银行是重庆和汪派的焦点。新银行要发行新货币，新货币问世，要牵涉很多人的利益。"

郁峰没听明白："这事怎么扯上沈云屏呢？"

"我自然有办法，"英杨不说破，却问，"你能联系上冰刀吗？"

郁峰摇头："这个人很神秘，他只同沈云屏联系。我也只听说过代号，从没接触过他。"

英杨沉默了一会儿，说："除掉沈云屏之后，最好专员居中调停，让你顶替他做军统上海站站长。"

"你想怎么除掉沈云屏？需要我做什么？"

"不能让他直接死，得让他身败名裂。"英杨说，"他在重庆臭了名声，我才能被信任。"

郁峰点了点头。英杨抬起头，看着夏日傍晚通红的天空，说："这火烧云真美，就送给沈云屏吧。"

❖ 五十六 此花身 ❖

休养了几天，微蓝胎气稳定，渐渐活动自如。这天早上，英杨要去特工总部上班，出门时成没羽道："小少爷，兰小姐遇刺的事要不要让老爷子知晓？"

英杨沉吟一时,道:"再等一等。"

"十爷让我转告您,若是兰小姐出了事,谁也担不起。"成没羽说,"我们都欠着老爷子的命。"

"放心吧。"英杨安慰道,"我会查清楚是谁做的,也不会让他们好过。"

成没羽没再多说什么,但他眼神透出担忧。英杨想,也许成没羽也认为是林家做的。一旦他不再是卫家的未来姑爷,十爷、成没羽、黄仙女……这些人都会离他而去,甚至反目相向。

特工总部今天比较平静,整个上午没什么事,快到中午的时候,李若烟给英杨打电话,让他陪着去吃午饭。

"地方定在东亚,我俩一道走,叫张七开你的车。"李若烟在电话里叮嘱。英杨答应下来,随即打电话到总务处,叫张七把车开到门口等着。

不多时,李若烟从三楼下来,会合英杨出门。汽车开在路上,李若烟才说:"林部长今天也在。"

他说的是林想奇。英杨听见林家父女心下毛毛的,于是问:"哦,是有重要的事吗?"

"没什么大事,家宴。"李若烟笑嘻嘻的,又说,"放心,没有英柏洲!我老师请我吃饭,不带他。"

英杨笑而不答。他忌讳的不是英柏洲,是林奈。

今天早上成没羽那席话,初听仿佛是担心微蓝,仔细品品,还是有警告的意思。所有人心里都搁进了林奈,只有英杨并没有把她放在心上。

冤到无处讲理。英杨希望同她少点交集,不要再惹微蓝不高兴。但他这几天想来想去,要除掉沈云屏,第一步是拿到堂本声雄起草的"要领",而接近堂本的快捷办法是通过林奈。除非英柏洲转性,愿意同英杨谈讲兄弟情。二十多年下来了,这可能性为负。

正午时分的太阳白晃晃的,晒得车里闷热。英杨摇下车窗,解开衬衫纽扣。

汽车很快停在东亚中西大菜楼门口。这地方英杨听说过,日本人与和平政府官员特别喜欢来,他并不喜欢,觉得菜品一般。

李若烟领着英杨到楼上雅间,进门看见一只精致的小圆桌,大概能坐六个人。圆桌边的沙发上,早坐着打扮精致的林奈,此时笑吟吟地站了起来。

"李主任来得早,幸亏爹爹叫我早来照应,否则要怠慢客人啦。"林奈娇声说道。

李若烟挤挤眼睛，却问："你来得早是等我的？我看未必吧。"

林奈脸颊上搽了橘色胭脂，这时挣出一缕粉红来。她飞快扫了英杨一眼，立即嗔道："我不等你等谁？李主任只会开玩笑！"

看见林奈的瞬间，英杨已经后悔跟着李若烟来这里。此时更加浑身难受，被撮合的对象不是心上人，这感觉真是尴尬至极。

他不便答话，只得走到窗边看风景。窗外正对着大街。大中午的，街上行人不少，沿途商铺开着门，对街有卖烘山芋的小摊，一切看着很正常。

然而英杨很快从人群里找出特务，他们戴鸭舌帽或圆边礼帽，穿着西装或衬衫，游手好闲地在左近溜达，眼睛不时往东亚饭店瞄。

没有变装，说明不是抓捕任务。英杨居高临下看着，觉得很正常，林想奇出来吃饭，不可能周边没有警戒。

英杨望街景的工夫，林想奇上楼来了。李若烟赶紧拉英杨过去，笑道："老师，今天气色真好。"

林想奇今天确实心情颇佳。他笑微微看一眼英杨，没头没脑道："你也来了？"英杨窒息，但他又不能做什么，只好勉强笑笑。

李若烟招呼着安席，林想奇坐在上首，李若烟和英杨左右相陪，林奈坐在李若烟身边。这时候，英杨才知道饭局只有他们四个。

英杨是外人，被强行拉入这样的私宴，不由心情复杂。他抬起头，看见正对面的林奈，她带着甜蜜羞涩的笑容。

"东亚的特点就是不中不西，大杂烩。"林想奇对李若烟笑道，"我讲去荣顺菜馆，你非要来这里。"

"这里安全，荣顺菜馆太乱。"李若烟接过服务生送来的老酒，问林想奇，"老师喝一点吗？"

"本来中午不宜饮酒，不过家里人吃饭，少喝一点吧。"林想奇展开热毛巾揩脸，又问英杨，"你能喝多少酒？"

英杨老实答话："我酒量不行，喝不了多少。"

"陪我喝两盅总是行的。"林想奇捉一只二两的盅子放在英杨面前，让李若烟添酒。

英杨要起身自斟，林想奇却摆手叫他坐，说："都是自家人，不要弄得太客气，很是见外。"

英杨坐立难安，总觉得这个"自家人"另有所指。李若烟笑道："东亚有道名菜，叫做金汤吊鲫鱼。做的时候砂锅里炖着鸡汤，上面吊一只鲫鱼，汤的热气往上扑，把鱼肉熏熟流汁，和鸡汤混在一处。"

"喔哟，这个厉害了。"林想奇听着感叹。

"好吃到不得了。"李若烟打个响指，吩咐服务生，"我们订的金汤吊鲫鱼好了没有？好了就送上来。"

服务生答应自去，林想奇却叹道："外面生灵涂炭，我们却在这里享用美食，想一想于心不忍。"

"生灵涂炭又不是您造成的，"李若烟取杯敬酒，"鸡和鱼都是寻常食物，不过费些柴火，您不必挂怀。"

林想奇听了，这才举杯相碰，仰面饮了。他放下杯子，又问英杨："你今年多大了？"

"虚岁二十七了。"

"在我们老家，这个年纪早已经子女绕膝了。"林想奇笑道，"我听若烟说你还未娶妻，有什么打算吗？"

英杨暗想，既然他先问起，不如把要与微蓝结婚的事挑开，省得林奈总是不死心。他想定了刚要张口，却听李若烟大声咳嗽，咳得面红耳赤。

"你怎么了？"林想奇问。

"被，被酒呛了。"李若烟用帕子捂着嘴，却指了英杨道，"这人我知道的，全部心思都用在情报处，没时间考虑婚姻大事。"

英杨心下雪亮，知道李若烟要强行撮合自己和林奈，他面色微沉，正要把话说明白，忽然雅间的门开了。

"金汤吊鲫鱼来了。"

进来的侍者推着个小车，车上放着硕大的砂锅，香气四溢。大家都被这道名菜吸引了注意力，只有英杨发现，推车进来的是成ννν羽。

而扶着小推车跟进来上菜，穿着女招待衣裳的不是别人，正是黄仙女。

英杨的心跳漏了半拍，整个愣住了。

他们要干什么？刺杀林想奇吗？还是冲着林奈报复？

想到马路上密密麻麻的暗哨，英杨简直汗毛倒竖，他们这样贸然行动，有没有想过后果？

"来，砂锅烫，客人让一让！"黄仙女扯着大粗嗓招呼着，扭动腰肢走到林想奇身边。

他身材阔大，脸上的白粉簌簌往下掉，声线又粗壮，偏偏胯扭得像通了电，还要翘着兰花指捏住辫子。

这副怪模怪样早已吸引了林家父女和李若烟的注意，目光黏在黄仙女身上，跟着她转。等黄仙女绕到林想奇身后，李若烟先觉出不对，立即回头唤："来人！"

这声叫完，外面静悄悄的。

黄仙女捂着嘴一笑："这位客人，劝你省些力气。外头站着的那几个，都在睡觉了。"

李若烟脸色一变，反身就去摸枪，成没羽哪里给他机会，顺手一捞，别住了他手臂。李若烟用力挣一挣，只觉得成没羽的手钢爪似的，钳得他动弹不得。"你们想干什么！"李若烟沉声喝道，"敢动我的老师，我叫你们吃不了兜着走！"

"啧啧，落在别人手里，还这么嘴硬，真是厚脸皮！"黄仙女刮着脸对李若烟大吐舌头，罢了将指节粗大、涂满蔻丹的手搁在林想奇肩上，轻轻揉捏着说，"喂！我说得对吗？"

林想奇一介文人，哪里经过这样的短兵相接，早已身体僵直。但他究竟处惯了风口浪尖，仍旧保持风度，平静地说："两位，有什么事可以说出来，不必动粗。"

"你这话我爱听，"黄仙女咯咯笑起来，"我们也不是来动粗的，是来讲道理的。"

听说来人愿意讲道理，林想奇松了口气，忙道："你们想说什么，只管讲来听就是！"

黄仙女望了望成没羽，向门外唤道："你们进来吧。"他话音刚落，包间的门便开了。

瑰姐扶着挺了七个月孕肚的微蓝走进来，身后跟着金财主，再后面却是两个青衫飘飘、青巾覆面的青衣人。

他们刚走进来，门便在身后关上了，很显然，门外还有人在守着。

屋里的青衣人二话不说，掇了张椅子摆好，瑰姐便扶了微蓝坐下。这架势摆足了，微蓝看了眼捂住嘴不敢出声的林奈，笑一笑说："林小姐，又见面了。"

片刻死寂后，林想奇说："这位姑娘，你认识林奈吗？"微蓝点了点头："我和林小姐是老相识了，今天当着林先生的面，我想问林小姐一件事。"

林想奇望了望女儿，道："你说。"

"假如林小姐怀孕了，我却天天缠着她的先生，她有什么感觉？"

林想奇闻言愣了愣，下意识看了眼英杨。英杨面色平静坦然而坐，意味深长地看着微蓝。

林想奇收回目光，心下明白七分，不由冷淡道："林奈，她在问你话。"

林奈起初被吓得脸色发白，见到微蓝惊怒到脸通红，这时候被当众质问，却又气得脸绿，只是不肯说话。

"你不说话也行，"微蓝说，"但你至少要告诉你爹爹，我是谁。"

成没羽站在李若烟身后，见林奈仍不说话，便伸手捏了捏她的肩膀，斥道："问你话呢！"

林奈痛得缩着肩膀尖叫起来，李若烟出言警告："朋友，你客气一点。"成没羽二话不说，将李若烟的手臂轻提，先让他痛得倒吸一口凉气。

眼见落在下风，林奈不敢再任性，只得轻声说："她，她叫金灵，是个美术老师……"

"别说废话，说你最在意的！"微蓝喝道。

林奈闭了闭眼，喊了出来："她是英杨的未婚妻！"

"我不只是他的未婚妻，我还是他孩子的娘。"微蓝说，"你怎么打英杨的主意我不管，但你若敢动我的孩子，我叫你生不如死！"

她一面说，一面飞起眼睛，看向端坐不动的李若烟，问："听清楚了吗？"

李若烟扛不住她的眼神，微哂一声转过头去。成没羽却掐了掐林奈的肩膀，说："问你话呢。"

林奈快要哭出来了，她脸皮紫涨，哽着声音说："我没有动你的孩子！我答应过英杨，以后只做朋友的，是你多心了！"

微蓝沉默了一会儿，说："那就好。"她扶了椅子站起来，望着林想奇说："林先生，今天我失礼了。但儿女私情是小事，别让它血淋淋的，您看呢？"

林想奇还没说话，黄仙女已凑在他耳边笑道："这位客人，你若不想活就直说，对我来说很便宜，明白吗？"

林想奇脸色铁青，点了点头。

微蓝不再多话，扶着瑰姐转身而去。青衣人留在包间里，隔窗看着微蓝、瑰姐上了黄包车，这才向成没羽点点头。

"行了，我们也该走了。"黄仙女拍了拍林想奇的脸，笑道，"金汤吊鲫鱼滋味鲜美，您慢慢享用。"

成没羽拔出李若烟的佩枪，退下子弹后丢在桌上，带着黄仙女和两个青衣人扬长而去。

雅间里一片死寂。良久，李若烟摸了摸脑袋，冲英杨笑道："你这个未婚妻，不简单。"

五十七　白首心

李若烟走到窗口，看着成没羽、黄仙女等人上了汽车，一溜烟开得没了影子，这才走出包间。

他安排的特务被捆成一串，一个个粽子似的，嘴里还塞着破布片。李若烟蹲下来，拽掉领头的嘴里的布片，问："怎么回事？"

那人惭愧低头，呜呜噜噜说："我，我们也，也不知道，突，突然就……"李若烟一耳光扇过去，骂道："废物！"

所幸这伙人不是来索命的，否则万事俱休。

整顿好外面的警戒，李若烟再走进雅间，林想奇父女和英杨默然坐着。李若烟要活跃气氛，就说："这汤冷了，我叫经理拿下去热一热。"

"别热了，我没胃口吃。"林想奇说着，看一看英杨道，"你究竟是怎么回事？林奈说非你不嫁，可这又闹出什么未婚妻来？"

"林奈说什么我不知道，"英杨坦然道，"但我有未婚妻，林奈也知道这事，我讲过很多很多遍，我和林奈不可能的。"

面对这样清楚的拒绝，林想奇嗤笑一声，指了指林奈说："这天下是没有男人了吗？你非要他？"

林奈坐在那里，刚刚微蓝说的话做的事一遍遍在脑海里过，逼得她索性豁出去。

"是的，我非要他！"林奈咬牙道，"我不管别人说什么，也不管他有没有未婚妻，总之我谁也不要，只要英杨！"

气氛一时僵住。片刻后，林想奇恨恨起身，道："别在这儿丢脸了，回家去吧！"他说罢转身便走，林奈含嗔带怒盯了眼英杨，起身跟着走了，李若烟连忙去送，却又叮嘱英杨："坐这儿！等我回来，不要走！"

他们都走了，英杨透了口气。这样很好，总算是说清楚了，否则如此遮掩着，误会只会越来越深。

五分钟后，李若烟回来了。他脱了西装，挽起袖子盛汤，呷一口称赞连连，招呼英杨快尝尝。英杨不知他葫芦里卖的什么药，端坐不动。

"不要这么紧张，"李若烟站起身，使勺子捞了一大块鱼肉，说，"多大点事，不就是弟妹吃醋了，给我们个下马威吗？"

英杨点起一支烟，幽幽说："这也不能怪她。前几天她去看医生，路上被袭击了，差点动了胎气。"

"哦，还有这个事！"李若烟吃惊到忘了喝汤，"谁干的？"

"她认定是林家。"英杨说，"我认为不可能。"

"呵呵，我老师绝不会动手杀人的，这一点我坚信。"李若烟往嘴里塞一块肉，唔噜噜说，"我太了解他了，踩只蚂蚁都要自责半日。"

"但若不是林家，我也想不出会是谁。"

李若烟放下碗擦擦嘴："小少爷近来得罪人了？"

英杨摇了摇头："最近也没什么特别事。"

"这么说来，弟妹先怀疑林家也不是没道理。"李若烟问英杨要了支烟，吸一口说，"那个不男不女的是谁？弟妹的朋友吗？"

英杨沉吟一时，知道瞒不下去，只好说了实话："金灵的爹爹是练武的，所以她有几个师兄弟。"

"哦，练武之人的女儿，学了画画。"李若烟撇撇嘴，"深藏不露啊。"

英杨不知这话何意，笑笑不答。

李若烟掐了烟道："一点小事，你不要放在心上，我老师也不会在意的。至于林奈那边，她能不能转变心意要看天意。有些事不是刀架着脖子就能成的，你懂吧？"

英杨没有回答，起身道："我们走吧。"

******

李若烟批准英杨请半天假，回去安抚微蓝。英杨的确没心思待在特工总部，于是回家了。

家里很安静，珍姨和小莲在厨房里择菜，成没羽陪贺景枫上街了，微蓝一个人在楼上。英杨于是蹑着脚上楼,看见卧室的门半掩着。

他悄悄上前,从门缝里看见微蓝坐在窗前。她什么也没做,只是望着窗外,背影孤寂,让人生怜。

英杨想,她现在是母亲,母亲为了孩子做任何事都值得被理解。

他怕悄悄走进去吓着微蓝,于是敲敲门进去,带了笑说:"一个人坐在这里看什么?"

微蓝的肩膀动了动,却没有回头。

英杨走到她身后,低低道:"可吓死我了。李若烟是个魔头,喜怒无常的魔头,你就这么毫无顾忌地去了!"

"我有什么好顾忌的。"微蓝喃喃道,"为了这个孩子,我可以违犯纪律不联络组织,我还怕李若烟?"

英杨没有完全领会微蓝的意思,他歪身坐在床沿,伸手搂住微蓝,说:"我不是责怪你,我是心疼你。李若烟当然没什么可怕的,他再魔头也有我呢。"

微蓝没有答话,只是坐着。

"但是袭击你的那件事,真不是林家做的。"英杨叹道,"你这么生气,却气错了对象。"

"你还在为她说话?"微蓝从他怀里挣出来,皱紧眉头回眸盯着英杨,"你今天为什么会在东亚大菜楼?"

"我临时被李若烟拉去的,"英杨怔了怔说,"他并没讲林家父女会来。"

"那么李若烟拉你去卖国做汉奸,你去不去?"微蓝的眉头皱得更紧了,"你什么时候变成这样?"

"不是,我……"英杨百口莫辩,只好叹气,"都是我的错,下次一定问清楚和什么人吃饭!"

微蓝气哼哼别过脸,不再说话。

英杨等了一会儿,才小心劝道:"不要再生气了,对小孩子不好的,他生下来就会皱着眉头,你知道吧?"

微蓝垂下眼睫,依旧不吭声。

"你要教训林奈,我是完全赞同的。只是这种事,交给黄仙女他们去做就好了,你又何必抛头露面?我主要是怕李若烟盯上你,这个人,这个人……"英杨长叹一声,"我到现在都没摸清楚,李若烟究竟在想什么。"

73

"你工作上的事我不想管，"微蓝淡淡说，"我只是讨厌林奈，非常非常讨厌！"她一面说，一面手上用力，把腕子上一只粉晶珠串扯断了，珠子噼里啪啦滚落一地。

英杨忙蹲下去替她捡，又仰面看她道："魏书记，你虽然行事低调，但我知道的，你是一顶一骄傲的人，寻常人入不了你的眼，林奈何德何能，让你这样惦记着？"

微蓝心里一拧，瞅着英杨默然不语。

"论家世，她比不上贺景枫；论美貌，她比不上夏巳；论机灵可爱，她还比不上小莲，你怎么就，就……"

英杨是真的着急。中央储备银行的成立迫在眉睫，这是离沪赴渝的绝好机会，如果微蓝不在身边，利用林奈做事易如反掌。但他现在处处掣肘，步步逼仄，就为了不让微蓝伤情，如果微蓝再放不下，接下来如何是好？

更令人窒息的是，他不能向微蓝挑明利弊。依着微蓝的脾气，知道自己拖累了英杨，说不准明天就联络华中局回根据地了。

英杨不想让她回去，想让她在上海生孩子。

短暂的安静后，微蓝轻声说："也许是我想多了。"英杨握住她的手，恳切道："你别管林奈做什么，你只要相信我就好！我若是对你有二心，叫天上劈下一道雷来，叫我立时化了灰，可好不好？"

微蓝憋不住，转眸一笑道："你这是什么思想水平？还在赌咒发誓呢。"

"你终于笑了，"英杨心里一块石头落地，苦涩道，"你不高兴，我觉得天都塌了。"

"哪有那么夸张。"微蓝情绪好了许多，说，"你去书房吧，让我躺一会儿，这几晚都没睡好。"

"好，那么你不要胡思乱想！"

英杨虽不放心，又不敢多劝，便安顿她躺下，拉好窗帘退出房间。他站在房门口松了口气，可是愁绪随即来袭，接下来要怎么拿到日方要领呢？

******

第二天早上，英杨出门去特工总部。他满腹心思，开车时心不在焉，拐出愚园路不久，路边忽然蹿出个人，直奔车头而来。英杨大惊之下，一脚将刹车踩到底，弄得自己差些扑到挡风玻璃上。

拦车的却是林奈。她大张双臂挡在车头，满脸的视死如归，定定地看着英杨。英杨恼怒至极,摇下车窗吼道:"你干什么!"

"我有话同你讲!"林奈理直气壮,"你不让我上车,就从我身上碾过去!"

大马路上,她竟能上演这一出。这样不管不顾,不达目的不罢休,也难怪把微蓝急成那样。英杨心下感叹,只得皱眉喝道:"要上来就快点!"

林奈得了这一声,转身拉开车门,坐到副驾驶上,却依旧板着一张脸。英杨换挡起步,恼火道:"都不是省油的灯!"

"金小姐也不是省油的灯吗?"林奈扭过脸来,昂起下巴说,"在你眼里,她难道不是楚楚可怜的小白花吗?"

"你行了!"英杨不耐烦,"要说什么快说!"

"我没想过害她,更没想过害她的孩子!"林奈大声道,"我做人光明磊落,可以明着抢,决不会弄这些下作手段!"

"你明着抢还有理了?强盗和小偷比光荣吗?是她的不是你的,你就该自尊自爱绕道远行,还好意思说光明正大地抢!"

"可你不是东西,你是个人!人的感情是说不准的,今天你能喜欢她,明天也许能喜欢我,我为什么不能争取一下?"

英杨觉得头痛,捏着太阳穴不回答。

"难道我说得不对吗?"林奈不依不饶,"你若今天对我说一句,永远永远都不可能喜欢我,那么我立即下车,再也不烦你!"

英杨很想说,但堂本声雄起草的要领像块大石头压在心里,让他不能肆意表态。

"呵呵!"林奈得意起来,"你瞧,你自己也不能肯定!我有自信,如果没有金小姐,你对我不会这样!"

她提到微蓝,英杨心下一紧,脱口道:"我之前已经对你说过了,我要结婚了,让你不要打扰我们!"

"那你为什么还要答应陪我去游园?"

"不是你提出的最后的要求吗?"

"最后的要求你也可以拒绝的!你为什么不能无情到底?你为什么要给我留希望?还有昨天,明明知道是家宴,你为什么要来?"

林奈满脸的痛苦,盯着英杨一连串说下去。英杨无话可说,他的每一次怜悯,落在林奈眼里都成了感情,这真是他自找的麻烦!

"你应该转移一点注意力,"英杨只能叹道,"再这样下去,你会生病的。"

林奈一怔,呆呆不语。

"你今年多大了?二十三?二十四?正当年的时候,每日无所事事,精力无处发泄,就要逼到歪路上去。"英杨正色道,"我劝你找些事来做,不要把情绪依附在我身上,你这不是喜欢我,你只是无聊而已。"

"我……"林奈要辩解,英杨摆了摆手:"我说的话,你能听进去就听,听不进我也没办法。总之我的心都在金灵身上,分不出来给别人了。"

林奈脸色灰白,盯着英杨不吭声。

"下车吧,我还要上班呢。"英杨催促。

"我听你的话!"林奈咬了牙认屎,"你说得对,我就是太无聊了,可我找不到事情可以做!我该做什么?你能教教我吗?"

英杨握着方向盘,终于下定决心,说:"那我们找个地方,讲讲你应该做的事。"

五十八 镜中人

英杨驱车到了江边,停在僻静无人之处。他走下来倚着车头点起一根烟,眺看远处的江水。灰白的天,灰白的水,糅在了一起。

林奈跟到英杨身边,迎风伸展手臂,说:"过了江,就到了第二战区,那里就不是日本人的天下了。"

英杨有些意外,侧脸望望她:"你还知道第二战区?"

"有时候会听爹爹说起。"林奈道,"现在和平政府在南京正式成立,爹爹也很少回上海了。"

英杨沉默吸烟,没有接话。林奈转脸看向他,说:"你刚刚讲,让我找些事来做,有什么建议吗?要么我也学学金小姐,找个学校去做老师吧。"

英杨过滤掉关于金灵的话题,道:"我这里有件事,想请你帮个忙,就不知道你敢不敢做。"

"为什么不敢?"林奈奇道,"很危险吗?"

"谈不上危险,但是要很小心。"英杨说,"我大哥跟着你爹爹去了南京，可是前不久，他回上海长住了。"

"这事我知道，柏洲哥哥说是因为公事。"

"他所说的公事，是招待一个日本人，叫做堂本声雄。此人是日本前财相青木一男的秘书室主任，在他手上，有一份很重要的文件。"

林奈认真听着，见英杨停下了，不由问："然后呢？"

英杨犹豫了一下，终于说出来："我想拿到这份文件，所以，需要你在堂本声雄的电话机里，安装一个窃听器。"

"装窃听器？"林奈不可置信地睁大眼睛，"我去吗？"

"你做不到吗？"英杨问。

"我……"林奈眼睛里的迷茫一闪而过，随即坚定地说，"我当然能做到！"

英杨笑一笑："那太好了。"

"可是，你为什么要做这件事？"林奈狐疑地问，"你在为谁做事？"

"我在哪里领薪水，就为谁做事。"英杨不急不忙地说，"现在中储行成立是最重要的，牵一发而动全身，所有人都想知道日本的意向，包括和平政府。"

"堂本声雄和你大哥是很好的朋友，他与我爹爹也很熟悉。就在上个星期，他还来我家里吃饭呢！和平政府想知道直接问他就好，何必要装窃听器？"

"你太天真了，"英杨冷笑道，"堂本与你家是私交，起草指导中储行要领是公务，不能混为一谈。日本人很怕新货币影响到在江浙皖通行的军票，在这件事上，你爹爹是他们的敌对方！"

林奈怔了怔："是这样吗？"

"新货币一旦发行，就要出台与法币和军票的兑换比例。我们不能让老百姓太吃亏，你明白吗？"

林奈似懂非懂地点点头，轻声问："做这件事，是为了中国好，不是卖国，对不对？"

看着她天真又困惑的表情，英杨有些心软。

"我不会让你去卖国的，你总能相信我吧？"英杨柔声说。林奈盯了他好一会儿，忽然笑起来："我没见过你这么温柔，难道太阳从西边出来了？"

她把话头又绕回感情上，英杨不便接话，只是掏出沈云屏送的窃听器，打开来教林奈如何安装。林奈听了一会儿,说:"那么我们在哪里听呢?"

"你还挺聪明的,"英杨夸奖,"窃听器连着一个微型录音机,你要每天把它取出来。"

"每天!"林奈再度睁圆眼睛,"每天都要做吗?"

"是的。你能做到吗?"

"我……"林奈咬了咬嘴唇,"我能!"

"好!我会在英宅附近租一处房子,每天你拿到录音带,就送到那里!"

"我每天都能见到你?"林奈不由惊喜。

英杨并不想用这件事鼓励她,于是默然不语。看见英杨的态度,林奈再次眼神迷茫:"帮你做这件事,我能得到什么奖励呢?你还是会和金小姐结婚的,对吗?"

英杨沉吟片刻,说出早就想说的事:"我能帮你见到你哥哥。"

林奈的眼睛忽然亮了:"去太行山?"

"对,去太行山。"英杨道,"等这件事做完,我就设法送你去太行山,去见你哥哥,去做你这个年纪应该做的、有意义的事!"

林奈愣在那里,却极度向往着,很久才说:"你和我哥哥是一样的人吗?"

"当然不是。"英杨没好气地说,"你再乱讲我就收回任务,你以后也不要缠着我。"

"不!不!我再也不说了!"林奈笑起来,"请你让我做点有意义的事吧,你说得对,我以前是太闲了!"

"那么这样,我们找个时间,让你练习把窃听器装进电话机里。"英杨一面说,一面转身要上车。

"你亲自教我吗?"林奈俏皮地说。

她若不说这句话,英杨是打算自己教的。可她这样说出来,英杨立即意识到要避嫌,他于是回答:"不,我给你找个老师,他叫华明月。"

******

与林奈讲定下次见面的时间地点后,英杨回到办公室,打电话叫来张七。

"到英宅附近租一套房子。"英杨说,"不必太大,租三个月就行了。"

"宝山路全是洋房,很难租到的。"张七面露难色,"您应该知道的,前后左右都是深宅大院,没有小房子的。"

英杨想了想，仿佛是这样。他正在噘唇为难，华明月推门进来了，见英杨和张七面对面发愁，不由问："怎么了？"

"你进我办公室要敲门，"英杨不高兴，"越来越没规矩。"华明月做个鬼脸："你们在愁什么？说出来给我听听！"

"我想在宝山路租房子，"英杨道，"你七哥说难租，那边都是花园洋房，许多人去了海外，房子空关也不肯租。"

华明月眼睛一转，问："处长要租多久？"

"不必太久，一个月左右吧，其实我每天也不多用，用一两个小时足够了。"

"那还不容易，"华明月灿烂笑道，"找一处空关房，我给您撬了锁，您进去用呗。用完了再锁好喽，咱又不偷它。"

听了这话，英杨与张七对视一眼，觉得华明月的主意也不错。

"那我去打听，看哪幢宅子适合动手，最好左右邻居都不在意的，不会发现我们进出。"

英杨点头，叮嘱他们做事小心，动作要快。张七带着华明月走后，英杨独自坐着。他现在必须考虑一件事，万一林奈失手被擒，要怎么办。

日本人会让林想奇保住林奈，但条件必然是供出幕后指使人。英杨设想着林奈走进审讯室的场景，觉得透骨生寒。林奈肯定扛不住。但不让林奈去，想拿到堂本声雄的要领是难上加难。每一步都在刀尖上，怕没有用，只能走过去。

他走到窗口，看着窗外轻葱浅绿的初夏，推敲着每个步骤。

******

下午下班前，张七和华明月来汇报，英宅后面的静宜街有合适的空宅。

那间宅子左右都空置，前门正对着英宅后墙，而且院子小，很方便在屋里监视。张七望风，华明月拧开锁进去看了，除了没有水电，家具都可用。

"好，"英杨盘算着说，"我每晚七点过去，天黑更方便行动。"

"处长，你要这房子做什么呢？"华明月问。

英杨正要把这事交代给张七和华明月，于是带他们去宝山路。远远看过房子后，英杨简略说了任务，又道："林小姐这段时间会在英家晚餐，她拿回录音带后送到这里，我们翻录之后洗干净，第二天再交给她。"

"我们要准备两个带子吗？"华明月一听就懂。

"是的。除此之外，华明月还有两件事，一是动手之前教会林奈使用窃听器，二是确定文件放置在英宅后，你要跟着林奈混进去，拿到要领。"

"都容易，"华明月又膨胀了，"都是我的拿手好戏！"

"你上回就差些失手，还不知道谦虚！"英杨嗔道。

"开保险柜我不会失手的，但别的事嘛……"华明月挠了挠头。英杨懒得理他，吩咐张七开车，又说："今晚都到我家去吃饭吧。"

华明月一声欢呼，英杨又瞪他："我就知道你乐意，成天不务正业，就想着小莲。"

"处长，过几年把小莲嫁给我吧。"华明月并不害羞，索性觍着脸耍赖。

英杨瞅他一眼，倒欣赏这小子的坦率。

"我怕你没有定性，会辜负了她。"英杨说着叹气，"这孩子出身苦，被卖到上海就算了，还受人虐打。"

"卖到上海？"华明月怔了怔，"我听她上海话老正宗了，以为是本地人呢。"

上海话？英杨也怔了怔，却道："也许是在魏家学的吧。"

"那么我不知道她这样苦，我以为她一直跟着您呢！"

"她以前的事，都没有同你讲过吗？"

华明月摇摇头，说："她其实不爱说话，都是我逗着她呢。有时候逗急了，讲的都是上海话，我以为她是本地人。"

英杨点了点头，没再多说。

很快到了愚园路，张七去停车，英杨领着华明月进去，叫珍姨多炒两个菜，要加人吃饭。

他安排妥当，问微蓝和贺景枫哪里去了，珍姨讲微蓝在屋里，贺景枫在成没羽的亭子间里。英杨向楼梯上看看，想自己快要成媒婆了。

他暗自好笑，上楼去找微蓝。楼上静悄悄的，亭子间也没声音。英杨在楼梯间站了一会儿，走到卧室前，推门进去。

微蓝依旧坐在床边，看着窗外。她练过功夫的，分明听见英杨进来，却动也没动。英杨预感不大好，走去搂住微蓝的肩，笑道："你倒像只猫儿，天天凑在窗户上，看着外面枝上的鸟。"微蓝并没有搭理。

"你怎么又不高兴了？早上出门还笑眯眯的。"英杨奇道，"谁又惹你生气了？"

微蓝低眉垂目,仿如老僧入定,仍是不答。英杨心下沉重,不由皱眉道:"究竟是什么事,你总要说出来,总叫我猜来猜去的,我也累的。"

"有什么好说的,"微蓝低低道,"说出来也不作数。"

"什么意思呢?我哪件答应你的事没作数?哪句答应你的话没作数?也许我最近是有点忙,究竟哪里疏忽了?"

"你有多忙?"微蓝抬起乌沉沉的眼睛,静静看着英杨,"忙着跟林奈纠缠不清吗?"

英杨心里一凛,却又嘴硬:"怎么又说到她了?"

"又说到她了?"微蓝皱起眉头,"早上她上了你的车,你们又去哪儿了?游园去了?"

"不,当然不是!"英杨彻底慌了,忙问,"你,你怎么知道的?"

"我看见的。"微蓝转过脸去,无所谓地看向窗外,眯了眯眼睛说,"你说得对,我就是只猫儿,天天看着窗外的鸟儿,却也插不了翅,上不得蓝天。"

"你说这些干吗!"英杨忙搂住她道,"我跟林奈讲道理,没有说别的,你不要多心!"

"你要跟她说什么道理?《三字经》还是《千字文》?"微蓝语气平静,"你要同她讲道理,就别来跟我说道理,我不想听。"

英杨坐在床沿,无奈地看着微蓝冰冷的侧脸,不知所措。

✦ 五十九　月有阴 ✦

吃晚饭的时候,微蓝很沉默,她捧着碗低着头,一粒一粒地夹米送进嘴里。

珍姨看不下去,劝道:"金小姐,你要多吃一点,小孩子就靠着你的营养。"

微蓝点了点头,却搁下碗筷,道:"我实在没胃口,你们吃吧。"

"这些菜不合胃口,我给你做些别的?"珍姨赶忙道,"阳春面或者赤豆元宵?总要把肚子填饱。"

微蓝摇了摇头,细声道:"我真不想吃。硬吃下去又要吐出来,太难受了。"

珍姨只得答应,看着微蓝上楼去了,这才叹口气:"别人有了孩子越来越胖,她却越来越瘦了。"

英杨听着心疼,道:"珍姨,你会不会做乌梅汤?"

"乌梅汤好做的,放在锅里熬半个钟头,搁点糖就好了呀。"珍姨道,"不过家里没有现成的乌梅,要去药店里抓来。"

"那么我去抓,晚上就煮出来。"英杨放下碗说,"她吃点酸甜的开胃,也许就有食欲了。"

张七听说,赶紧起身道:"我去抓吧。"

"不,你们吃饭。"英杨不想假手他人,仿佛他能为微蓝做的只有这些了。他急慌慌出门,丢下一句:"我很快回来。"

他开车冲到药店,抓了乌梅、甘草,又配了些冰糖、山楂,提了几大袋回来,交给珍姨去熬煮。因为赶得急,他弄得满头是汗,贺景枫见了笑道:"英大哥,你待姐姐真好。"

英杨略有惭愧,想微蓝成天为了林奈怄气,自己却做不了什么。窃听行动一旦开启,他每天都要见到林奈,好在宝山路离愚园路不近,微蓝应该没机会撞见。

他推说上楼换衣服,悄悄推开卧室的门,见微蓝坐在沙发上,正在摆弄珍姨新做好的虎头鞋。

见他进来,微蓝要藏起鞋子,却被英杨一把按住了。

"为什么不让我看?"英杨赔笑道,"这鞋子好可爱,是做给我儿子的吗?"

"一说就是儿子,"微蓝道,"若是女儿怎么办?"

"女儿当然更好,又贴心又听话,还能像你,长得漂亮。"英杨笑道,"我只是瞧你总是要吐,听他们讲,爱吐的是儿子。"

微蓝垂眸不答。英杨便伸手搁在她肚子上,轻声说:"不管是儿子还是女儿,辛苦的都是你。我请你放一百二十个心,这世上在我心里的,只有你一个。"也许是他语气诚恳,也许微蓝已过了气头,她终于抬眸看了看英杨,却道:"做什么弄得满头汗?"

"我去给你买乌梅了,你说最喜欢吃乌梅汤。"

"这么晚又跑出去做什么?要乌梅,明天叫成没羽去就是了。"

"成没羽成天陪着贺景枫,他哪有空忙你的事?你也识相一点,不要去烦别人好吧。"

他这样说，微蓝却笑了起来。英杨好不容易见她心情好转，自己也情绪振奋，道："我带你去瞧瞧，成没羽都用什么办法哄贺景枫。"

他说着起身，牵起微蓝的手要走。

"去哪儿呀？"微蓝说，"太晚了吧。"

英杨不回答，只管牵着她上了三楼。打开天窗后，他回眸笑道："我抱你上去。"

"能，能行吗？"微蓝将信将疑，"你总不能同成没羽比，他多么厉害。"

"咦，你怎么这样呀！"英杨不满，"不相信我，却相信成没羽，我要吃他的醋了。"

公开叫出来要吃醋，倒也有趣。微蓝笑一笑，说："那么你小心点，不要摔着我。"

英杨抱着她，踏楼梯爬出天窗，将微蓝放在屋顶上。微蓝仰起头，便看见一轮硕大的月亮正对着自己，依稀能看见风动月影。

"好大的月亮。"她惊到了，感叹着说。

"我刚刚去买乌梅，走在路上就觉得月色好。"英杨坐在瓦上，抱微蓝在膝上，柔声道，"我越走越觉得可惜，想你若还在生气呢，就辜负了这样的月色。"

"谁在生气了？"微蓝娇声嗔道，"你愿意见谁便去见谁，与我何干？"

英杨知道她口是心非，也不戳穿了，只对着月亮说："你瞧那上面的影子，仿佛真有座月宫呢。"

"我小时候听姆妈讲故事，嫦娥奔月，总觉得嫦娥可怜。"微蓝叹道，"她何必要飞仙呢？留在人间同后羿做夫妻，岂不是好？"

"嫦娥若像你这样想，她就不是嫦娥了。"英杨捏一捏她的鼻子，笑道，"人各有志。"

微蓝怔了怔，望着月亮好久，喃喃道："是啊，人各有志，不可强求。"

"如果有一天胜利了，你想做什么呢？"英杨问。

"我……"微蓝摇摇头，"我也不知道，组织上安排我做什么，我就做什么。"

英杨嗯了一声，等了好一会儿，却又说："如果我想带你离开，你愿意走吗？"

"离开？去哪儿？"

"也许去法国吧，你说你想去的。"

微蓝没有回答，只是看向英杨。英杨接住了她的目光，他们无声交流着只有彼此能懂的情感。

"我这个要求很唐突，"英杨道，"如果有一天胜利了，你的前途一定是灿烂的，也许你舍不得丢下工作，跟着我去法国。"

"你的前途不会灿烂吗？"

英杨嗯一声，道："当然也灿烂。但我累了，我想找个地方，好好地休息。"

微蓝转脸看向月亮，轻声说："我忽然理解嫦娥了。"英杨的心冷了冷，但却不肯说出来。他知道自己没道理要求微蓝放弃信仰放弃工作，跟着他归隐田园；但他又渴望着，微蓝能够接受他的不讲道理。

楼下传来脚步声，华明月在底下喊："金小姐！乌梅汤好了，珍姨问你要不要喝！"

"去喝一点吧。"英杨哄着微蓝，"喝了开胃，能多吃点，别饿着孩子。"

※※※※※※

微蓝喝了乌梅汤，仿佛胃口好些，拌着米饭吃了大半碗酱油炖蛋。她话也多起来，告诉珍姨自己爱吃鱼。英杨陪坐在侧，听了一会儿她们讨论明天买什么鱼，便起身去抽烟。

张七种下的观赏竹长势良好，借着灯光在水池里投下婆娑的竹影。英杨正看得有趣，忽然有粒石子落进池子里，溅出一朵水花。

英杨急忙抬头，看见林奈站在外面，招手叫自己出去。英杨下意识回头，透窗看向客厅，微蓝背对着门，正同珍姨说着话，陪坐一边的贺景枫也没回头。

所幸没看见。英杨好不容易把微蓝哄好，胜利果实不能让林奈再摧毁了。他迅速走出院子，向林奈道："我们边走边说。"

林奈噘起嘴巴："为什么不在这儿说？怕金小姐看见我们吗？"

英杨不理会，直接向前走去。林奈只好碎步跟上，道："我来可不是来玩的，是来谈事情的！"

"你说吧，我在听呢。"

"和平政府很快迁入南京，我爹爹已经去南京了，你大哥也在做准备，堂本会不会也离开英宅？"

英杨沉吟一时，道："应该不会。听说中储行选址设在上海，堂本不会跟去南京。"

"那么,你大哥约我明天吃晚饭,这可是个好机会,我能把窃听器装上吗?"

"当然可以。"英杨猛然刹住脚,差点被林奈撞上。他赶紧退了两步,低低道,"我备着英宅所有房门的钥匙。明天上午十点,我让张七把二楼钥匙送到前面路口的面包房。你要准时到,张七还有别的事做。"

"英柏洲会换锁吗?"

英杨想到了华明月的软金攮,道:"换了锁,我也有别的办法。"

"那最好了。我已经告诉英柏洲,我不想跟爹爹去南京,一个人住在上海又有点害怕,于是想搬进英宅,同他做个伴。"

英杨眼睛一亮:"他同意了?"

"二话不说就答应了,还说卧室任我挑。"林奈高兴道,"我明天晚上就能收拾东西搬进去。"

"你还挺灵活的,"英杨由衷夸奖,"知道制造机会接近目标。"

"那么,请英处长把我调进特工总部,去做个女特务好了。"林奈笑道,"我这样的人才,流失在外太可惜了。"

她的"厚脸皮"逗得英杨笑起来。然而这个笑一闪即逝,英杨随即说:"既然搬进英家,就有的是机会。明晚的行动你一定要小心,宁可放弃不能硬来。"

虽然他表情严肃,语气郑重,但在林奈看来,这是英杨第一次向她表达关心。一种从未体会过的甜蜜情愫在心底涌动,林奈用力点了点头。

夜色里,她的眼睛很亮,让英杨不由想到了去年。也是这个季节,在汇民中学的操场上,轻喘着赶来的微蓝站在月光下,黑眼睛亮晶晶的。

无论如何英杨知道自己亏欠了林奈。但是没有办法,为了拿到堂本声雄起草的要领,他只能借林奈之手。

"每天晚上七点到八点,我在宝山路隔壁的静宜街12号。"英杨从内袋掏出准备好的纸条,"你拿到当天的录音带就送过去,这是电话号码,有紧急情况可以打电话。"

"祝我成功吧。"林奈从英杨手里抽走纸条,信心满满。

******

整个白天,英杨忐忑不安,时间过得很慢,天像黑不了似的。下班前,他打电话回去，说晚上有应酬不回家吃饭。也不知为什么，自从东亚大菜楼之后，英杨不愿动用成没羽。他有种奇怪的预感，成没羽真正效忠的是卫家。英杨是卫家姑爷时一切好说，一旦失去姑爷的身份，成没羽会立即与他割席断交。

这不怪成没羽，是英杨使命特殊。想到与成没羽结识一年有余，两人惺惺相惜配合默契，自此却要疏远下去，英杨不免难受，却也无可奈何。

电话铃一阵急响，打断了英杨的思绪。他拎起话筒，来电的正是成没羽。

"小少爷，有位郁先生给家里打电话，说晚上定在二楼雅间，如果没变动，让您回电话。"

是郁峰。"好的，我知道了。"英杨匆匆说，"谢谢。"

"小少爷！"听着英杨要挂电话，成没羽急忙唤道。

英杨把话筒又怼回耳朵上，说："嗯，我在听。"

成没羽犹豫了一下，说："您今晚几点钟回来，我有件事想说。"

"要等到八点以后。是重要的事吗？"

"不，不……是我的私事。等您有空再说吧。"成没羽飞快说完，挂了电话。

私事？英杨看看传出忙音的电话，想成没羽能有什么私事？难道是成没飞出事了？不！成没羽只有这个弟弟，如果是小飞儿出事了，他绝没有耐心等到晚上八点后。

英杨猜不出端倪，挂了电话走出去，找间烟杂店给郁峰挂电话。

"沈三要我转告你，"郁峰说，"他老家又在催了，说九月前必须搞定房契。"

"九月之前？现在已经八月了！"

"没办法，他们九月就要盖新房子，等不及了。"

这么急，考验的不是英杨，是林奈啊。

"知道了，"英杨说，"我尽快。"

六十　小重山

晚上七点，英杨到了静宜街12号。

夜幕低垂，这条毗邻宝山路的街道十分安静，邻院传来馥郁的花香，只是花期将至，香气也过了头，带着些张牙舞爪的腐气。

左右无人，英杨掏出华明月配的钥匙，开门进去。

进门是一架繁茂的葡萄，笼出个长廊来。若在白天必定绿油油地漂亮，可在这夜里，倒有些阴森森地吓人。

英杨穿过葡萄架，走进客厅，屋里黑沉沉的，只有餐室的门缝透出光来。

张七和华明月躲在餐室，用黑漆布遮住窗，桌上已架好了各种设备。

"哪来的电？"英杨抬头望望电灯，问。

"我下午去交的电费，"张七说，"这户人家刚走没多久，只断了两个月的电。"

"不会留痕迹吧。"

"处长放心，用房主的名字交的。"

张七同电力公司打交道这么久，做这些易如反掌。英杨有时庆幸和平政府的腐败，凡事总有空子可钻。

"处长，你吃晚饭了吗？"华明月问。

"我吃过了。"英杨一边回答，一边走到窗边，拎开一条缝向外看，问，"这里能看见英家吗？"

"看不见。上阁楼才能看见英家的院子。"张七道，"屋里更看不见，花园太深了。"

离得近也没用。英家的客厅几乎是摆设，英柏洲大多在二楼书房活动。只要他在家，书房永远垂着厚实的窗帘。

"只能等了。"英杨转身坐下，看了看手表，七点零五。

在伏龙芝念书时，波耶夫说过特工的耐心最重要。很多时候，成功与失败只差一根头发丝，沉住气等到最后一刻，再绝望的境地也有转机。

为了训练耐心，他们每天静坐一个小时。什么也不做，就是坐着。起初英杨坐不住，十多分钟后就想站起来，去喝水，去上厕所，去活动活动。

但渐渐地，静坐几乎成为享受。英杨用这一个钟头来放空，身心舒适。

约摸半个钟头后，华明月忽然说："有人来了。"

"你怎么知道的？"英杨惊讶。

华明月指指厨房门，一根极细的钓鱼线坠着一块小石子，此时被缓缓拉动。

"钓鱼线连着门。"华明月解释，"有人在开门。"

应该是林奈，她有钥匙。英杨满怀希望地站起来。很快，客厅响起脚步声，伴随林奈低密的呼唤："英杨，英杨，你在吗？你在哪儿？"

英杨忙拉开厨房门："我在这儿。"

林奈吓了吓，发出短促的惊呼，随即嗔道："为什么躲在里面，可吓死我了！"

英杨招呼她进来，关上门就问："顺利吗？"

"很顺利，"林奈笑起来，"堂本声雄就住在你娘的卧室里，那间屋我之前常去，非常熟。"

英柏洲安排日本人住在韩慕雪的卧室里，英杨多少有点不高兴。只是现在没工夫管这些了，他又问："没被他们发现吧？"

"当然没有！饭后我们三个在客厅聊天，为了活跃气氛，我还给他们弹奏钢琴，让他们都开心起来，聊得也越来越热闹。"

"那后来呢？"

"我就推说去方便，上楼把事情办了。"林奈笑嘻嘻说，"很顺利，就像回我哥的房间拿样东西。"

"后来呢？"

"等我做完事下楼，他们还在喝酒吹牛，聊得正欢呢。"

英杨鼓励道："明天把录音带偷回来，就能知道你的窃听器放得对不对了。"

"我练习过好多遍，应该没问题了。"林奈沉浸在成功的喜悦中。

"这件事每天都要做，要谨慎一点，不要被一次成功冲昏头脑。"英杨正色说，"在拿到有用录音前，你每天都在危险之中。"

"好啦，不要说教了。"林奈嘟起嘴，"我完成了任务，你总要奖励我，为什么还在教训我？"

英杨无奈，只好说："那么看明天的录音吧，如果窃听器安装无误，我请你，喝咖啡？"讲到咖啡，他忽然想到无名咖啡馆。有段时间没去了，想到招牌咖啡，英杨竟有些想念。

"行啊！喝咖啡，吃蛋糕！"林奈兴奋起来，"说好了不许赖啊！"

******

林奈走后，英杨等人撤出静宜街。

回到愚园路，英杨莫名心虚，像是做了亏心事，害怕被微蓝问起。

卧室里，微蓝坐在沙发上，正举着一只绣花绷子细看。英杨奇道："哟，什么时候学会绣花了？"

"不是我，是贺小姐绣的。"微蓝笑道，"她说孩子出来时就入秋了，要绣几只肚兜，贴身穿着保暖。"

讲到贺景枫，英杨猛然想起，成没羽还约自己谈事情。他靠着微蓝坐下，接过绣花绷看了看，道："这绣的是什么？两只蜻蜓吗？"

"……这是蝴蝶！彩蝶成双，谁绣蜻蜓呢！"

"哦，"英杨失笑，却又找补，"刚生下来的小婴儿，他知道什么是成双？不如绣只花猫在上面，教他认认动物。"

微蓝懒得理他，夺回绷子道："请你去书房坐坐吧，贺小姐去拿剪刀，马上要回来接着绣，你不要打扰我们。"

眼见微蓝情绪良好，英杨很是放心，便起身给她们挪地方。他走楼梯上到亭子间，敲了敲门。

成没羽很快打开门，看到英杨挺意外："小少爷回来得早。"英杨挤进屋里，笑道："你说有事找，我在外面总牵挂着，于是早点回来。"

听了这话，成没羽有些不好意思，拖椅子请英杨坐了，这才讷讷道："我有件事情，想问问小少爷。"

"你说吧，什么事。"

成没羽犹豫了一下，道："我想去重庆。"

英杨着实吓一跳："你去重庆做什么？人生地不熟的！"然而他随即想到了，脱口便问："是为了贺小姐？"

成没羽沉默了一会儿，点了点头。

英杨张了张嘴，想说什么又不知如何开口。

"小少爷，我知道你怎么想。"成没羽鼓起勇气说，"但她说到了重庆，没人知道我之前是做什么的，只要请她哥安排个正经事，就能向她爹爹开口。我……"

"其实你送她回去，我是放心的。"英杨道，"如果能像贺小姐说的那样，在重庆开始新的生活，我也很支持。"

成没羽终于抬起脸，感激地看向英杨。

"我一直拿你当兄弟，真正的兄弟。"英杨动情道，"贺景枫是个女孩子，她都愿意努力，你何必还犹豫呢？需要我做什么尽管提吧，只要我能做到。"

89

"别的没什么，"成没羽皱起眉毛，"就是十爷那边……"

"我去说，"英杨接过话头，"你放心去吧。"

成没羽点了点头。

"你们打算什么时候走？"

"越快越好，但我先过去，她手上还有些事。"

"她还有事？"英杨吃惊，"什么事？"

"她说要拿到何家的退婚证书，否则没法向她爹爹交代。"成没羽道，"我劝了也不听，她认定的事就要做到。"

英杨想，成没羽向来沉稳精明，怎么遇到贺景枫就变了？何家怎么会开退婚证书？简直是为暗通重庆留把柄。再说了，贺景枫不走，让成没羽先走，又是为什么？

他沉吟一下，道："我希望你能和她一起回去，外面兵荒马乱的，让人不放心。"

成没羽嗯了一声，却不说话。

英杨知道他拗不过贺景枫，便问："她有事，你总没有事，为什么不能等她一起走呢？"

"她哥哥的假期快到了，回去后很难再出来。贺景枫让我先去见她哥哥，免得要耽搁好久。"

英杨设想了一下，如果成没羽见到贺景杉……他心里缓缓爬过一行蚂蚁，又痒又难受。

"既然你们都讲定了，我也不好说什么。"英杨笑笑道，"那就按她说的办吧，船票什么的，要我帮你订吗？"

"不用，我自己去订就是。"成没羽露出笑容，又说，"小少爷，我吩咐了黄仙女和老延，你有事只管找他们。黄仙女是疯些，但他做事利落，能帮到你的。"

英杨想了想黄仙女的做派，挤出笑容道："好的。"

两人又闲谈几句，英杨告辞下楼。他进了卧房，见仍是微蓝一人，不由问："贺小姐呢？"

"她回去睡了。"微蓝举着绣绷笑道，"你看，左边的蝴蝶已经出来了，真好看。"

"彩蝶双飞，"英杨也笑，"意头真好。"

他想告诉微蓝,成没羽要去重庆啦。但是话到嘴边又收了回去。微蓝回沪养胎之后,肉眼可见的情绪不稳定,得知成没羽要走,只怕又要伤情。再说成没羽并没定具体时间,等定下来再告诉微蓝,让她保持今晚的愉悦吧。

******

第二天,英杨吃了早饭要出门,看见贺景枫在院子里,正弯腰给墙角的枇杷除虫。

"你真能干,"英杨冲她的背影说,"又会做饭,又会绣花,现在连花匠的活也能干。"

贺景枫回脸笑道:"这点算什么?我哥比我更能干。"

"我以为你们这些少爷小姐,都是不食人间烟火的。"

"英大哥,你怎么也有这样的偏见?少爷小姐一定四体不勤吗?"贺景枫直起腰来说,"我爹爹事忙,家里总是哥哥带着我,当然要多点本领。"

"可你的本领不只是过日子啊,"英杨感叹,"把我的兄弟都带跑了。"

贺景枫愣了两秒,这才反应过来。她看着脾性温婉,其实有主见有决断,见解也十分新鲜。英杨把话说开了,她也不做娇羞状,索性落落大方地说:"他告诉你了?"

"他若不说,只怕你们到了重庆,我都不知道!"

"英大哥,我不是不说,是想找个合适的机会。"贺景枫巧笑嫣然,"我知道他对你们重要,是以不敢轻易开口。"

天气正热,贺景枫穿着印了大朵红玫瑰的西式连衣裙,鲜亮动人。相处这么久,英杨逐渐体会到贺景枫的超前眼界,她思想崭新,是主动抓住命运的新女性。

"换了是别人,我必要叮嘱成没羽,让他不要辜负佳人。"英杨说,"可因为是你,我却要拜托拜托,请你不要辜负成没羽。"

贺景枫愣了愣,随即哈哈笑起来:"英大哥,你真有意思!但这句话我喜欢!放心吧,我不会的!"

成没羽看着强大,其实内心柔软,英杨还真是不放心。但贺景枫是妹妹,成没羽只是妹夫,英杨也只能言尽于此。他转了话,又问:"但我不明白,为什么要让成没羽先走,你们不能一起走吗?"

"我和何锐涛的婚约还没完全解决,"贺景枫说,"我的意见,要请何家登报发表解除婚约的说明,但何家不肯!"

"那为什么？"

"他们说订婚只是口头协定，解除也只需口头解除，不必大张旗鼓的。"

英杨觉得何家说得没错。眼下的形势，重庆、南京势如水火，何贺两家有私交当然不愿提起，登报实在没事找事。

但他瞧贺景枫满脸的认真，知道自己一时劝不了，于是点点头说："好。你们有难处跟我讲，我上班去。"

贺景枫含笑答应，直把英杨送到门口。

六十一　明珠垂

晚上七点，英杨按约定到静宜街12号。今天林奈动作很快，七点二十分就来了，笑嘻嘻递上录音带。

"英柏洲和堂本白天都不在家，我有房间钥匙，进去太容易了。"林奈得意夸耀。

"你别把牛皮吹破了，先听听带子吧。"英杨敲打她，怕她忘了形出事。

华明月接过录音带，小心放进英杨从黑市买来的机器里，戴着耳机像模像样地转动旋钮。

"能听见吗？"英杨紧张地问。这些设备都是姜获推荐的，算市面顶级了，如果它录不下来，就要另想办法。

没两分钟，华明月表情起伏，高兴道："处长！有声音了！哎？怎么说的是日语？"

"日本人可不是说日语嘛！"英杨没好气地说，拽下华明月的耳机捂在耳朵上，听着里面叽里呱啦的声音。

余下三个人六双眼睛，一眨不眨地盯着英杨。良久，英杨放下了耳机，林奈忙问："听见了吗？"

"华明月，做记录。"英杨说，"来电一通，通知堂本声雄，第二天上午参加财务部会议。"

"是。"华明月认真写下，又问，"就这么多吗？"

"嗯，也算不错了，至少窃听装备在正常运作。"

"那是我的功劳吧！"林奈雀跃起来，"你昨天答应我，要去吃咖啡、蛋糕的，这话算数吗？"

英杨想，她冒险放置窃听器，自己也应该请个客。他于是笑道："答应的当然算数，就明天中午。"

"太好了！"林奈忘情地向前一扑，钩住英杨手臂笑道，"做这事刺激极了，再有任务要带上我啊！"

英杨哭笑不得。

第二天中午，英杨驱车去接林奈。为了避免再被微蓝撞见，他在两个街口外等着。

天热，林奈在太阳底下跑了两个街口，弄得香汗涔涔。她上车就抱怨，怪英杨不在愚园路接她。

英杨不做解释，载着林奈往古宁路而去。林奈问去哪儿，英杨道："那咖啡馆也没有名字，去了就知道。"林奈听了不高兴："好吃的蛋糕有很多，为什么要去没名字的地方？"

"风味特别，带你尝一尝。"

林奈瞟一瞟英杨，忽然问："金小姐去过吗？"

微蓝还真没去过。可英杨不想说出来，徒增林奈的气焰，于是岔开话道："那里的招牌咖啡很好味，兑了波本威士忌，你能喝酒吧？"

"我没问题！"林奈摇手帕扇着风说。

无名咖啡馆也提供简单餐点，有牛排、柠檬鸡、面包和三明治。英杨怕牛排品质不好，于是叫了柠檬鸡，结果硬得切不动。

甜点也不好。布朗尼放多了可可粉，很苦。

"除了咖啡有滋味，什么都不行。"林奈含着蛋糕，苦着脸说，"你为什么喜欢来这里？"

"因为这杯咖啡吧。"英杨满足地深陷在沙发里，面前放着第二杯招牌。

他最近来得越发勤了。李若烟说得对，这里的咖啡不只能疗治头痛，还能激发灵感。每当英杨疲惫木讷时，喝两杯立即神采飞扬。

"你瞧你的样子，仿佛一个瘾君子！"林奈挖苦道，"不知道的，还以为这是大烟馆呢！"

她说者无意，英杨却听者有心。一道冷风嗖嗖飘过心底，英杨忽然坐直了。

"怎么了？"林奈发觉他的异常。几乎在同时，有人哈哈笑着说："英杨！你来这里居然不告诉我！"

英杨急忙回头，来的正是李若烟。此人迈着小短腿，稳稳的几步跨过来，惊喜道："我师妹怎么也在？"

"他请我喝咖啡。"林奈指一指英杨。

"哦，应该应该，很应该！年轻人就该多聚，成天一个人待在家里，岂不是要闷坏了！"

英杨瞧他这兴奋劲儿，快要把"媒婆"两字刻在脑门上了。换了平时，英杨是不忍的，但眼下任务重要，他决定忍一忍，于是招呼李若烟同坐。

李若烟对柠檬鸡感兴趣，叫侍者上一份，又向林奈夸耀："这好地方正是我介绍的，结果他用来借花献佛。"

林奈扑哧一笑，眼睛里神采奕奕。李若烟打趣道："师妹今天格外漂亮，不过你笑些什么？说出来我们也乐一乐。"

林奈却摇头笑道："等柠檬鸡上来了，你自然就懂了，这可真是好地方！"

英杨会意，却含笑不语。李若烟虽不懂，然而看看这个，望望那个，没来由地也笑起来。

******

林奈的窃听行动持续了二十天，英杨每晚守在静宜街。距离沈云屏给的期限没几天了，但录音里有价值的不多。英杨有些犯愁。

林奈每天都在冒险。虽说她住在英家近水楼台，白天堂本和英柏洲要出门，很方便林奈拿取录音带，但常在河边走哪能不湿鞋，英杨每天提心吊胆。

此外，很可能重要情况放在办公室讨论，晚上是堂本的私人时间，也许听不到有价值的线索。

这天晚上七点半，林奈照例兴高采烈地送来录音带。英杨几乎不抱希望，接过录音带时，他甚至想通知林奈行动结束。

"再坚持一下。"他转念即想。

华明月把录音带塞进机器，英杨戴上耳机，漫长的寂静消磨着他的耐心，直到堂本声雄接起一通电话。

"堂本君，下周会议要讨论要领的初稿，上次提出的修改意见，你在照做了吧？"

"是的，我正在精心修改，请先生放心。"

"那么，要注意保密啊，会议开始前，千万不能让任何人知道起草内容。"

"您放心吧,稿子在卧室的保险柜里。织田课长派了重兵把守英家,陌生鸟儿也飞不进来。"

这通电话随即结束了。英杨把录音带听到头,没有别的声音了。

"东西在堂本卧室的保险柜里。"英杨收起耳机说,"华明月,该你出场了。"

"处长,我要怎么进英家呀?林小姐说英家戒备森严,插翅膀都飞不进去。"华明月愁眉苦脸。

"男人进不去,扮成女人却可以。"英杨说,"我替你找个高人,点石成金的那种。"

******

第二天上午十点,英家门口来了位个子高挑的女人。她穿斜襟短衫,配竹布撒脚裤,梳两根辫子,挽着只竹篮,一副羞答答的样子,走路也低着头。这是华明月伪装的,化装师是黄仙女。

"站住,干什么的?"英家门口的特务拦住了问。

"林家小姐打电话回家,要送些东西来。"

华明月尖着嗓子,边说话边摇头晃脑,用夸张的肢体动作掩盖嗓音。特务看着难受,于是说:"你好好说话!把头抬起来,总低着头乱晃什么?"

董小懂跟着五爷去了黟县,华明月的面部妆容全靠天生丽质。现在特务要较真,华明月知道躲不过,索性仰起脸,连飞带喷拐了特务一眼。

就是这一下,倒把特务看傻了。黄仙女底子差,越化妆越吓人,华明月却清秀俊逸,描眉画眼一番,竟弄出美若天仙来。

究竟是林家,连女佣都好看。执勤特务暗自感叹,却说:"你等在这里,我摇电话进去问问林小姐。"

他转进门房去打电话,不多时又出来了,拉开门挥挥手:"进去吧。"

华明月答应一声,提着篮子钻进门,放出小碎步来,扭着腰走向门厅。

林奈等在门厅。看见华明月打扮成这副怪样子,她差些儿笑起来。毕竟执行了几天任务,林大小姐学会收敛大惊小怪,硬生生表演得若无其事。

"小月,你怎么才来?"林奈像模像样地嗔怪,"我要的几样胭脂水粉,你都带齐了?"

"齐了。"华明月尖着嗓子说,"都在篮子里呢。"

林奈这才点头,领着华明月便进门了。站在门口的特务想拦,却有点不敢，都知道林奈是林想奇的女儿，被英柏洲捧在手掌心里。

穿过客厅时，林奈瞄一眼餐室，看见韩妈在忙碌。

堂本声雄和林奈相继入住后，韩妈比之前忙多了。以前每顿饭弄两个菜，现在总要搞五六个菜，还要打扫采买，累得头也抬不起来，顾不上管闲事。

英华杰在时，英宅就定下规矩，门房、花匠和司机不许进正屋。这习惯英柏洲至今沿用，不管花园里特务叠特务多么热闹，屋子里却空荡荡的，十分安静。

林奈领着华明月上了三楼，摸到之前韩慕雪的卧室，掏钥匙开了门，矮身招呼华明月，偷偷溜进去。

"家里没人，为什么跟做贼一样？"华明月不理解。

"嘘！"林奈竖根手指堵在唇上，"这叫谨慎！"

华明月无语，跟着她谨慎地溜进屋。堂本声雄不许韩妈进屋打扫，屋子里乱糟糟的，衣裳杂物扔得四处都是。

林奈检视全屋，在床头柜后面，她发现一只小型保险柜。这只柜子是堂本声雄带来的，崭新簇亮。

"请吧。"林奈说，"我到窗口替你望风。"

韩慕雪卧室窗口对着一株樟树。夏天到了，绿影过风，枝叶轻摇，看着十分舒服。林奈掩在窗帘后面，盯着楼下院子。除了几个特务四下晃动，英宅一片安静。

林奈暗想，拿到文件之后，她就要离开上海了，这念头浮上来，让人舍不得。二十多年的身边事，自此要放下了，她能做到吗？想到爹爹，想到愚园路的家，想到南京的公馆，想到……还有英杨。她走了，他会在这里同金灵结婚，再没人打扰他了，再没人烦他了。

林奈忽然想，自己有点傻。而她犯傻的这二十多天，又是多么快乐啊。

在她胡思乱想时，华明月的软金攮探进三寸，他戴着医用听诊器，小心翼翼调试旋钮，慢慢推进软金攮。

林奈有些不耐烦，走到华明月身边蹲下，问："还要多久啊？"

"林小姐，这急不了。"华明月说，"慢工出细活呢！"林奈看了看华明月，有样学样把耳朵贴在保险柜上，却什么也听不出来。

"真麻烦。"她站起身，"要快一点啊，十一点钟他们会回来吃午饭。"

华明月嗯了一声，把软金攮又向前推进一寸。林奈接着去望风，楼下还是很安静。

约莫十分钟后,华明月忽然说:"好了!"

林奈低低欢呼,连忙奔到保险柜前面。柜子已经打开了,里面放着三只牛皮纸卷宗,一把枪,两盒子弹,还有用丝绒袋盛着的金条。

"他们到中国来,总要搜刮些什么。"林奈掂着丝绒口袋说,"绝没有空手而回的道理。"

华明月没空与她搭话,赶紧把三只卷宗拿出来。动手之前,他按照英杨的叮嘱,查看了文件摆放的位置,并且观察四周是否有细线、头发丝之类的安全装置。

什么都没有。看来堂本声雄很满意英宅的安全。

里面的三只卷宗都是日文的,好在林奈懂日语,她找出写有"新中央银行指导暂行要领"的那只,让华明月用微型相机拍下来。

与此同时,林奈按英杨的盼咐,拆除了电话机里的窃听器和微型录音机。

事情全部做完,林奈大摇大摆领着华明月穿过庭院,送他出门,当着一众特务保镖的面大声说:"记得把我的旗袍送去店里洗,都是丝缎的,别洗坏了!"

"是,是。"华明月连连点头,鞠躬告辞。他刚出去不久,一辆汽车驶进英宅,堂本声雄从上面下来。他看见站在院里的林奈,不由道:"林小姐,这样大的太阳,你为什么站在这里?"

"啊,我散散步。"林奈笑一笑,"堂本先生今天回来得早啊。"

"是的,今天太热了,我想回来洗个澡。"堂本说着鞠躬,"那么,我先上楼去了。"

林奈忙请他自便。

今天的秋老虎把上海弄成人间蒸笼,堂本还穿着西装衬衫打着领带。他三步并作两步上了楼,打开房门脱下汗湿的衣裳,冲进浴室。

下午不能再穿西装了,堂本想,要中暑的。

他洗完澡,换上舒适的日式浴衣,坐下享用早上泡好的凉茶。卧室很敞亮,正午的阳光斜抒进来,堂本于是走到窗前,想把外面的凉棚撑起来。

然而他起身的瞬间,忽然顿了顿,狐疑着看向天花板。那上面有个小小的亮圈,圆圆的。堂本怔了怔,低头看向地板。很快,他在保险柜侧面发现一只耳环,赤金花托里镶着浑圆的珍珠。这是林奈的耳环,堂本见她天天戴着。

六十二　玉生烟

拿到华明月带回来的文件，英杨钻进临时暗室，迫不及待洗了出来。

这份"要领"信息量巨大，明确规定了中央储备银行的职能，以及所发行货币与"联银券"、军票间的兑换协调和流通区域。

其中有六条规定极不公平，包括必须聘请日本顾问、外汇须存于日方银行以及新币发行的地区和数量要随时向日方汇报，最离谱的是，如果新货币影响了军票流通，和平政府要立即做出调整。

完全是彻头彻尾的金融掠夺。

英杨越看越皱眉头。如果汪派接收这份"要领"，意味着法币将彻底退出沦陷区，然而江浙沪以至华中，正是自古富庶的鱼米之乡。

文件附着日本顾问团队得到的情报，包括发行货币为"中储券"以及新钞设计样式。

最后一页是一整面的白纸，写着一行小字：

  我方意见　中储券：法币＝1∶70

英杨脑子里嗡地一响，咬住了嘴唇。

太黑了！

70元法币换1元中储券！这是要老百姓倾家荡产呀！面对这样赤裸裸的压榨掠夺，如果和平政府还能够接受，他们要怎么解释"曲线救国"？

英杨把文件放进西装内袋，木着脸坐进沙发，开始思考应该怎样使用这份情报。

时间一分一秒过去，约莫四十分钟后，他拨电话给李若烟，约他去无名咖啡馆坐坐，李若烟愉快地答应了。

70元法币换1元中储券。这应该是李若烟感兴趣的。英杨再次梳理他的方案，准备出发，然而拉开书房门，他看见微蓝不声不响地站在门口。

她现在肚子很明显，人虽然不胖，但手脚脸颊都有些浮肿。此时她有些臃肿地站在书房门口，眉头轻蹙，若有所思地看着英杨。

"怎么了？"英杨忙笑道，"怎么不声不响站着？"

"你要出去吗？"微蓝问。

"是的，我，我外面有个应酬……"

"你已经半个月不回来吃晚饭了！每天晚上都弄到九点钟回来，现在中午也要出去。"

"我……"英杨叹了口气，放弃解释说，"这段时间比较忙。"

微蓝想说什么又咽了回去，半晌干涩地说道："好。"

她说完转身走了，英杨想拉住她，又不知道拉住了说什么。他这半个月每晚都在静宜街，他马上又要出去，他明天还要再见到林奈。

等送走林奈吧。英杨想，到时候再解释也来得及的。

他匆匆下楼，出门去了无名咖啡馆。等他坐定点了招牌咖啡后，李若烟来了。

"主动约我喝咖啡，这是第一次。"李若烟很高兴，笑道，"看来我能取代骆正风，成为你的朋友了。"

这话倒叫英杨尴尬，不知道怎么回答。

好在咖啡送来了，李若烟美美啜饮后，说："讲吧，是什么重要的事，办公室里也不能说，要把我约出来。"

"您之前同我讲过，眼下最重要的是新中央银行和新货币。"英杨说，"您还记得吗？"

"记得啊。搞到消息了？"

"日本人的意见，法币对新货币，70 比 1。"

李若烟一惊，手里的咖啡差些晃出来。他压低声音问："你怎么知道的？"

英杨不回答，静静看着李若烟。

李若烟也紧盯着英杨，好一会儿，他问："我能相信你吗？"

"当然。"英杨道，"这是新鲜出炉的日方消息，和平政府和重庆都不知道，日本人打算拿这个兑换比。"

李若烟的眼睛瞬间明亮，他粗短的手指在橡木桌上轻轻击敲："你觉得，70 比 1 可行吗？"

"看和平政府怎么想，"英杨道，"如果无条件亲日，就算压价也不过做样子，估计最后 50 比 1。如果与重庆藕断丝连，就会压得很低，也许 7 比 1，也许 3 比 1。"

"那么，我们怎么知道财政部的态度呢？"

"何锐涛，"英杨提醒，"您忘了他吗？"

李若烟沉吟点头,并不接话。

"中储行万事俱备,最迟拖到年底就要发行货币。一旦日方与和平政府达成共识,新币就能上市。"也就两三个月吧,此事就能尘埃落定。

"你有什么建议吗?"李若烟问。

英杨向前凑了凑,轻声说:"在正式宣告之前,可以炒一炒。70比1,这里面空间很大了。"

李若烟高兴:"我果然没看错你。"

"提前放风赚钱,您的对象要选准。小老百姓就罢了,又琐碎又没几个钱。"

"我懂,商会里先走一波,"李若烟笑道,"那些脑满肠肥的,割些肉给我们也亏不到哪里去。"

英杨点头笑道:"是的。"

"那么,你要抽多少?"李若烟貌似随意地问。

"我分文不取,但要请主任帮个忙,替我过过账。"

"过账?"

"请您在香港开个户头,汇进四成赚头,用这个人的名字。"英杨把纸条压在李若烟的咖啡杯下,"您放心,这钱就是过账。事成之后,我分文不少还给您。"

李若烟拾起纸条,借着昏黄的灯光打开,随即神色复杂地看向英杨:"沈云屏?"

"是的。李主任,事情到了现在,咱们敞开来说亮话吧。"英杨道,"再瞒下去没必要了。"

李若烟盯视英杨半晌,渐渐笑起来:"你什么时候发现的?"

"从龙华机场开始,我就在怀疑,等到江苏银行被捉五十余人,我几乎能够肯定,您在军统有可靠内线。"英杨笑笑,"所以您很清楚,沈云屏是军统上海站站长。"

"不错,"李若烟爽快承认,"心照不宣的事。"

"为什么不动他?敲掉军统上海站,算是件首功。"

"抓住他又怎样?重庆还是会派人来,会有新的站长、新的小组、新的联络点,但我的内线却未必管用了。"李若烟笑眯眯地说,"给日本人干活要细水长流,时不时给他们甜头,比一顿塞满效果好得多。"

英杨认为他说得有道理。

"小少爷,该我问你了,"李若烟道,"沈三怎么惹到你了?为了什么事?"

英杨沉吟一时,决定摊牌摊到底。

"话说到这里,诸事不必再藏着。"英杨说,"清扫龙华机场后,纪可诚主动报告锦云成衣铺。那时候我就觉得,您太过偏心延安了。"

他主动停下来,打量李若烟的脸色。后者似笑非笑:"小少爷接着说。"

"后来的朱记米铺,您不是偏心,是高抬贵手了。"英杨说,"这是为什么呢?"

短暂的沉默后,李若烟叹了口气:"你说得不错,事情到了今天,也该敞开天窗了,贺大少爷!"

英杨猛然愣住。在他的认知里,李若烟可能知道英杨的真实身份,但不应该知道他与贺家有关。

"我知道你是贺明晖的大儿子,也知道你来自延安。"李若烟笑道,"怎么知道的,你就别管了。你也看见了,我不会伤害你。"

"为什么?"英杨问。

"我一直都说,做汉奸是身不由己!等日本人走了,烦请贺大少拉李某人一把,无论得天下的是重庆还是延安,看在上海这段交情上,李某人只求个平安终了。"

"你那么确信,我一定有能力帮你?"

"重庆得了天下,你是贺明晖的儿子,诸事不愁。延安得了天下,你是多年的功臣,总比我便宜。放眼天下,谁比小少爷更值得投资?"

"听君一席话,胜读十年书。什么曲线救国,什么效忠党国,什么为国为民,说到底都比不上投资。"

"哈哈,我们是底层小民,有什么资格谈家国情怀?"李若烟得意道,"若非生逢乱世,我也没资格坐在这里,和你们这样的世家子弟高谈阔论。"

听完李若烟的剖白,英杨并不能全信。今晚算是他们第一次互相交底,彼此能掏出这么多实情,已经不错了。英杨不打算再纠缠,姑且做出相信的样子。

"话说开就好做事了,"英杨道,"接下来,还要李主任多多照拂。"

"你放心吧!我帮你还有个原因。"李若烟感慨,"早年我也曾加入共产党,预备期就被捕了,之后做了叛徒,也因此得不到重庆的信任。日本人来了、汪先生有异志、林部长爱才,这三样少一样,我都没有今天。"

他说罢,停一停又道:"英杨,我很能理解你们,但做共产党太苦了,我不行。"

******

吃过午饭回卧室,林奈就发现耳环丢了。

她抱着希望,把楼梯、客厅、餐室、院子都找了一遍,没有耳环的踪迹。

"只要别丢在堂本的卧室,一切都好说。"林奈摸着空空的耳垂想。这念头让她渐渐害怕起来,她想立即告诉英杨,又怕英杨厌弃她无用。

再去拿回来就是了,林奈最后想,出入房间而已,我有钥匙,怕什么?

但是堂本吃过午饭就窝在卧室,一直不出门。林奈找不到机会,渐渐焦灼不安。等到下午两点,非但堂本没有出门,汽车又接来他的朋友。

两人钻进堂本的卧室,好半天没有动静,林奈急成了热锅上的蚂蚁,生怕堂本发现她的耳环。

这样耗到下午四点来钟,三楼终于有了动静。林奈的客房也在三楼,她拉开门缝瞅着,堂本领着他朋友,边说话边下楼去了。

林奈轻手轻脚关妥门,冲到窗户边上,眼睁睁看着载堂本声雄的汽车驶出大门。她心下雀跃,转身开门出去,撑着楼梯往下张望。

厨房里传来隐约水声,韩妈在做晚饭,顾不得楼上。林奈握紧钥匙,蹑足跑过去,捅开了堂本的卧室。

屋里很安静,衣裳和杂物还是四处乱丢,写字台上散放着纸笔,隔桌而设的两只椅子随意搁着,看来堂本和朋友刚在这里商讨过事情。

林奈关妥门,踮着脚尖走到床边,跪下四处搜看,终于在保险柜内侧找到了珍珠耳环。

"太好了,"林奈低低自语,"终于找到了。"

她正要去捡耳环,忽然听见有人说:"林小姐,你在找什么?"

林奈霎时毛骨悚然,她愣怔很久才缓缓回头,惊恐地看着站在门口的堂本声雄。

******

与李若烟分手后,英杨回到特工总部。他反锁上门,找出密写药水,给高云写了封信,请他设法联系远在太行山的林可。

眼下最重要的,是把林奈安全送走。说来惭愧,英杨每次待林奈脸色好些，都是有求于她。英杨知道自己不对，只希望没有下一次了。

他写好信封，在字迹缓缓消失时，李若烟来电话了。电话里，他的声音没有一丝情绪，语气干净利落："到英宅来一趟。"

"现在？"英杨问。

"是的。"李若烟回答。

毕竟合作了大半年，英杨很了解李若烟，只有遇到重要事情，他才会惜字如金。考虑几秒钟后，英杨打着打火机，烧掉了密写信封。

也许林奈坏了事。但他又想不明白，华明月分明安全回来了，事情应该结束了。

他一路思忖，心事重重到了英家。英宅客厅里人不多，但分量十足。织田长秀、堂本声雄、英柏洲和李若烟散坐在沙发里，林奈坐在正中的椅子上，她低头绞着手指，紧张得微微发抖。

"英杨，你终于来了。"英柏洲开门见山，手指挑着红绳系着的两枚钥匙，"你最好解释清楚，这是什么。"

情况不明，英杨不吭声。

李若烟接过话头："林小姐用这把钥匙打开了堂本先生的卧室。英杨，你大哥说这钥匙是你的。"

"堂本入住的房间，原本是英杨母亲的卧室，他当然有钥匙！"英柏洲气急败坏。

英杨想了想，说："你们亲眼看见林奈用这把钥匙开门的？"

"当然！"堂本冷森森接话，"我在房间发现了林小姐的珍珠耳环，于是设计了小小计谋，假装坐车离开，其实躲在暗处。果然看见林小姐用这套钥匙打开了房门，走进了卧室，并被我当场抓获！"

"你抓住她的时候，她在干吗？"英杨又问。

"她在捡耳环啊！说明那只耳环就是林小姐的！"

英杨悬着的心放下一点。原来他们什么也没抓到，只抓到林奈拾耳环。

"钥匙是我给她的。"英杨承认。

"她为什么要偷进我的卧房！她想干什么！"

英杨迟疑了一下，说："我母亲去法国之前，给我留了只白玉镯，说是给我未来的妻子。我猜，她是想拿到那只镯子。"

屋里忽然安静了。

不一会儿，李若烟问："镯子在哪儿？"

"在房间的保险柜里，"英杨说，"红绳子上系着两把钥匙，一把是房门钥匙，另一把是保险柜的。"

"小师妹，"李若烟笑了，"英杨说得对吗？"

林奈赶紧点头："我偷进堂本的卧室，就是想偷偷拿到镯子。谁知保险柜打不开了，只好作罢。吃过午饭卸妆时，我发现耳环丢了，别处都找不到，只可能在堂本先生的卧室。所以，所以……"

"原来是这样，"李若烟笑起来，"我就说嘛，林奈没胆子做别的。"

"要镯子可以光明正大说出来，"堂本虎起脸，"为什么要偷偷摸摸的！"

"这事怪我，"英杨说，"我和林奈小姐有了感情，但是没敢告诉大哥。这镯子是我母亲给儿媳妇的，林奈她想要，但我的意思，要等咱俩的事公开了再去拿。谁知她等不及了。"

听他说出"有了感情"，林奈的目光中掺杂着惊喜，紧紧盯着英杨。

李若烟打着圆场说："哈哈，林部长也知道他们的事，只是年轻人交朋友，没到落实不便公开。堂本先生，林奈从小被宠坏了，英次长又是她师哥，她简直把英家当作自己家一样，这才做出失礼的事！请您原谅。"

堂本哼了一声，低头不语。

"堂本先生，刚刚特高课的小宫少佐已经检查过，您屋子里没有其他异常，这事是个误会！"

没等堂本开口，织田长秀却说："被你们说得好奇起来，我也想看看那只镯子。"

"我知道密码，"英杨说，"可以打开保险柜。"

他这样主动，显得林奈越发无辜。织田长秀望望站在楼梯口的助手小宫翔太，后者立即拿过英柏洲手里的钥匙，带人上楼去了。

不多时，小宫拿出一只晶莹透亮的羊脂玉镯，看上去价值不菲。韩慕雪把这镯子留下后，英杨曾想送给微蓝，但他当时身处险境，没机会送出去。

微蓝离开上海后，他把镯子搁回韩慕雪的保险柜。他每天那么忙，总是忘记把镯子取出来，不想能派上用处。

"织田课长，林奈是无辜的。"李若烟说，"英杨半年前就搬出英宅了，他算不到堂本先生会来，绝不能事先做出安排。"

织田拾起镯子看了又看，却向英柏洲说："无论如何，她不能再住在这里。"

"好。"英柏洲灰白着脸,"她今晚就搬走。"

六十三　璧有瑕

解决完林奈的事,李若烟和英杨把林奈送回愚园路林家。李若烟不免安慰几句,又给南京去电话,向林想奇讲明原委,请他放心。

弄到八点多钟,两人才从林家告辞。英杨送李若烟出去,路上,李若烟道:"你的消息来源是这个吗?"

英杨知道瞒不过他,索性承认:"是你说的,要善于利用一切关系。"

"很好!"李若烟大为赞赏,"恭喜你想开了。人只要想开了,就不会再缚手缚脚,就能大有作为!"

英杨不接话,也不反驳,默默陪着他走到路口,看着他上了等候着的小汽车,缓缓驶出愚园路。现在最要紧的是把林奈送走。英杨算着日子,这几天《壁松》杂志的邮递员应该上门了。他边盘算边走回家,刚刚推开栅栏门,就看见成没羽站在院子里,表情凝重。

"小少爷,"成没羽说,"你大哥来了。"

英柏洲?他来干什么?英杨没顾上同成没羽多说,直接走进客厅。屋里灯光灿亮,微蓝坐在沙发上,贺景枫扶着她的肩站着,英柏洲坐在她们对面。

看见英杨,贺景枫先叫起来:"英大哥回来了!"

英杨冲她点点头,发现微蓝脸色很差。

"你怎么来了?"他问英柏洲,"有事吗?"

"我来问一问,你打算什么时候迎娶林奈。"英柏洲坐在沙发里,脸色灰败,但嘴角掠着一丝刻薄的笑。

英杨心里一惊:"你什么意思?"

"林奈是我的师妹,她的父亲是我的恩师。你刚刚在英宅说得很清楚,你和林奈有了感情,甚至要把你母亲留下的特意为儿媳准备的白玉镯子给她。"英柏洲说,"我是林奈的师哥,又是你的大哥,来问一声打算怎么办婚事,这不过分吧?"

英杨赶紧看向微蓝。她脸色苍白,低头缩在沙发里,手指抠着镂空的扶手。

"我和林奈的事不必你操心，"英杨匆匆下逐客令，"你请回吧。"

"为什么不必我操心？你不是口口声声叫我大哥吗？"英柏洲尖刻道，"你看看金小姐，下个月就要生了吧？结果你攀上高枝了，要娶林家大小姐了。"

英杨心抽得发疼，浑身紧张地看着微蓝。

"英杨，你和你母亲一样，是削尖脑袋往上流社会钻的小人。"英柏洲厉声发泄，"说我看不起你们？是！我就是看不起！你们这类人没廉耻的，千方百计地算计，每天只想着挤进富贵门庭，来做上等人！"

"住口！"英杨恼火道，"你说说我罢了，少带上我娘！"

"你就是你娘教出来的！不让我说吗？"英柏洲气急败坏，"你娘是个下三滥的舞女，怎么就能让我爹娶她进门！那些阴招全都教给你了吧！"

英杨瞬间燃起怒火，却又立即克制住了。

"你娶不到林奈，也别在这儿发疯。"他平静地说，"这是我的家，你可以滚了。"

"要我走没那么容易！"英柏洲的一缕额发掉下来，狼狈地晃在额角。

他全然忘记自己的精英形象，指着微蓝说："我要这个女人知道，英杨的太太是姓林的，她给你生孩子又怎么样？生下来也是野种，她也是个……"

没等他说完，只听哧啦一声破空锐响，英柏洲被什么啪地砸在脸上，逼不得已吃痛闭嘴。他捂着脸低头一看，地上落着只半熟的枇杷。英柏洲怒而抬头，看见成没没羽站在不远处，掂着手里的青枇杷，冷冷地看着自己。

也许那眼神太冷冽了，英柏洲气得够呛，却没敢发作。

"不要闹了。"微蓝长叹一声。她扶着腰勉力站起，看向英杨："他说的都是真的吗？"

"当然不是，我怎么会娶林奈！"英杨忙道。

"我问的是，白玉镯子的事，是真的吗？"

英杨一时语塞，怔在那里。微蓝很快懂了，他不肯正面回答，那就有七成是真的。

"好吧，"她笑一笑，"我都不知道有个镯子。"

她说着转身，扶了腰向楼上走去，贺景枫连忙伸手去扶她。就在这个时候，微蓝忽然站住了，她整个人往前栽了栽，低低唤道："贺小姐。"

"我在，"贺景枫忙挽住她，"姐姐，我在这儿呢。"

"我肚子疼,"微蓝低低呻吟,"我肚子好痛!"

她说着人一矮,就往地上溜去。贺景枫连忙架着她,急得满口乱叫:"英大哥!英大哥!"

英杨箭步向前,一把托住微蓝,然而微蓝整个人像被浸透的沙包,直往下坠。惶急之下,英杨冲成没羽叫道:"把车开到门口,去医院!"

成没羽转身就跑,英柏洲却冷笑道:"金小姐怕不是纸糊的,说两句话就这样了?"英杨忍了他很久,这时候嗖地抽出枪来,指定了英柏洲。

然而他的手在抖,不受控制地抖,抖得枪口乱飘。英杨勉强定定心神,低低道:"快滚!"

英柏洲没想到英杨会出枪,震惊和羞辱感把他钉在当场。"我让你快滚!"英杨切齿道,"别逼我打死你!"

看着英杨雪白的脸和微抖的手,英柏洲终于知道害怕了。但他逃跑前仍要拿架子,冲着英杨吼道:"你敢!我就站在这儿,我看你敢开枪!"

他一边喊叫着,一边向门口溜去,随即跑掉了。

"英大哥,姐姐可能要早产。"贺景枫急道,"快点送她去医院!"

英杨顾不上别的,收了枪抱起微蓝直冲出去。成没羽发动了汽车等着,载上他们驶向陆军医院。

路上,微蓝痛得满额冷汗,却咬紧了嘴唇一声不出。英杨瞧她可怜,说:"太疼了就别忍,叫出来会好些。"

微蓝却闭上眼睛,把脸别了过去。英杨的心往下一沉,贺景枫忙说:"姐姐,我替你揉揉穴道,我们很快就到了,你坚持住啊。"

她是未出阁的小姐,学的半吊子护理此时全然无用,急得伸长脖子往外看,只恨成没羽开的是车,不是瞬移飞行器。

成没羽将油门踩到底,一路飞奔到陆军医院,英杨抱着微蓝进去,看着医生把她推进产房,这才松了口气,觉出全身的汗像水一样地流。

"英大哥,我忍不住要说你的!"贺景枫道,"姐姐生产在即,你为什么要弄个林小姐来气她?"

英杨无话可说,只靠着墙喘气。

"这位林小姐嘛,从姐姐回上海就耀武扬威!我晓得她爹爹是林想奇,然而一个汉……"

英杨忙瞪她一眼,打断说:"这是陆军医院!"

贺景枫这才收了口，又不服气地站了好一会儿，才说："你二十几天不回家吃晚饭，回来姐姐都睡下了，早上出门姐姐还没醒，这样子换了我，早就闹起来了！也就是她脾气好！"

英杨叹了口气，还是不说话。

"还有你那个挂名大哥！他跑来说了许多话，说什么林奈讲的，你们每天都在外面约会，还说一个什么李主任，中午都在咖啡馆遇见你们！英大哥，是不是真的？"

难怪微蓝被气到早产，原来英柏洲添油加醋说了这许多！英杨暗自咬牙，恨英柏洲迎娶林奈的算盘打不响，所以跑到愚园路闹去。

贺景枫见英杨脸色难看，却并不分辩，便疑惑这些八成是真的。她在上海几个月，与微蓝朝夕相处，忍不住替她心酸起来。

"英大哥，我没想到你是这样的人。林小姐虽有家世，但你毕竟与姐姐有情意在先，这，这……"

英杨不想解释，也没办法解释。他低下头，看着自己一直在微抖的右手，忽然意识到一件事。

他也许没办法用枪了。

******

微蓝怀胎已有九月，胎儿早已成形，虽然惊动胎气早产，好在并没有难产，熬到傍晚时分，顺利生下个七斤重的男孩。英杨喜得麟儿，高兴得不知如何是好，然而把孩子抱到微蓝面前时，微蓝却别开脸去。

贺景枫知道他们应当独处，至少把心里话讲出来，于是笑道："姐姐，咱们出来得急，什么也没带。我这就和成没羽回去拿，再让珍姨做些好吃的来。"

微蓝点头答应，贺景枫便拉着成没羽走了，把病房留给英杨和微蓝。

"坐月子不能生气，"英杨凑到微蓝身边，低低说，"千错万错都是我的错，你不要生气了。"

微蓝的眼睫微抖，眨下一颗泪来，往被子里缩了缩。

"这怎么还哭了？月子里哭要瞎掉的！"英杨又说，"英柏洲狗嘴里吐不出象牙，你怎么能信他的话？林奈的事情，不像你想的那样！"

"那么是怎样的？"微蓝低低问。

英杨张了张嘴，却开不了口。他很想把事情的来龙去脉告诉微蓝，但他不能说，姬冗时讲了，"沉渊计划"绝密，不能向微蓝透露。

只把窃取堂本声雄的要领拿出来，骗骗别人可以，骗不了微蓝。魏青在华中局分管保卫，会立即听出破绽，关于中央储备银行的情报，延安方面可以关心，但并非志在必得。换句话说，英杨犯不着为了此事冒这么大的风险，甚至忍辱负重，假装和林奈谈情说爱。

"你相信我吧！"英杨叹道，"我认识林奈的时候，同你也只不过一面之缘，我若是喜欢她，怎么会有后来的故事？"

微蓝的睫毛动了动，没有回答。

"英柏洲同你讲那些，是因为林奈拒绝他，他的恼火没有地方发泄，才跑到家里来闹。"英杨接着劝，"英华杰去世后，英柏洲失了靠山，他没有做生意的头脑，只能在政坛搏前途，成为林想奇的女婿，对他很重要。"

微蓝还是不动不说话。

"本来十拿九稳的事，忽然落空了，他当然气愤。他讲的那些话，都是编出来气人的，不是真的！"

英杨说到这里，微蓝冷不丁道："林奈不肯嫁给他，终究是为了你。"

"那是她的事，与我一点儿关系都没有。"英杨哀声道，"贺小姐批评了我，我知道错了，以后我每天都在家吃饭，再也不见林奈了，好不好？"

微蓝听他绝口不提那只白玉镯子，心里凉凉的，只望着白粉墙发呆。

英杨解释了许久，见她始终不说话，便弯下腰来看她的脸，哀求道："你说句话吧，不要不理我。"

他说完这话，搁在婴儿床里的孩子哇了一声，要哭不哭的。微蓝忙支起身子，英杨已经过去，轻轻拍抚他。也许感受到父亲的手掌，孩子渐渐平静下来。微蓝歪在床上，这样看着他们父子俩，心里软了软。

"给他取个名字吧。"她忽然说。

英杨终于盼到她说话，连忙热切回应："你喜欢他叫什么，那就叫什么。"

"人无完人，"微蓝沉吟着说，"但总要知道自己缺什么，就叫他明瑕吧。"

这个"明"字犯了贺明晖的讳。英杨赔笑道："这明字太过正式，老气横秋的，不如叫晓瑕，活泼可爱。"

微蓝没有反驳，只是说："叫晓瑕也行。"

英晓瑕。英杨想，这名字还不错。只是很快，他就要叫贺晓瑕了。

他伸手摸摸儿子皱皱的脸蛋，心底滋生出无限的满足。

六十四　风满楼

珍姨听说孩子叫晓瑕，她认字不多，以为叫小虾，于是每天"小虾米""小虾米"地叫，渐渐地，小虾米代替英晓瑕，成了正式的名字。

微蓝奶水充足，小虾米被养得胖头胖脑，每天醒来卖萌，吃饱睡觉，日子过得无忧无虑。

站在他的小床前，英杨时常被莫名治愈，无论外面的事多么棘手，回来看见小虾米，烦恼都会消散。

他因此不愿出门，只想躲在愚园路陪着微蓝坐月子。英柏洲来闹一场，仿佛对微蓝影响不大，她坐月子时情绪平稳，全部心思都用在小虾米身上。

英杨有时候想试探一下，看她是不是真不在意，可话到嘴边又咽了回去。她能做到不提，他何必盯着不放？但不知为什么，英杨总觉得他们之间的平静有疏远的味道。然而，月子里的微蓝要将养，月子里的小虾米也很麻烦，英杨只能把夫妻间的感觉先放一放。

《璧松》杂志的邮递员终于来了。英杨把准备好的密写信交给他，邮递员二话不说放进包里，看也没看英杨，转身就走了。英杨站在门口，听着邮递员打出的一串脆亮铃声，看着绿色影子渐去渐远。但愿一切顺利。

这天早上，珍姨给小虾米换尿布，英杨下楼吃早饭，还没坐下就听见电铃响。英杨去开门，看见英柏洲站在木栅栏外。

他们沉默对视了好几分钟，英杨这才走过去，问："有事吗？"

今天的英柏洲比几天前还要憔悴，他甚至没有刮胡子，衬衫敞着领子，没有打领带。为了表示愤怒，他像只公鸡似的，高高扬起脉子，眼神向下瞟着英杨。

"最好让我进去说话。"英柏洲说，"这是我善意的提醒！"

英杨觉得他很幼稚。他还是开了门，请英柏洲进了院子。

"就在这儿说吧。"英杨扯过廊檐下的藤椅，摆一张给英柏洲，"坐。"

"为什么不让我进屋？怕金小姐听见吗？"英柏洲嗓音尖厉，"你真精明啊，能猜到我是为了林奈而来。"

"你究竟想怎么样?"英杨皱起眉头,"就算没有我,林奈也未必会嫁给你。你已经三十六岁了!林奈想嫁早就嫁了!"

"闭嘴!"英柏洲低喊,"我来是要告诉你,我老师要我来转告,你必须从速与林奈订婚,否则日本人根本不会相信什么玉镯子!"

英杨的脸白了白,没有回答。

"英杨,别人不知道,我却是知道的!"英柏洲压低声音威胁,"你是什么身份自己清楚!林奈进堂本的卧室,真的是拿镯子吗?"

英杨盯视他几秒,淡漠道:"你可以诬赖我,但不要诬赖林奈,她毕竟是你老师的女儿。"

"呵呵,这话多么有情有义。"英柏洲失控地笑起来,"既然你这样为她着想,那就好办了!"

他说着拿出半张手掌大的红色请柬,递给英杨。

"这是什么?"英杨不肯接。

"为了迎接青木顾问,中储行筹办委员会在百乐门办酒会,我老师要参加,他特别要求给你也发张请柬。"

"为什么?"

"我老师讲,要借机宣布你和林奈订婚!"

英杨脑袋里像钻进数百只蜜蜂,刹那间嗡嗡乱响。他几乎口吃起来:"我,我,金,金灵她……"

就在这时,楼上忽然传来小虾米一声响亮的啼哭。英柏洲举目看去,森森笑道:"林奈还没进门,已经做母亲了,真有趣。"

这话说得扎心,英杨却被扎醒了,他在英柏洲面前的任何软弱都只能换来嘲讽。英杨于是接过请柬,淡漠道:"多谢你带话,我收下了。"

英杨的轻易笑纳让英柏洲吃惊,他不可置信地说:"你真的要去?你总不能这样无耻!金小姐刚给你生下孩子,你转脸就要和林奈结婚!你!你!"

他气得发抖,气得说不下去。

"这是我的私事,你何必激动?"英杨平静道,"怎么了?这是要拿出大哥的家长风范了?"

"狗屁的大哥!"英柏洲破口大骂,"你不过是舞女的儿子!削尖了脑袋要挤进上流社会,我不肯做你的跳板,你就使出这样下流的手段来!"

他这句"舞女的儿子",让英杨既想到了韩慕雪,又想到了丁素雪,想到了瑰姐，想到了小莲，甚至想到了可怜又可厌的夏巳。

一股不平之气激荡不休，他想冲动地吼出来，舞女的儿子又怎么样？他比英柏洲更懂得为国为民！但英杨很快克制住情绪。

和英柏洲斗嘴没用的，在他面前激昂情感也没用，这些人习惯了俯视，在他们眼里，只有上流社会的人才是人。

"你又比我高尚多少呢？"英杨反唇相讥，"你待林奈也不是真心，你也是看中了她父亲，不是吗？"

英柏洲愣了愣，没有回答。

"你在这里跳脚，只不过是气恨，你想做的事被我做成了。"英杨尖刻道，"瞧瞧你，上流社会的扎根者，最终斗不过一个舞女的儿子。"

英柏洲面色雪白，浑身乱抖，猛地站起来。英杨背手向后腰，警告道："大少爷，论到动手，你可不在行！"

英柏洲僵在那里，半晌面如死灰，喃喃道："我爹爹糊涂，为什么要养你这东西！忘恩负义！"

"正是看在你爹爹的面子上，我到今日才与你撕破脸。"英杨毫不退让，"你可以走了！"

话说到这个地步，英柏洲知道占不到便宜，也无力改变事态，他威胁似的伸指，隔空点了点英杨，转身走了。看着他的背影，英杨忽然觉得痛快。自从英柏洲回到上海，他总想着有这样一天，把这个冷面无心的怪物骂个痛快！

他在院子里发了会儿呆，叠起藤椅送回廊檐，回身眼前一花，却见成没羽从屋顶跃下，轻飘飘落在面前。英杨怔了怔，看着他不说话。

"小少爷，我要走了。"成没羽说，"十爷那边都交代好了，后天的船票。"

"好。"英杨点头道，"到了重庆照顾好自己，不要过于依靠贺家，有解决不了的事，记得给我打电报。"

成没羽点点头，却低低问："小少爷，刚刚你大哥说的事，是真的吗？"

英杨一惊："什么事？"

"你和林小姐要订婚了？"

成没羽耳力过人，他在屋顶上，把英家兄弟的对话听得只字不漏。英杨知道瞒不过，也只是低头不语。

"小少爷,我知道你肯定有苦衷,但是兰小姐还在月子里,受不起这样的事。"

为了这句"有苦衷",英杨陡然感激。他点了点头,郑重道:"你放心吧,我不会让这些事干扰兰儿。"

成没羽叹了口气:"比起兰小姐,我更担心的是你。十爷如果知道你另娶他人,绝不会放过。到那个时候,你腹背受敌,何以自处?"

"我不会和林奈结婚,我只是需要时间,也许三五天,也许十天,要这么些时间,把林奈送走。"

"送走?为什么?"

英杨犹豫了一下,低低道:"她想去太行山,找她哥哥。当然她爹是不肯的,所以,我想帮帮她。"

成没羽沉默了一会儿,道:"小少爷,你可以把这些告诉兰小姐。也许知道林奈要走,她会好受些。"

当然应该说出真相,英杨怎会不知道?但微蓝是分管保卫的副书记,怎能轻信林奈好好地要上太行山?如果把她盗取堂本文件的事说出来,微蓝立即会觉察出蹊跷。"沉渊"是绝密任务,不要说微蓝,就算是李克农站在面前,不经组织批准,英杨也不能吐露半个字。

"也许你说得对,"英杨苦笑敷衍,"我会考虑的。"成没羽看出他的勉强,却不便再劝,只好默然。

"但有一事,我还想请你帮忙。"英杨说着抬起右手,喃喃道,"你看我的手,还有救吗?"

天光化日之下,英杨的手肉眼可见地抖动着,不受控制。成没羽吃惊道:"这是怎么了?这怎么握枪?"

"不知道。"英杨轻声说,"兰儿动了胎气那晚,我突然就这样了。"

成没羽捉住英杨的手,感觉它仍在不停抖动。这手不要说持枪,只怕握笔也是困难。

"我不知道为什么,但有个人或许知道。"成没羽沉声道,"我叫神医罗下凡出来,给你看看。"

"好,多谢你。"英杨道,"不要带他来家里,让兰儿看见,她又要担心的。"

成没羽点头答应,抽身而去。看着他的背影,英杨心生苍凉,最能帮助自己的人，最愿意相信自己的人，很快也要走了。

他低下头，抖着手打开那张小请柬，舞会定在下周五的晚上。假如高云明后天能回话，他也许可以在舞会之前送走林奈，那样，就不会有订婚，也不会伤到微蓝。英杨知道自己在侥幸，可他已经无能为力了。

他收起请柬，看向正前方的林家宅院。那院子的墙头戳着碎玻璃，拉了电网，又有葱茏高大的花木，把内里情景遮挡得十分严密。

有许多天没见到林奈了，这和她的脾气不符，英杨隐隐生出担心。

一个时辰后，成没羽打来电话，说罗下凡在街口面包房等着。英杨挂了电话，溜达着出了愚园路。

金秋九月，整条愚园路浸润在桂花香气里，花香带着惆怅，和秋天十分登对，就仿佛馥郁的栀子特别契合初夏的美好。英杨恍惚着想起汇民中学的宿舍，薄薄的铁皮门前盛放的栀子。那时候多么好，至少微蓝的心扉是敞开的。

街口面包房开张没多久，主营法式面包。愚园路住着不少洋派，照顾这家店生意兴隆。为了招揽生意，面包房提供咖啡、红茶，店堂里摆了几套桌椅，供客人休息。

英杨推门而入，看见成没羽和罗下凡。他对罗下凡印象模糊，只在琅琊山洞谷里见过，彼时罗下凡在五爷念经的房子前捣药。此时细看，这人是道士打扮，穿了打满各色补丁的袍子，头顶盘个发髻，看着风尘仆仆。

"小少爷。"罗下凡待英杨却热情，"好久不见。"

英杨客气寒暄，在成没羽指点下，把抖个不停的手伸出来。罗下凡左手托住英杨的手，右手顺着他小臂往下捋去，神色逐渐凝重，半晌又闭目切脉，之后沉吟良久，问："小少爷近来可吃过特别之物？"

英杨近来茶饭不思，正常饮食都勉强，不要说吃些特别的。罗下凡听他否认了，沉思良久又问："或者喝过些什么？"

喝过……英杨猛然惊醒，脱口道："咖啡！"

"你脉象不稳，有毒素淤积。我刚刚捏你的手臂，肌肉、经络、骨骼完好，这毒物必定是损害神经的，而且是缓慢侵入。"罗下凡道，"小少爷，我能看看你的咖啡吗？"

"要，要去店里才行。"英杨心神惶乱，不由自主口吃起来。他忽然意识到，自己应该掉进了某个陷阱，而这陷阱刚刚露出冰山一角。

"我去开车来，"成没羽起身道，"事不宜迟，现在就去咖啡店！"

他刚刚出门，面包店忽然撞进来一个人，是林家的小大姐飞凤。她奔到英杨面前，丢下纸条匆匆说："这是小姐给你的。"

✦• 六十五　花溅泪 •✦

当着罗下凡的面收到林奈的字条，这实在让英杨尴尬。但他也顾不上了，直接打开字条。

林奈的字迹龙飞凤舞："爹爹不让我出门，有事让飞凤通知我，她每天上午十点可到面包店。"

飞凤丢下字条就跑了，看上去慌不择路，看来林想奇软禁林奈是认真的，飞凤知道被抓包报信的下场。只要能联络林奈，英杨就能把她送出去。他自己很快要离开上海了，临走前，他有责任安排好林奈。

英杨边想边折起字条，坦然收进西装内袋。窗外响起一声汽车喇叭，成没羽来了。英杨向罗下凡道："罗神医，我带你去看看咖啡。"

"好。"罗下凡起身抱拳，请英杨先行。

三人到了无名咖啡馆，刚刚进门，罗下凡便皱眉道："好香！"英杨便说："我初来时也觉得味道浓烈，甚至有些恶心，但慢慢就习惯了。有时候几天闻不着，还会心浮气躁。"

"瞧瞧咖啡再说，"罗下凡道，"气味已经不对。"

等招牌咖啡上来，罗下凡并不喝，只是深嗅几下，便从衣袖里摸出一只粉彩鼻烟壶。他偷偷挑了些咖啡装进去，说："小少爷，我要带回去看看，有结果再说。"

英杨嗅着咖啡香味，已是心痒难耐，但他手抖得杯子也捧不稳，哪里还敢喝，压下念头答允。

成没羽先送罗下凡，再载着英杨回愚园路。一路上，英杨沉默不语，只看着窗外发呆。快到之时，成没羽忍不住道："小少爷，要么我不去重庆了。你这手不知何时能好，用不了枪，身边少了人不行。"

"你去你的，"英杨幽幽说，"我这里不碍事。"

成没羽透过后视镜，看见英杨面无表情，猜不出他心里想着什么。

然而没过一会儿，英杨却说："我若用左手使枪，练成了不知要多久。"

"最少三个月。"成没羽不假思索地回答。

英杨心里早有答案，问出来只是不死心。他默然不语，歪在窗上看风景，成没羽却道："小少爷想用左手，我却有个办法。"

"是什么？"英杨打起一点儿精神。

"我有只装机关的盒子，里面码了十枚钢针，可以藏在袖子里。"成没羽道，"这东西轻巧，比枪好练，小少爷可以试试，或许能应急。"

"是十爷替你做的？"

"是。我带着它嫌硌，因此也不用。"

"那就借来用用。"英杨笑道，"多谢了。"

到了第二天，罗下凡给英杨打电话，说："小少爷，那咖啡里的东西试出来了，是古方里做蒙汗药的配剂，叫做赤金詹。剂量越大药效越强，古方并不敢多用，因为它味道大，用多了盖不住。"

英杨愣了愣，喃喃道："所以放在咖啡里。"

"是。赤金詹中毒分作四期，起初手掌颤动，继而口舌麻木，再次四肢僵直不能活动，最后双目失明。"

"这么严重……"英杨惊道，"有法子医治吗？"

"我在古方里找寻了一夜，只看到一条记录，要用只大木桶，满注热汤，再将紫浆果倾入，配以清热解毒的药物，人坐进去蒸浴两个时辰。初浴之后，背上会有一条淡紫纹线，连蒸七日，那条纹线褪尽，毒便拔清了。"

太麻烦了，英杨想，他现在哪有时间搞这些。

"小少爷！这事不能拖，毒气攻心之后，神仙都难救了！"罗下凡像是知道英杨的心理活动，加重语气说。

"可是，哪里去找紫浆果呢？"英杨犹豫着问。

"这事交给我，我去找。"罗下凡道，"等我找到了，小少爷必定要蒸满七日才好。"

"好。"英杨看着自己微微颤抖的右手，答应了。

******

罗下凡去找浆果，英杨每日盼着高云回信，更加不敢去办公室。李若烟近来忙得脚不沾地，南京上海两头奔波，一时也顾不上折腾英杨。

熬了两天，高云的消息没等来，成没羽却要走了。他离开那日，英杨亲自开车相送。看着英杨出去，成没羽悄悄对微蓝道："兰小姐，有件事小少爷不让讲,但我想了又想,还是要说。"

微蓝怔了怔,问:"什么事?"

"年前您离开上海后,小少爷在成翔旅社见过一个人。当时有军统的尾巴跟着他,被赵科长发现了。我接到报告去成翔旅社搭救,小少爷却让我同那人换了衣裳,让他扮作我溜走。"

微蓝寻思着问:"那人长什么模样?"

"四十岁上下,穿一身格子西服,料子虽挺括,但只有七成新。他戴着只金边眼镜,看着很斯文。"成没羽回忆着,"啊,是了,他见人说话总是笑着,哪怕说到有人跟踪,他也带着笑,不紧不慢的。"

微蓝挖空心思想了一会儿,着实猜不着是谁,只得道:"谢谢你,我知道了。"

"可我穿了他的衣裳,在内袋里发现这个。"成没羽拿出皱巴绵软的粉绿纸条。微蓝接过来看,是张干洗西装的单据,上面字迹模糊,右下角有个签名,龙飞凤舞。微蓝脑袋里打个闪,望着那模糊名字呆住了。

"兰小姐,您别为这事同小少爷吵架,他不让我说的。"成没羽恳求道。

微蓝慢慢回过神,匆匆一笑道:"放心吧,我有数的。你到了重庆千万保重,照顾好自己。"

成没羽答应,告别微蓝、珍姨,由贺景枫陪着走了。

英杨送走了成没羽,依旧没等来高云回话。转眼已到了周五,要参加舞会了。

英杨无法,只得应约出席。他临行前陪着微蓝说了许多玩笑话,微蓝只是淡淡的,英杨不由心虚,问:"成没羽同你说过什么?"

微蓝听了反问:"你有什么事不能告诉我,还要成没羽说?"

英杨想,她若知道今晚舞会的事,此时必然说出来,不会再藏着。如果她不说,就是不知道。他虽忐忑,终究没勇气说出来,只用闲话荡开,又逗了会儿小虾米,这才整衣出门。

这晚上百乐门气氛怪异,一面是警戒森严、剑拔弩张,一面是宾客云集、热闹非凡。英杨坐在吧台前,看着这一半地狱一半天堂的景象,心情复杂。

他到了没多久,林想奇带着林奈进来了。自从英家对峙后,英杨也有一个多星期没看见林奈,她很明显地消瘦了,人也没什么精神。

林想奇是核心人物,他的出现立即引来关注,上前打招呼寒暄的一拨又一拨。换了之前，林奈早离开父亲自由活动了，但是今晚她很乖，老老实实跟在林想奇身边，片刻不离。

英杨想了想，端了杯酒向他们走去。正在东张西望的林奈很快看见了英杨，她的眼睛睁大了，紧紧盯着英杨。英杨做了个手势，指向盥洗室方向。林奈微不可察地点了点头。

英杨随即向盥洗室走去。他在走廊里等了大约五分钟，才看见林奈提着裙子匆匆而来。

"我爹爹不许我出门了，"她迫不及待地说，"他根本不相信我是去拿镯子。"

英杨在唇上比了比食指，示意她别说话，转而拉着林奈掩进后门。

这里通向百乐门的厨房，味道很难闻。英杨长话短说："你爹爹有怀疑到我吗？"

林奈摇头："我不会出卖你！但爹爹讲，他问不出来就罢了，如果是日本人来问，就不会对我这么客气。"

"我在联络送你上太行山，这几天要稳住，等到回音就能走了，千万不要节外生枝，明白吗？"

"可是我爹爹知道金小姐生产了，"林奈说，"是你大哥告诉他的，爹爹很生气，说我在自欺欺人！"

"那么你怎么说呢？"

"我不知道该说什么，只能一口咬定，进堂本卧室的事与你无关。我爹爹没办法，于是天天同我讲，日本人用什么手段审讯犯人。英杨，我很怕。"

"我知道，"英杨叹了声，"难为你了。"

林奈的眼睛一眨，涌出了泪花。英杨怕她在这里哭起来，匆匆道："此地不能久留，你快回去吧，一会儿你爹爹又要四处找你。"

林奈忍下泪水，点了点头。英杨拉开后门，陪她一同出去，然而他们在走道上撞见李若烟。

"哟，小两口躲在这里干吗？"李若烟笑起来，"快出去吧，林部长在找你们，要宣布你们订婚的消息了。"

******

那晚上直弄到深夜，舞会才算是散了。英杨被灌多了酒，走路时脚步发飘。因为是未来的女婿了，他当然要坐林想奇的车回家。

幸亏有司机，这一路车里尴尬沉默，没有人说话。

车到林家，英杨下车行礼告辞。林想奇并没有留他，只淡淡问："你一个人回去行吧？"

"可以。"英杨说，"我走了。"

他说罢转身走了，并没有看林奈一眼。这晚上太难熬，英杨每分每秒都想逃跑，可他能跑到哪里去呢？他到了家，蹑着手脚上楼，推开卧室的门，看见微蓝坐在窗前，正给小虾米喂奶。

英杨走过去，轻轻扶住她的肩。微蓝知道是他，低低说："你身上的酒味很大。"

"对不起。"英杨一语双关地说。

微蓝抖开他的手："去洗澡吧，别熏着孩子。"

英杨站了一会儿，他很想把今晚的事告诉微蓝，或者把之前的所有也说出来，他想让微蓝知道，与林奈订婚是权宜之计，她很快就要走了！

但是他只叹了一声，转身出了卧室。

他没心思洗澡，胡乱在书房软榻躺下。今晚有风，月也有晕，模糊不清地悬挂着。英杨伸出手，指尖向月，却无法触及。

隔壁传来轻微的响动，难道贺景枫还没睡？如果她知道英杨与林奈订婚了，会是什么反应？还有，拿到何家的婚书这么难吗？她怎么还不回重庆？

近来英杨太忙，根本顾不上贺景枫，然而静下来想想，这丫头也真古怪。

他抚住颤抖的右手，想着高云和罗下凡，现在他俩的消息比什么都重要。这么想着，他蒙眬睡去了。

梦里，英杨到了奇怪的地方，一片弥散大雾的深林。雾气是乳白色的，浓稠到能用手掌掬捧，四周静如死地，他在没有尽头的林子里，不知去何从。

他忽然就醒了。窗外日头高悬，朗朗晴天。英杨坐起来，揉了揉眼睛，感觉到一丝头疼脉脉缠绕，甩不开似的。

他坐了好一会儿，慢慢恢复了精神，这才起身下楼。整幢楼很安静，没有早晨忙乱的嘈杂声，像是没人居住似的，连小虾米都没了声音。英杨觉得奇怪。他在楼梯上叫了声"珍姨"，没人答应。餐桌上放着早餐，远远看着很丰盛。

英杨走到桌前，看见一张摊开摆放的报纸，醒目位置印着"林想奇之女林奈，宣布与英氏实业英杨订婚，仪式后补"。报道极尽夸张之能事，甜蜜描述了昨晚宣布订婚现场，旁边配着英杨与林奈的合照。一股不祥之感直涌上来，英杨哗地收起报纸，惶急回头，却又不知该做什么。

好在珍姨回来了。她急匆匆进了客厅，见到英杨便两手一拍："小少爷！你这是怎么回事？小虾米还没满月，你怎么同别人订婚了！"

英杨顾不上解释，忙问："金小姐呢？"

"金小姐看见了报纸，一言不发抱着孩子就走了。贺小姐和小莲去追了，也不知她们去了哪里。"珍姨抹着眼泪说，"我也赶出去，贺小姐就叫我回来等。"

"为什么不叫我呢？"英杨发了急。

"没来得及啊！金小姐，她，她突然抱了孩子出门，我和小莲以为她去散步，要不是贺小姐看见报纸，那，那……"

英杨顾不上再听，发足就要往外奔。可他到了外面，却觉得心里空茫茫的，不知该去哪里找。微蓝很要强的，她在南京被捕，在牢狱里受了那样多的折磨，被救出来没向卫清昭吐露半个字。这次也一样，她不会回展翠堂，也不会去复兴西路，但除了这两个地方，英杨不知道她会去哪里。

就在这时候，栅栏门外传来清脆的自行车铃声，《壁松》杂志的邮差来了，英杨望眼欲穿的高云回话来了。

英杨无法，按住突突乱跳的心，打开栅栏门，勉强平静地说："有杂志吗？"

"是的。增刊。"邮差递上一本杂志，并且点了点。

英杨知道这是暗示，他接过杂志，道谢后正要进屋，却看见小莲气喘吁吁地跑回来。"小少爷，你，你怎么还在这拿报纸！"小莲上气不接下气地说，"你怎么不去找金小姐？"

"她走了那么久，我上哪儿去找。"英杨苦笑，"也许是我们想多了，她只是出去走走。"

"小少爷！"珍姨从屋里赶出来，听这话简直匪夷所思，"金小姐还没出月子啊！"

英杨的心像被重重捶了一拳，但他没有说话，白着脸上楼去了。

"小少爷怎么变成这样？"珍姨不敢相信地说，看着英杨的背影。

有贺景枫跟去，微蓝应该没事，英杨这样自我安慰。他锁上书房的门，从《壁松》里捡出一只信封。信封是空的，英杨熟练地拆开它，用碘酒涂抹黏合处。

一行字慢慢显出来："太行山来接，预计下周到，具体时间再联系。"

英杨攥住那张纸，捏紧拳头。还要再等，他已经要撑不住了。

楼下响起纷急的电话铃声，珍姨去接电话了，很快，她冲楼上喊起来："小少爷！你快下来！贺小姐来电话了，说金小姐在鸳鸯湖！"

六十六　且加餐

英杨赶到鸳鸯湖时，先看见硕大垂柳后鬼鬼祟祟的贺景枫。她躲在那里，远远看着独坐湖畔的微蓝，不敢上前。

"喂。"英杨走过去，轻声招呼。

贺景枫猛回头，见是英杨立即埋怨："英大哥，你怎能出那样大的花边新闻？姐姐很伤心！"

"我知道了，"英杨黯然说，"我去看看。"

他定了定神，慢慢走到微蓝身后。今天多云，天上虽没有太阳，但光线强烈。微蓝戴着圆边软帽，手上抱着小虾米，很平静地坐着。英杨把带来的衣服披在微蓝肩上。他以为微蓝会受惊，然而微蓝像没感觉似的，动也没动。

"你还没出月子，不能吹风。"英杨柔声说，"为什么要跑出来呢？"

微蓝沉默了一会儿，平静地说："在家里太闷了，出来走一走。"

英杨在她身边坐下，握住她的手，摩挲半晌后道："我可以解释的。"

"是工作吗？"微蓝直接问。英杨没有回答，算作默认了。

"那你以后怎么办？搬到林家去？"微蓝说到这儿又打住，半晌自嘲着笑笑，"我忘了，是我该离开上海了。"

"不是这样的，"英杨握紧她的手，"我没打算搬到林家去，也没想过让你离开！"

"你和林奈订婚了，却和我住在一起，这叫什么事呢？"微蓝抬起眼睛，波澜不惊地注视着英杨，"林想奇会生气吧？如果他生气了，你就没办法踩着这张跳板进入汪派核心，也拿不到更多情报了。"

等她说完了，英杨轻声说："你把我说得像为了钻营不择手段的坏人。"

"你不是吗？"

这句反问让英杨彻底冷了心。

"你自己劝过我的,要做真正的特工。"英杨喃喃道,"你说咱们在情报战线上吃亏,因为有很多地下工作者,并不是真正的特工!魏书记,你忘了吗!"

"别叫我魏书记!"微蓝低斥道,"从我为了你违反纪律的那天起,我就不配做魏书记了!"

她从没像这样声色俱厉,英杨彻底愣住了。小虾米感觉到母亲的情绪,在睡梦里动了动身子,发出细细的呢喃。

微蓝立即收起恼火,轻轻抚拍着儿子。英杨也不敢再多说,生怕惹着微蓝不高兴。时间慢慢过去,英杨终于叹一声:"我们回家吧,有什么回去再说,湖边风大,你不为自己,也为虾米想想!"

"为什么这个月这么长?"微蓝轻声说,"还有多久,我才能出月子?"

"没几天了,"英杨说,"二十多天都熬过来了,还剩最后几天,再坚持一下。"

微蓝没再说什么。她扯下英杨带来的衣服,用它裹住小虾米,站起身说:"我们走吧。"

英杨带着贺景枫和微蓝回到家,在院子里就看见黄仙女和老延,他俩坐在鱼池边上,正在喝茶。英杨暗叫不好,知道十爷来了。他心下忐忑,三两步赶进客厅。十爷坐在沙发上,正木着脸拨弄腕上的小叶檀佛珠。

"大早上的,一家人去哪儿了?"看见他们进来,十爷皱眉道,"大人孩子都没满月,不兴这样乱跑。"

微蓝不说话,低了头抱孩子上楼去了。英杨无法,只得走到沙发前坐下,又招呼珍姨沏新茶。

"不忙了。"十爷从兜里掏出报纸来,搁在茶几上,"小少爷,解释一下吧。"

"这是假的,"英杨立即说,"没几天不攻自破。"

"没几天?那要几天呀?"十爷笑一笑,"小少爷,从你头回踏入展翠堂到今天,这一路上我可是扒心扒肝的,结果被你骗得有点惨啊。"

"十叔……"

"你别叫我叔,我真是怕了!兰儿叫你骗了去,名字也改了,孩子也生了,结果弄这么一出来!你既然要娶林奈,做什么要叫兰儿生孩子!"

从初入展翠堂至今，英杨头回见十爷生气。他脸上挂着笑，眼睛里却是千年寒冰，看外人似的看着英杨。

"这事情，它，它，它……"英杨心急如焚，真相却一字不能提，想解释又只能无语凝噎。十爷等了又等，等不到英杨说出有用的来。他失望至极，沉声道："英杨，你让我如何向老爷子交代！"

他话音刚落，却听见微蓝在楼梯上说："十叔，这事不怪英杨。"

十爷抬起头来，看着微蓝慢慢从楼上下来。她走到客厅里站定，笑一笑说："这事他有苦衷，前因后果我都知道，原是没影子的事，过几天也就散了。"

英杨心下微动，感激地看向微蓝。他没想到，这时候微蓝还会帮自己说话。

十爷听她这样讲，又想到他们的身份，不由有了动摇，沉吟良久道："但老爷子那边如何回话？他是看见了报纸，给我打电话，叫我来问问英杨。"

微蓝静了静，语气轻松道："你同我爹爹说，我回不来，英杨守不着我，才起了别的心。"

"什……什么？"十爷目瞪口呆。

"从今往后，英杨与我卫家再没关系了。他娶了谁，与何人订婚，都请爹爹莫要惦记。"微蓝放低声音，又说，"十叔，林家与日本人交好，千万别让爹爹掺和进去！你若真心疼我，就请爹爹断了念头吧。"

十爷瞠目良久，才憋了个"好"字。

微蓝劝他回去，十爷扶膝起身，看着英杨好一会儿，眼眶酸了酸，道："我就是养只猫儿，也，也……"

他话没说完，转身要走。英杨却红了眼眶，忍不住起身唤道："十叔！"

十爷站定了，却没回身，只等着英杨说什么。

但英杨能说什么？他只是想起一九三九年的冬天，韩慕雪去法国了，微蓝回根据地了，仙子小组失联了，他在上海唯一的温暖是卫家，是展翠堂，是瑰姐热腾腾的饭菜，是十爷酒后随意的闲谈……

等他去了重庆，此生也不知能不能再见。

十叔，再会了。英杨在心底说，珍重啊。

十爷等了又等，等不到英杨出声。他低叹一声，大踏步自顾走了。

微蓝站在客厅里，眯起眼睛望着十爷远去的背影，样子落寞极了。英杨看着心疼，低声说："多谢你。"微蓝笑了笑："要同我说谢谢了，究竟是生分了。"

"不，我不是这个意思。"英杨忙道。

微蓝却不肯听下去。她淡漠道："你说这订婚是假的，我可以相信你，但我有个要求。"

"你说！"

"自今日起，你不许再见林奈。你们若再见一次，你我必恩断义绝！"

她一字一顿说出来，黑眼睛寒光凛凛，盯着英杨。英杨知道此时说什么也没用，只得咬咬牙说："好！"

******

那天之后，英杨向李若烟请了长假，说身体不适。李若烟问他怎么了，英杨想了想，说："我的手抖得厉害，中医说我肝气郁结，伤了经络。"

"哈哈，这是小事，过不了几个月就好了。"李若烟笑道，"我之前也有过，没管它，自己就好了。"

英杨沉默了一会儿，说："我看的这位老先生很厉害，您有不舒服也可以去看看。"

"别说，我近来是有点不舒服。舌头根底下麻麻的。"李若烟叹道，"有时间真要请你引荐。"

"好，"英杨说，"等他把我的手治好了，我一定带您去看看。"

得了假，英杨足不出户陪着微蓝、小虾米，一心一意只盼着高云来消息。只要送走了林奈，压在他头上的所谓订婚自然烟消云散。

这天小虾米在卧室里哭。微蓝和贺景枫的哄劝声不时传出来，可小虾米不管不顾的，依旧哇哇号啕。

英杨在卧室门口站了一会儿，知道自己帮不上忙，于是转身进了书房。关上了门，他提起话筒，拨了右罗小馆的电话，听见郁峰没精打采的声音："喂？"

"是我，英杨。"

郁峰像被打了剂强心针，立即来了精神。

"怎么才联系我？沈云屏要急疯了！"

英杨冷笑一下，声音却平稳："电话里不方便，找个地方见面，就愚园路口的面包房吧。"

"好，我一刻钟后就到。"

挂了电话，英杨把全盘计划在脑海里一再复盘，他的设计应该天衣无缝。

但他想起姬冗时说的,做特工最重要的不是能力,是运气。

谋事在人,成事在天。即便是做好了准备,英杨还是有些紧张。

他走出书房时,小虾米的哭声小了许多,微蓝在"噢噢噢"地哄他。英杨想进去看看,又打消了念头。万一被绊住了,会耽误见郁峰。

到了面包房,英杨推门而入,买了一块面包,要了两杯咖啡。五分钟后,郁峰来了。

"在这儿见面没事吧?"郁峰问。

英杨摇摇头,掏出金壳打火机递过去:"东西在胶卷里,我就不见沈云屏了,你给他吧。"

"为什么不见?"郁峰惊讶。

"他设局刺杀我未婚妻,这件事情不共戴天。"

他说"不共戴天"时情绪平稳,郁峰愣了愣:"好。"

"打听到专员了吗?"英杨又问。

"暂时没有。凡和专员有关的事,沈云屏都是亲力亲为,我们连条缝都摸不着。"

"他拿到要领之后,肯定要面见专员。"英杨注视郁峰,"这是机会,如果我们不能越过沈云屏见到专员,除掉他就无从谈起。"

郁峰点了点头。

"胶卷在你手上,什么时间交出去,也由你把握。"英杨喝光咖啡,"这是我不见沈云屏的第二个理由。"

"放心吧,"郁峰道,"我会设法联络专员。"

郁峰走后,英杨又要了杯咖啡,坐在那里慢慢喝着。他的右手抖得越发明显,有时垂放一侧,也在不自觉地颤动。不知道罗下凡有没有找到紫浆果,有了与林奈订婚的事,英杨也不好意思去卫家打听了。

他现在仿佛游说江东的诸葛亮,万事俱备,只欠东风。把林奈送走,安顿好微蓝,是他心头的两块大石。

特别是微蓝,她肯定是要回根据地的,但小虾米怎么办?英杨希望孩子能留在上海,或者由他带到重庆去,根据地艰苦又危险,微蓝又要工作又要顾孩子,太辛苦了。可那么小的孩子,让他离开母亲,英杨实在不忍心。

他在滚过心底的诸般情绪里叹了口气,忽然又有一缕私心。等去了重庆,他与微蓝彻底失联,既不知重逢是何时,也不知能不能重逢。

也许留着小虾米,胜利之后,微蓝会去醉翁亭赴约。

他坐在那里想得入神,直到喝完一杯咖啡,这才拿了面包往回走。等到了家里,英杨把面包送去厨房,出来时发现餐桌上放着一本《壁松》。

"珍姨,"英杨叫起来,"这是什么时候送来的?"

珍姨从厨房赶出来,哟一声唤道:"小莲,桌上的书是你拿回来的吗?"

"是——"小莲答应着出来,"刚刚邮递员送来的,说是有征稿信息,让您务必看一看。"

英杨张了张嘴,想说什么又咽了下去。小莲也没错,英杨不在,她当然是收下杂志,绝没有请人再送的道理。

他说声"谢谢",拿了杂志匆匆上楼,关上书房的门,撬开里面夹着的信封,用碘酒涂抹连接处。

"周四,上午十一时,码头。来人问:去青岛吗,有票。答:加多少钱。答:有缘有价,无缘无价。"

英杨默念三遍,心中狂喜。无论如何,林奈的事总算是搞定了!周四送走她,微蓝也该出月子了,到时她知道林奈离开上海远赴太行山,误会自然冰释。

他写了张字条,请林奈设法,无论如何周四要溜出来,英杨的车就等在面包房门前。等到第二天上午十点,英杨揣着字条去了路口面包房,果然看见飞凤进来,他将字条交给飞凤,叮嘱务必送给林奈,这才走了。

为防着林奈有回话,英杨第三天也去了面包房,但飞凤说小姐没给回话。为保万全,英杨每天准时去面包房,直到周四,他大早就开着车到面包房等候。

熬到快十点钟时,英杨没等来林奈,却见飞凤出来了。天气不好,飘着丝丝小雨,飞凤戴着顶竹笠挡雨。英杨远远看见,暗想:难道又有情况?

他正在琢磨,车门咣地一响,飞凤坐上车了。

英杨一惊,却见飞凤摘了斗笠,分明是换了装的林奈。她望着英杨拍拍胸口,道:"可吓死我了!"

"你扮作飞凤出来,飞凤要怎么办?"英杨不由问。

"飞凤天不亮就出门了,借口买菜,其实坐车回老家了。"林奈说,"我给了她足够的钱。"

"那么你再扮作她出来,门口不阻拦吗?"

"他们九点钟换一次班,现在这班人并不知道飞凤出过门了。"

好吧，英杨心想。他一脚油门向码头驶去。路上很顺利，等到了码头，英杨刚陪着林奈走进售票厅，就有人上来搭讪。

"去青岛吗？有票。"

"加多少钱？"

"有缘有价，无缘无价。"那人说完，将帽子向上一抬，露出亮晶晶的眼睛，林奈已经叫起来："哥……"

"嘘！"林可示意妹妹噤声，却向英杨道，"多谢你，我收到消息不放心，来接一接。"

英杨看着眼前这个又黑又瘦的青年，怎么也想不到他会是林想奇的儿子。然而时间紧迫，英杨必须说点什么。

"林奈帮我们拿到了重要文件，但她暴露了，所以我……"他不敢多说，只能收回话头，"她留在上海很危险，我想，也许跟着你会好一点。"

林可不置可否，低低道："那么，我带她走了。"

"哥，你在前面等我，我想跟英杨说句话。"林奈轻声说，"就一小会儿。"

林可看看妹妹，点了点头。林奈拉着英杨走到售票厅外，分别在即，伤感让她显得很文静。

英杨心想，无论如何，林奈帮了他很多次，即便是在感情上，她除了无理取闹，也没用过什么阴损招数。他心生感慨，便笑道："你哥哥亲自来接，我就放心了。"

"我被关在家里，想了不少事。你说得对，我是成天太闲了，精力没地方用，才会缠着你。"林奈道，"也许有一天，你在太行山上遇见我，会以为是另一个人。"

"我很期待那一天。"英杨微笑道，"人生很短，做些有意义的事，哪怕苦点累点，也比虚掷年华要好。"

林奈答应，却问："我能抱一抱你吗？"

英杨想，这一别也许无缘相见。他于是张开手臂，说："我和你哥哥一样，很高兴有你这样的妹妹。"

林奈听出他的意思，仍是择清了爱情。但她不再纠结，只是投进了英杨的怀抱。

"我也很高兴，能有两个哥哥。"

她说罢了，从英杨怀里挣出来，挥手道了再见，转身向林可奔去。英杨目送她挤在林可身后，渐渐消失在人群里，这才转过身。

送走林奈，他简直一身轻松，然而刚转身，他忽然看见微蓝。她站在不远处，身后站着小莲，很努力地给她撑着伞。

英杨心里一惊，慢下步子。

❖ 六十七　长亭外 ❖

金秋易逝。灿烂的九月仿佛还没开始，转眼已经滑向晚秋。在这个秋天难得的阴雨天里，微蓝站在码头的人流里，看着眼前这个熟悉又陌生的男人。

她知道应该相信英杨。

成没羽描述的神秘人，他在洗衣条子上的签名微蓝曾经见过，那是在延安集训时姬冗时写给学员的一封信，落款就是这个签名。

姬冗时秘密召见英杨，肯定下达了绝密任务。在目睹英杨送走林奈之前，微蓝猜测这任务就是娶林奈为妻，借机潜伏在林想奇身边。

无论从哪个角度，微蓝都应该理解英杨，但是她做不到。看着自己心爱的人，和另一个女人做夫妻，即便那是假的，可也是同一屋檐下无数的密语柔情。

人心是会变的。三年，五年，十年，二十年……谁能保证什么时候胜利，谁又能保证胜利后的英杨，还能不能想起微蓝。

在等待出月子的最后几天里，她联络仙子小组做好离开上海的准备。她甚至不打算在离开前知会英杨，带着小虾米沉默消失，这是微蓝唯一能做出的反抗。

小虾米要吃夜奶，有时深夜醒来喂了他，微蓝再睡不着，于是坐着发呆。她时常觉得自己滑稽，总是把纪律挂在嘴上，总是把牺牲看作稀松平常，总是把"魏书记"当作她最光荣最重要的称号。

然而事到临头，她连牺牲感情都不能心甘情愿。

应该理解英杨的。

微蓝无数次劝说自己，这是他的工作，这是隐蔽战线的特殊性，她应该温柔地理智地告诉英杨，她爱他，也理解他，即使离开他也惦念他。

然而合情的未必合理，合理的却又不能合情。

她不甘心把英杨拱手让给林奈，不甘心让他们在上海过着你侬我侬的日子。她总要让英杨知道，她是恨他的，永远地恨他。

或许英杨该懂得，恨是比爱更长久的感情。

这样想着，微蓝总会在黑暗里沉默着流泪。剥开千疮百孔又绝对强大的魏书记的外壳，属于兰小姐的那颗心纤柔脆弱，仿佛丝萝。

丝萝非独生，愿托乔木，这是红拂说过的话。

可谁会相信呢，谁又能接受呢？她可是魏书记啊！

直到此时，看着英杨送走林奈，微蓝忽然解脱了。

隔着蒙蒙细雨，看着面无表情的微蓝，英杨的第一个念头是：微蓝怎么知道他在这里？

他三步并作两步赶过去，微蓝却已经转身往回走。英杨赶紧追上去，匆匆道："你去哪儿？"

"回家。"微蓝吐出这两个字，没有情绪。

英杨吊起来的心落了下去，只要她肯回家，事情就还有转机。他连忙说："坐我的车，我送你。"

微蓝没有拒绝。

一路沉默，一路飞驶，英杨提心吊胆地回到愚园路。他下车绕到后面，打开车门说："我抱你下来，地上全是水，会弄湿你的鞋。"

微蓝笑一笑，说："看来你很关心别人的鞋子，是捡鞋捡惯了吗？"

英杨原本半弯着腰，这话落进他耳朵里，像闪电化作的银鞭，瞬间将他抽蒙了。他僵在那里，半抬着脸，紧紧盯着微蓝。

微蓝毫不示弱，也盯着他。

半分钟后，英杨后退一步，扶着车门说："那么你小心，不要滑倒了。"

微蓝不再多话，自顾下了车。小莲赶紧撑开伞，替微蓝遮着雨，紧跟着进屋去了。英杨扶着车门站了站，关门锁车回家。

他走进客厅先叫珍姨，问："贺小姐呢？"

"贺小姐接了个电话，上午就出去了。"

英杨点头，又说："给张七打电话，叫他把华明月带来。另外，你和小莲不要出门，买菜买东西都等等。"

珍姨答应着去了，英杨这才上楼去。他站在卧室门口，鼓足勇气推开门，果然，微蓝在收拾东西。

"不要走。"英杨底气不足地说。

微蓝没有理会。

"我把林奈送走了,送她去太行山了。"英杨恳求着说,"我不可能同她订婚的,你相信我!"

"我说过的,不许你再见她。"微蓝淡淡地说。

英杨无话可说,又忍不住伸手去拉她,想要抱住她,却被甩开了。

"为什么呢?"英杨焦躁起来,"明明和林奈没有关系,为什么总是要扯着她!"

"那和谁有关系?"微蓝看向英杨,"陪她游园的是你,弄了一身泥给她捡鞋的也是你,和她订婚的还是你!还有静宜路的房子,你们每晚在那里见面,二十多天!这些都没关系吗!"

"你怎么知道……"英杨喃喃道,"你怎么知道静宜路的?"

"小莲告诉我的。"微蓝说,"她说那阵子找不到华明月,问他天天去了哪儿。华明月说,处长要在静宜路见林奈,他要望风,没时间陪小莲!"

英杨眼前花了花,往后退了半步。

"华明月能告诉小莲,你却不能告诉我。"微蓝长叹一声,"这么多事叠在一起,我怎么能不多想?"

"小莲……"英杨艰难道,"她还说什么了?"

"她不必说太多,我的想象力已经很丰富了。"微蓝道,"你现在可以告诉我吗?你每晚去静宜街见林奈,是为了什么事?"

英杨张了张嘴,脸色变了又变,最后颓然道:"对不起,我不能。"

微蓝点了点头,接着收拾东西。英杨默然站着,良久才轻声说:"你总不能用华明月的标准要求我。"

"你也不能用林奈的标准要求我。"微蓝关上箱子,说,"我迟早要离开的,借这个机会走,不是很好吗?"

英杨怔了怔,没明白微蓝的意思。

"我们刚认识时,你问我浅间三白在落红公馆的录音是从哪儿来的,我不肯告诉你,说这是纪律。"微蓝娓娓道来,"也许今天你所有的不能说的,也都是纪律。"

英杨鼻子一酸,眼眶微微发红。

"那天贺小姐同我讲,平静的岁月都是偷来的。"微蓝走到英杨面前,说,"能偷到这几个月,我很感激了。"

英杨心里一痛,手上用劲搂紧她,泪花先迸了出来。

"你不怪我吗?"他问,声音喑哑。

微蓝伸手摸了摸他的头发:"有的人能够实现理想,有的人只能让理想通过他而实现。我对你只有一个要求,做实现理想的那个人。"

英杨拼命咬着唇,眼泪啪嗒啪嗒地落下来。微蓝扶着他的脸,看了又看,问:"你能答应我吗?"

"我保证!"英杨哑声说,"我保证做实现理想的人!那么你呢?"

微蓝不知道,可她不敢说出来,她只是搂住他,在他耳边说:"多谢你送走了林奈。"

英杨说不出话,只是摇摇头。

"我好怕啊,好怕有人跟我说,魏书记,英杨要和林奈假扮夫妻,这样他才能做真正的特工,拿到更多的情报。"微蓝仍然在他耳边说着,"我真的好怕,我面对不了,我不想让你和她做假戏。"

"我知道,我明白。"英杨一迭声说,"我只是不懂,为什么会这么苦……"

"总有人要牺牲吧,"微蓝抖着声音,努力地不肯哭,"牺牲掉我们这一代人,也许能够换些甜蜜来。"

英杨想,微蓝并不知道,他很快就要去重庆了。重庆那么远,再见到微蓝的可能性微乎其微。他的泪水滚落下来,沾湿了微蓝的衣服。

"你怎么走呢?"英杨终于说出屈服于现实的话。

"仙子替我安排好了,"微蓝说,"让张七送我到车站吧。"

她月子里几乎足不出户,是怎么联系上仙子的。英杨敏感起来,脑中闪过她能接触到的人和事。

"我要走了。"微蓝轻叹道,"我本来想带走小虾米,但现在想,还是把他留给你吧。"

"谢谢。"英杨擦去泪水,红着眼眶说,"等到胜利那天,我带着他在醉翁亭等你。"

"好!"微蓝灿烂笑着,仿佛这一天肯定能到来似的。她随即走到小床边,看着咿咿呀呀玩手指的小虾米,伸手摸了摸他的小鼻子。

"别忘了我,"微蓝说,"我是妈妈。"

她最后摸了摸小虾米细软的头毛,提箱子开门走了,没有看英杨一眼。

英杨呆呆站在屋里，看着依旧在轻轻摇动的小床。直到张七冲上来，叫道："处长，金小姐要走了！"

"烦请你送她去车站。"英杨的泪水直流下来，却保持着声音平稳，"让珍姨带着小虾米，也去送送她。"

张七不敢多话，只道："好。"

他去抱小虾米时，英杨擦了把眼泪，说："华明月和小莲就不要去了，我有事找他们。"

******

珍姨和张七都走了，英杨走到客厅里。他叫华明月反锁大门，拿张椅子坐在餐厅里。

"无论听见什么，你不许说一句话！"英杨道。

华明月惊了惊："处长……"

"怎么了，现在就忍不住了？"英杨冷冷地说。他这样子虽不凶，但很吓人。华明月意识到这不是玩笑的时候，乖乖点了点头。

布置妥当之后，英杨带华明月进客厅，终于唤道："小莲，你过来。"

小莲从房间里出来，神色怯怯地看着英杨。

"金小姐是怎么知道我在码头的？"英杨直截了当地问。

"珍姨叫我去买面包，"小莲轻声说，"我在路上遇见了林家的飞凤，她跑得急撞在我身上，就掉了张字条在地上，被我看见了。"

英杨笑了笑："我忘了，你是认字的。"

小莲咬了咬嘴唇，不说话。

"那么在静宜街每晚见林小姐的事，是你告诉金小姐的？"英杨又问。

小莲知道瞒不过，点了点头。

"你是怎么知道的？"

"华明月说的。我约他出去玩，他说那阵子没空，就是，就是在静宜街租了房子。"

"华明月是怎么说的？"英杨问。

小莲看看不远处的华明月，轻声道："他说你们在静宜街有公事，张七也在，林小姐也在。"

"怎么到了你嘴里，就变成我天天要见林奈，还让华明月把风？张七去哪了？"

小莲怔了怔，低头不语。

"还有鸳鸯湖游园。我一直以为是夏巳告诉了金灵，直到今天才明白，从中挑拨的人是你！"英杨沉声说，"金灵知道夏巳尖酸，她根本不会计较。但在金灵眼里，你是单纯的小姑娘，你说的话她是愿意听的！"

"游园真是夏巳说的！"小莲慌忙道，"金小姐在展翠堂听她讲的，与我无关啊！"

"你还要扯谎！"英杨痛心道，"夏巳根本没看见我替林奈捡鞋子，看见的只有你和华明月！"

"那为什么不是华明月呢？为什么先怀疑我？"

"华明月，你说过吗？"英杨转脸问。华明月脸如白纸，摇了摇头。

"他摇头你就相信，我说话你为什么不信！"

"金灵被刺杀，也是你递出去的消息！是你告诉动手的人，金灵要去看医生！这事华明月根本不知道！"

小莲一愣，脸色慢慢变白。

"我想了很久，究竟谁把金灵去医馆的消息透出去。所有人我都怀疑到了，包括贺小姐，但我唯独没想过是你，你看上去，太柔弱太单纯了。"

他说着一声长叹："小莲，我究竟什么事对不住你，你要处心积虑地害我、害金小姐！"

小莲低头坐着，一声不吭。

"如果我没猜错，今天早上也不是飞凤撞到你，而是你特意等着飞凤，要看她的字条。"英杨道，"你再不承认，我就去请飞凤来，叫你们当面对质！"

小莲不知道飞凤已经回乡下了。她撇开脸去，苍白的小脸上露出一缕嘲讽。

"你在替人做事，对不对？"英杨皱眉道，"是为了什么？为了钱吗？你把实情告诉我，要多少钱，我照价翻倍给你就是！"

小莲哧地一笑，喃喃道："钱有什么用？"

"什么？"

小莲转过脸来，嘲讽的笑意更深了。

"你知道我姓什么吗？"她问。

英杨摇了摇头。

"我姓罗，叫罗小莲。"小莲笑起来，"我爹爹和你做过同事，你们都叫他,罗——鸭——头——"

英杨脑袋里轰地一响,呆在那里。

"你害死了我爹爹,我奶奶气急病死,我娘背着不满周岁的弟弟,给人洗衣裳赚钱。失脚滑进河里,把弟弟呛死了,她也疯了,最终跳河自杀。"

罗小莲依旧笑着,事不关己般娓娓道来:"我没有办法,只能把自己卖了,得些钱安葬我娘和弟弟。我总不能叫他们烂在尸堆里!"

英杨一时间不知说什么。

"其实我活着没什么意思,我也想跟着娘和弟弟去。但我总想着娘说的话,她说英家小少爷害死了爹爹,叫我和弟弟好好长大,一定要报这个仇!"

罗小莲边说边弯了弯眼睛:"我弟弟没能好好长大,我一定要活着,活着做到这件事。"

"你在我身边生活了这么久,报仇的办法很多。"英杨说,"可以投毒,可以用刀,甚至可以伤害小虾米让我痛不欲生,可你只是气走了金灵,为什么?"

罗小莲冷笑一声,挪开目光。

"有人在指使你。"英杨一字一顿地说,"从你进入魏家做女佣开始,一切都是设计好的,对吗?"

罗小莲转回脸,森然看着英杨。

英杨接着说:"如果我没猜错,暗中撮合九姨太和陈玄武的,也是你。"

这话说出来,缩在椅子上的华明月啊一声叫了出来。英杨被分了神,就在他略略转目之时,罗小莲用力咬碎牙齿,吞下毒药。

英杨要去扳她的脸,已经晚了。血从她嘴角流出来,然而罗小莲依旧笑着,她向华明月伸了伸手,华明月却没回应,反而向椅子深处钻了钻。

咕咚一声,罗小莲倒在地上,气绝身亡。

面对她的尸体,英杨想,这一局好大的棋,幕后的棋手究竟是谁?

现在小莲死了,能瞒多久英杨也没数。他必须从速离开上海,等不到罗下凡了。

六十八　暗香留

　　林奈忽然失踪，林想奇虽然着急，却不敢张扬，生怕日本人反应过来，再找他的麻烦。为了避人耳目，林想奇只能宣称林奈得了急病，要回浙江老宅静养，她与英杨的订婚自然无疾而终。

　　李若烟认为此事与英杨有关。然而林奈终日被软禁在家，并没有和英杨接触的证据。

　　林想奇私下同李若烟抱怨多次，要拿英杨是问。李若烟却多方回护，劝林想奇说："老师，现在日本人总盯着林家，师妹出去躲一躲未必是坏事。"

　　林想奇只有这一个宝贝女儿，怎么舍得她流落在外，想找又没有头绪，惶急不可终日时，却收到了林可的书信。几年了，这是他第一次收到儿子的信。信是从武汉寄来的，地址当然是假的，内容很简单，通知林想奇，林奈和他在一处。知道女儿平安，林想奇放下心头的大石，然而想到儿女都去干八路了，又十分不是滋味。

　　微蓝走后，英杨每日在家陪护小虾米，逐渐成了超级奶爸，喂奶、换尿布、洗澡都十分在行。小虾米被养得圆头圆脑，每日咿咿呀呀，见着人就笑。

　　他那双眼睛又黑又亮，水浸葡萄似的，像极了微蓝。英杨有时逗他玩，逗得虾米咯咯笑，自己却能流下泪来。

　　卫家诸人与英杨彻底断了联系，罗下凡也没有音信，英杨的手还是抖，枪是拿不了的，有时使筷子也费劲。

　　成没羽走了，微蓝走了，小莲死了，热闹了几个月的家忽然冷清下来。遭此变故，贺景枫也沉默了，晚上小虾米睡了，英杨独坐院子里抽烟，贺景枫便陪着他。

　　"你究竟什么时候回重庆呢？"英杨忍不住问。

　　"等何家写了退婚书。"贺景枫坚定地回答。

　　"我觉得何家不会食言，"英杨弹着烟灰说，"一张纸而已，你又何必执着？"

　　"英大哥，你不明白吗？"贺景枫奇道，"等到日本人走了，何家就是汉奸。清算起来我家怎能逃得掉？现在拿到退婚书是最好的！"

　　英杨心想，这丫头看着温婉可人，其实勇敢聪敏，肚子里比谁都明白。他于是笑一笑，说："是我大意了。"

"英大哥,姐姐会去哪里呢?"

"她有个姑母在苏州乡下,必定是回姑母家了。"

贺景枫听了点点头,过一会儿又说:"不知我离开上海之前,姐姐能不能回来。"英杨知道微蓝不会回来,他心里闷痛,却不肯说话。贺景枫看他不快,便拉扯些闲话来说,坐久了风冷,英杨便催着贺景枫进屋。

"英大哥,这只香包送给你。"贺景枫拿出只墨绿香包道,"上面的并蒂莲是姐姐亲手所绣。她本想绣成了送给你,可又嫌弃自己手工笨拙,因此给了我。"

英杨心里微动,接过香包。那上头果然有一对并蒂莲,虽然绣工粗陋,却也笨拙可爱。英杨摸着这东西,仿佛能看见微蓝勾着头,很努力地做着绣活。

"她从小母亲病着,没人教她摆弄这些。"英杨叹道,"成日里跟着这个叔那个叔,看着洒脱,其实心里还是女孩子。"

"姐姐有很多叔叔吗?"贺景枫好奇地问。

英杨意识到说漏了话,连忙岔开说:"这香包里装了什么?香味很特别。"

"这是我和姐姐配出的香料,外面买不到,十分宁息静神。姐姐说你睡眠不好,要挂在床头上。"

英杨百感交集,握着香包嗅了嗅,说:"多谢。"

他回到屋里,先看看甜睡中的小虾米。算着时间,一个钟头后小虾米要醒来吃奶,英杨也不敢睡,便和衣靠在床上,握着香包把玩。

微蓝很少把情啊爱的挂在嘴上,可她诸事细密,能想到的都想到了。连这些她不擅长的,也要偷偷学着去做。

有时候英杨也庆幸,终究是放她走了,微蓝本该舒展羽翼自在翱翔,很不该把她拴在小天地里,每日计算丈夫孩子柴米油盐。

他握紧香包,幸福却也心酸。

******

小虾米凌晨四点要起一次,英杨喂他吃了奶粉,迷迷糊糊睡到天明,被楼下的电话铃声吵醒。珍姨早起去买菜,贺景枫还没起身,电话铃铃铃响个不住。英杨只得勉力爬起来,摸去书房接听。

电话是郁峰打来的,听起来声音很兴奋。

"我找到沈三联络专员的办法了!他们在圣保罗教堂的忏悔室见面!"

英杨握紧了话筒，说："怎么才能约见专员？"

"登报，内容是一则离婚启事，男方金致奇，女方何惠荣。我就是从这则启事上看出毛病的，这两个人离了至少三次婚！"

"登在哪张报纸上？"

"《大公报》。"

"好。你准备一下，我们找专员那天，沈云屏看见的《大公报》，上面不能有启事。"

"知道。"郁峰爽快答应，"什么时候行动？"

英杨看了看日历，想，也该收心上班了。

第二天，英杨收拾停当进了特工总部，先到李若烟办公室里销假。李若烟正在打电话，见了英杨压手示意，叫他坐在沙发上等一等。

等他嗯嗯啊啊挂了电话，英杨才说："主任，我家里的事处理得差不多了，可以来上班了。"

李若烟捧了烟盒过来，笑道："托你的福，兑换那里狠赚了一笔。那帮子老财迷，听说法币兑中储券要拉到70∶1，全都炸了窝。黑市放出17∶1的预领券，被抢了个精光！"

"恭喜，恭喜。"英杨笑道，"这消息绝不能叫老百姓知道，但凡有一个来兑，那些自诩上流社会的，就不会信了。"

"是，是。"李若烟抚着脑袋嘿嘿笑，又从抽屉里摸出一张纸来，送到英杨面前，"你要的分成。"

是汇款单，收款人写着沈云屏，汇款数字堪称天文，看来李若烟赚了不少。

"多谢。"英杨收起汇款单，起身告辞。

他下楼叫出张七，道："你找个银行的门路，替我查查这个账号，户主是不是沈云屏，户头在香港。"

总务处除了交接吃穿用度，就是与银行打交道，张七有许多银行的朋友。他立即答应，拿着汇款单去打电话了。

半个小时后，张七敲开英杨办公室的门，说："是沈云屏，入账金额也没有错。"

英杨收起汇款单，正要夸奖张七两句，却听见电话铃响。他顺手捞起来，"喂"了一声。

"小少爷，是我，冯其保。"

"啊,冯处长。"英杨热情寒暄,"好久不见了,今天有空想念我了?"

"啊啊,小少爷哪里话,我天天想念你。不过听说你家里有事,请了一段时间假,因此不敢滋扰。既然来上班了,是家事处理好了?"

"是。"英杨简短说,"多谢冯处长关心。"

"你的家事处理完了,我的家事却麻烦在这里。"冯其保叹口气,"战事吃紧,我太太成天瞎操心,落下了心理的毛病,晚上睡不着,白天吃不香,实在头疼。"

"哦,有没有请医生看看?"

"所有医院都跑遍了!还有专看疑难杂症的,全部都跑去看过!汤药嘛,一钵一钵地吃,只是不见效。"

英杨本想推荐沈老夫子,听他这样讲知道难见效,只能跟着叹一叹,深表同情。

"结果嘛,有位老中医讲,我太太是忧思过度,最好的办法是离开现在的环境,找个清静地方休养。"冯其保道,"我想来想去,还是把她送到法国去吧。"

"法国?"英杨道,"现在法国的情况也不好。"

"那么总要比我们这里好些!听说德国人只为难犹太人,对了,你娘已经在法国,她可说情况如何?"

"我娘……她房子在乡下,倒是还好。"

"小少爷,我有个不情之请,能不能让我太太去找你娘,两个人做个伴,我也能放心。"

这请求来得突然,英杨不由愣了愣。但他很快看了看张七,心里冒出个念头。他要离开上海了,如何安顿张七是个问题,冯其保的请求却是个好机会。再说冯太太与韩慕雪投契,送她过去做个伴,韩慕雪也少些寂寞。

他盘算笃定,便说:"这消息太好了,我娘肯定很高兴。只是,冯太太打算怎么过去?"

"说到这事我正是发愁,"冯其保叹道,"我自己嘛是绝对走不开的,但又找不到可靠的人。"

"既然如此,请我们总务处的张副处长,把冯太太送过去与我娘团聚,您看可行?"

冯其保当然知道张七是英杨的心腹,听了这话大喜,忙不迭地答允,又说路费都由他负担。英杨同他客气了两句，约好买到船票就动身，这才挂了电话。

张七听到现在，忍不住问："处长，您是让我送冯太太过去法国？"

"是。"英杨道，"顺便去看看我娘，瞧她在那边过得好不好，有什么需要，都要据实告诉我。"

"好。"张七道，"您放心吧。"

英杨点点头，低低说："法国那边的事弄完，不要回上海，到香港买去武汉的船票，再设法到重庆。"

张七不敢反问，睁大眼睛望着英杨。

"我会把你娘、小虾米、华明月全带过去。"英杨说，"你放心好了。"

张七点了点头，说："我知道了。"

下午下班之后，英杨驱车到了右罗小馆，在街口给郁峰打电话，约他出来见面。

他们找了间小酒馆，点了两个炒菜，拷一瓶老酒对酌。两杯下肚后，英杨说："东西都到位了，明天可以行动了。"郁峰点头："我也准备好了，放心吧。"

英杨举起杯说："祝我们成功。"郁峰也举杯，却愣了愣，问："你的手怎么了？"

"抱小孩抱的，"英杨掩饰，"你可以找一袋三十斤的大米，每天抱着它晃悠，七天下来就和我一样了。"

郁峰笑起来，仰面饮尽杯中酒。

******

第二天早上，英杨醒来就下楼找《大公报》，果然在中缝看见一则离婚启事，内容简单：金致奇先生与何惠荣女士协议离婚，特此告知。

郁峰只知道约见暗号，并不知如何表达约见时间，因此英杨必须立即赶到圣保罗教堂，全天恭候"冰刀"。

吃早餐的时候，英杨拜托贺景枫帮着照看小虾米，贺景枫却说："我今天要去何家的！英大哥，你不知道这家人多么厚脸皮，我只有隔三岔五地去催，让他们烦不胜烦，才能拿到退婚证书。"

英杨笑一笑，只能由着她去。

匆匆吃过早餐，英杨叮嘱珍姨照顾好小虾米，这才动身去了圣保罗教堂。

这间教堂没有名气，又小又旧，连尖顶上的十字架都不够气派。今天不是礼拜日，教堂里没有人。英杨在长椅上默坐了一会儿，起身进了忏悔室。

忏悔室里有根绳子，扯它会牵动铜铃，神父就会走进另一间，听英杨讲述心中懊悔。英杨没碰绳子，静静坐着。手表指针一分一秒往前跳，时间慢慢流淌，转眼一个小时过去了，教堂里还是很安静，没人进来。

不会要等足一天吧。

又等了将近一个小时，快十点时，外面终于传来了脚步声。那声音平稳沉静，英杨从门缝看出去，只看见垂到脚面的黑袍。

难道，冰刀就是这间教堂的神父？

黑袍人很快打开隔壁门，坐了进去。短暂的沉默后，黑袍人从小窗里递过一张字条。英杨接过，看见上面拼贴着用报纸剪贴的字：什么事？

英杨想了想，说："我不是沈三。"

隔壁像是惊到了，发出凳子挪动的声音。

六十九　百丈冰

然而凳子只是动了动，很快，隔壁安静下来。英杨没有说话，等待对方的动静。片刻之后，又一张小纸条从小窗递过来，上面仍是报纸剪下的字拼出的句子——"什么事"。

英杨整理了一下思路，说："论理这话不该我说，但我实在看不下去。沈云屏卖情报挣钱不是一天两天了，别的事就算了，可他连中储券也不放过。"

他说到这儿停下来，等待对方的反应。而隔壁静悄悄的，没有声音。

"也许你不知道，堂本声雄起草的要领是我拿到的。"英杨接着说，"除了文件，我还给了他中储券兑换法币的情报，按照日方打算，兑换率是 1∶70。"

隔壁还是没有声音。英杨咬了咬牙，豁出去说："但是他用 1∶17 的兑换率在黑市放预换券，狠赚了一笔。"

隔壁终于有了点动静，像是在翻弄纸张的簌簌声。很快，一张字条递了过来。

这次是钢笔写的字，字体歪歪扭扭，丑不堪言——"你有证据吗"。

"我有证据。"英杨说，"这是汇款单。"

他把汇款单从窗口递过去，隔壁的人伸手来接。虽然那人的手藏在黑袍里，但英杨忽然闻到一股香气。这香气很淡，但是很独特。英杨立即分辨出它的味道，分明和微蓝绣坏的香包一模一样！

英杨脑袋里仿佛被按下了开关，许多奇怪不合理的事轰地闪出来，又逐一退下去。被直觉牵引着，英杨不假思索地说："贺小姐，是你吗？"

隔壁更加安静了。

这种静寂与之前不同，带着箭在弦上的紧绷感。良久，英杨说："你来上海，不是找何家退婚的，是找何立仁谈判的，对吗？"

没有回答。

"你到何家去退婚，是亮出专员身份，要求何立仁配合重庆，和日方进行中储银行的相关谈判。你选择住在我家，是为了避人耳目，迟迟不回重庆，是因为你的任务还没有完成！"

英杨说完了，隔壁依旧没有声音。

"你袖子里的香味和香包一样，你说过的，里面的香粉是你和金灵亲手做的，在外面买不到。"英杨叹道，"到了这种时候，为什么还不承认呢？"

也许这段话起了作用，片刻沉默后，贺景枫轻声说："真没想到，你也是军统的人。"

"这么天真单纯的小姑娘，居然是军统的专员冰刀。"英杨苦笑着说，"我真不敢相信。"

"进军统总比做汉奸好！"贺景枫不以为然，"我若不是女孩子，早跟着我哥去当兵了！"

"那么你到上海来，你爹爹知道吗？"

"他当然知道！派我到上海来，接何立仁洽谈中储券相关事宜，就是爹爹的意思！他说过的，做贺明晖的子女，不能是废物，要为国为民做些什么！"

贺景枫的语气中带着骄傲，看来她非常敬爱自己的养父。英杨受到感染，不由想象着贺明晖的样子。

"英大哥，既然是同道人，话就敞开来说了。"贺景枫爽快道，"沈云屏是在利用情报行贪墨之事吗？"

重庆来的专员是贺景枫，此事无疑是重大利好。也因为这样，彻底扳倒沈云屏，不容他揭穿英杨的身份也格外重要。

"当然。"英杨立即说,"这张汇款单,是特工总部组织彻查银行时,被我无意中发现的!"

贺景枫沉默了一会儿,说:"沈云屏在重庆名声不好,上峰早已耳闻他有贪墨之实,但念在用人之际,才没同他计较。"

"别的事就算了,中储券可是大事。一旦黑市交易传到日本人那里,他们说不准要修改要领,那么我们准备的对症下药就会竹篮打水,甚至冒有风险。"

"你说得对,我立即汇报。"贺景枫低低道,"但是英大哥,你是怎么知道如何联络我的?"

"这事若细说起来,就要讲到魏耀方被刺杀。"英杨按打好的腹稿说,"沈云屏组织了两次针对他的刺杀,第一次在更新舞台失手了,杀手山猫被捕,郁峰受伤躲在后台,被我发现了。"

"……你救了他?"

"至少我没有揭发他。但因为这件事,沈云屏总要挟我替他做事,一旦有命令就通过郁峰传达。一来二去,我就和郁峰熟识了。后来魏耀方被刺身亡,李若烟血洗龙华机场和江苏银行,这两件事让我感到,他在军统有极可靠的眼线。"

"是谁?"

"之前我只是猜测,没有把握。但拿到这张汇款单,我找银行的朋友查了款项来源,汇出方是恒通洋行。这家洋行什么生意都做,除了搞舶来品赚差价,也根据上海的行情做投机。"

"这间洋行有幕后吗?"

"有,幕后老板是李若烟。"

贺景枫陷入了沉默。过了一会儿,英杨说:"沈云屏很可能不只是贪墨,也许他已经叛变了。"

又静默了许久,贺景枫悠悠道:"他是否叛变,咱们没有证据,但这张汇款单能证明他拿了不该碰的钱。英大哥,我还是想知道,你怎么知道如何联络我?"

"郁峰告诉我的。"英杨道,"他早已不满沈云屏借机贪墨,因此找到联络你的办法,请我拿着证据见专员。"

"那么,你不是我们的人吗?"

"贺小姐,不,贺专员,我不是军统的人。但我也是中国人,在特工总部见到太多仁人志士因抗日被杀,那可都是我的同胞啊!贺专员,郁峰知道我有弃暗投明的心,才指了这条路,请问,我可以用要领投诚吗?"

他随即讲述了联合林奈盗取文件的过程,贺景枫听罢了道:"原来姐姐误会了你,你是有苦衷的!"

"是的。"英杨道,"为了拿到堂本的要领,我在日本人那里挂上了号。贺专员,我可以去重庆吗?"

贺景枫默然不语。

"如果专员另有其人,我也不便开口。"英杨索性直说,"可你是知道我的,别的不说,小虾米太小了,他妈妈又、又……"

一提到微蓝,贺景枫就有些上头,她叹口气说:"我可以帮你提。你拿到要领,又揭发沈云屏,这都是功劳,或许局座能同意你投诚。"

"多谢。"英杨真心喜悦,"我还有件事想问问,拿到要领之后,何立仁对中储券的兑换价有心理预期吗?"

"有。按照1∶2兑换。"

"1∶2?2块法币换1块中储券?"

"是的。"

经历了1∶70的离谱价,这价格简直让英杨狂喜,至少老百姓不会损失太惨。

"日本人能同意吗?"他担心地问。

"眼下日本人在争论南进或北上的问题。无论他们选择哪条路线,都需要中国做长久的粮仓。1∶70太过掠夺了,不利于长期经营。"

"好吧。但愿谈判顺利。"英杨说,"还有一件事,我必须要提醒你。"他站起身,低低讲述藏在心里很久的事。

交谈结束后,贺景枫先行离开。英杨从忏悔室的小格子里往外看,见贺景枫穿着从头遮到脚的黑色长袍,快速消失在教堂门外。

英杨知道,离开上海指日可待了。

******

冯其保手脚麻利,没几天就办好了去法国的船票。英杨私下请李若烟喝了一顿酒,说张七要去法国看望韩慕雪,特工总部这边的工作就要辞掉了。

张七占着副处长的位子,空出来还怕没人坐吗?李若烟毫不在意地答应了,又说:"等他回来了,没地方去咱们再想办法。"

"法国现在也乱,我娘独自住在乡下,让人不放心。"英杨说,"张七去法国替我尽孝,就不回来了。"

"好吧。"李若烟搓搓手,"也是应该的。"

出发那天,英杨把张七送到码头,见到了冯太太。她果然精神萎靡,脸色苍白,仿佛笑不动似的,见着英杨只是咧了咧嘴。

回想在花园咖啡厅的初见,冯太太既热情又精力充沛,英杨徒生感叹,希望她去法国把身子养好。

同去的还有冯小姐和家里的娘姨。目送张七伴着她们上船,在汽笛鸣咽声里,冯其保叹道:"都是小礼堂爆炸案给吓的,天天怕我出了门回不来,渐渐神经质了。"

英杨陪着感叹一番。冯其保再三感谢,又说仓库里到了一船极上乘的德国奶粉,晚上七点卸船,拿到就给英杨送两箱去。

微蓝走后,英杨最愁的就是奶粉。这年月要买点好奶粉特别难,也就军需上能搞到一点。听说能拿到两箱,英杨十分高兴,着实感谢冯其保一番。

回到家,英杨接到了郁峰的电话,说专员今天约见沈云屏。挂了电话,英杨觉得家里太安静了,珍姨带小虾米去散步了,贺景枫应该不在家。

他于是给华明月打电话,让他收拾妥当,今天务必搬到愚园路来住。

打完电话,英杨打开保险柜,拿出四张伪造证件和一只小盒子。证件照片是他、珍姨、华明月和贺景枫,盒子里是姬冗时留下的唤醒信物——半枚硬币。

英杨贴身收好硬币,起身给码头船务经理挂电话:"我要四张去武汉的大菜间,最快能订到哪天?"

英杨做总务处长时,没少照拂这个经理。听说要去武汉,经理热情道:"能订到明天,明天中午十一点。"

"可以。"英杨说,"你先把票拿着,明天我让人把证件送去。"

经理满口答应,道谢之后,英杨挂上电话,暗想,希望一切顺利。

傍晚时分,英杨正在教小虾米玩球,电话响了。他猜这通电话与沈云屏有关,在拎起话筒之前,仔细想了想所有可能性。

电话是郁峰打来的,他说:"我在路口面包房。"

英杨挂上电话,看看墙上的钟。二十分钟前,华明月说在过来的路上,算算也该到了。他于是叫来珍姨，让她先照看小虾米，华明月很快就到。

珍姨答应，哄着小虾米继续玩球，英杨便走到面包房去。郁峰坐在窗边喝咖啡，向英杨打个响指。

"怎么坐在窗边？不安全。"英杨说。

"三两句话就走了，别的桌子没收拾。"

英杨看了看另外三张桌子，果然放着脏杯子和盛着剩面包的盘子。他收回视线，问："有结果了？"

"是。沈三被勒令停职等候调查，由我暂代站长。"

英杨并不惊讶，这在他意料之中。中储券与法币的兑换率是重庆心头的刺，沈云屏用这样等级的情报挣钱，完全是往枪口上撞。

"沈三承认了吗？"英杨问。

"他当然不承认，在喊冤呢。刚刚还在放狠话，说别叫他找出是谁干的。"

"他怀疑你吗？"

"应该没有。沈三说，我暂代站长是由他推荐的。"

临死还不忘做好人。英杨笑了笑："如果计划顺利，我很快就要离开上海了。沈三交给你处置，该杀该放，你看着办吧。"

"好。"郁峰举起咖啡杯，"庆祝一下吧。"

英杨左手执杯，同他碰了碰："你见到专员了？"

"没。不过沈三说，明天上午十点，专员要见我。"

十点，应该不耽误上船。

"英处长，你能陪我一起见专员吗？"郁峰又说。

英杨怔了怔："为什么要我陪着？"

"你见过专员，可我没见过。"郁峰不好意思地摸摸头，"举报沈三是大功劳，有你帮着说话，也许好些。"

英杨同意了："十点在哪里？圣保罗教堂吗？"

"不，说是在码头附近的一间咖啡厅，叫雅恩。"

"好，那么明天上午见。"英杨站起身道，"家里只有小孩和娘姨，我得回去了。"

可他刚站起来，郁峰就咦了一声，指着窗外说："那是不是华明月？"

英杨回头看去，看见窗外惶急乱转的华明月。

他的心猛然拎起来，丢下郁峰冲出去，大喊一声："华明月！"

"处长！"华明月快要哭出来，"珍姨、小虾米不见了！"

******

华明月说他回到愚园路，就看见屋里亮着灯，但没有人，楼上楼下都没人。他本以为英杨带着珍姨、小虾米在左近散步，于是把自己的行李送到楼上亭子间。

之后他回到楼下，看见餐桌上有张字条——"要儿子，到特高课找我。沈。"英杨捏着这张字条，看了三遍，白着脸去书房拿枪。

"处长，"华明月怯生生地跟在后面，"我陪你去！"

英杨打开保险柜拿出证件，交给华明月说："这是船务经理的名片，明天上午八点，你拿证件去换船票，然后到码头等我。"

"好，"华明月接过来，又说，"可是……"

"另外，你守在家里等贺小姐，如果我今晚不回来，你就带着贺小姐拿票上船，听见没有？"

"听见了。"华明月嗓子发干，"处长，出什么事了？"

英杨沉吟说："经过这次，你也该长大了。记住我的话，不要有多余动作，你的任务是送贺小姐上船。"

华明月用力点了点头。

七十　平地雷

晚上八点，特高课的小楼灯火通明。英杨站在马路对面看着，这地方他很久没来了。沈云屏挑选在这里摊牌，是要同英杨鱼死网破了。

英杨想到沈云屏会报复，但没想到这么快。他也没想到，沈云屏中午得知消息，晚上就认定是英杨做的。

有两种可能，一是有人出卖英杨，二是沈云屏从没相信过英杨。

沈云屏摊牌的套路，无非是那本浅间日记。英杨不知道这人为什么要犯傻，作为军统上海站站长，他在日本人眼里，比英杨有价值。

除非沈云屏狗急跳墙，要投奔和平政府了。

英杨很平静。

他的手已经废了，后腰的枪只能做做样子。他刚满月不久的儿子在敌人手里，妻子不知下落。他有一张明天启程回家的船票，却未必能够登船。

即便如此，英杨还是很平静。仿佛今天所有的事情，都在他意料之中一样。

也许他该厚着脸皮，再去求一求十爷，至少调出青衣人硬闯特高课，把小虾米换出来。但是英杨想，事情到了这个地步，就不要再牵扯卫家了。

他觉得疲倦，甚至希望这一切早点结束。

五分钟后，英杨穿过马路，向特高课走去。门口的宪兵照例拦下他，英杨出示了证件。

宪兵去打电话确认，很快出来告诉英杨："织田课长在办公室等你。"

英杨做深呼吸，向夜色中的特高课走去。这座浸透抗日同仁鲜血的小楼，在夜色中像张开嘴的怪兽，英杨走进它的嘴里，熟门熟路上三楼，礼貌敲响课长办公室的门。

门哗地开了，开门的是织田的亲信小宫泽川。他笔挺的军装让英杨有一瞬的恍惚，仿佛看见了荒木。不知荒木在日本怎样了，是否还记得他们曾经的约定？战争结束后，英杨想去荒木的家乡看看。

"英处长来了吗？"织田的声音响起，"请进来。"

英杨踏进熟悉的办公室，看见办公桌后的织田、沙发上的沈云屏以及靠窗而立的李若烟。李若烟也在，这让英杨有些意外。但他不理会，直接问沈云屏："我儿子呢？"

听见英杨的质问，织田用生硬的中文说："英处长，这是我第二次在对质场合见你，上次是为了林奈小姐。"

英杨不吭声，等着他说下去。

"为什么这些事情总要扯到你？"织田皱眉，"中国人说，再一再二不可再三，有了再三，你说不清楚了。"

"我没有什么说不清楚的。"英杨道，"我莫名其妙收到这张字条，让我到特高课找儿子，我来了。"

织田转过目光，看向沈云屏。

比起英杨的坦然，沈云屏头发凌乱、面容憔悴，眼睛也是红的，通红。幽怨的神情和偏执的眼神让他看上去像个弃妇，满脸怨毒地盯着英杨。

"小少爷，到了这个地步，又何必再装模作样？"沈云屏恶狠狠地说，"我为什么约你来这里，你没点儿数吗？"

"沈先生？"英杨转脸看着他，"咱们见过几次，也不过是泛泛之交，你为什么约我来此,我真的不知道。"

"他可不是普通人,"李若烟插话,"他是军统上海站的站长。"

英杨假作吃惊:"那么我同沈先生更不是同路人!"

"小少爷,你可真能装啊。"沈云屏挖苦道,"空穴来风未必无因!我不见别人偏偏要见你,是为什么?"

"为什么只有你知道,"英杨不松口,"我只想知道,我儿子在哪儿!"

"他和娘姨在隔壁房间,英处长放心,他们没事。沈先生今晚来投诚,军统的联络点一个没交代,先交代了一个共产党。"李若烟露出讽刺的笑容,"英处长,他说你是共产党。"

"放屁。"英杨冰冷地说。

沈云屏脸色微变,恶狠狠道:"我敢这么说,当然是有证据!小少爷,这可是在特高课的办公室,你别忘了,这屋里有一本日记。"

英杨嗤笑道:"我听不懂沈先生在说什么。"

"你不懂,我就教教你!"沈云屏站起身,肩膀立即被小宫扳住。

"让他说。"织田用日语说,"不要紧张。"

沈云屏甩开肩膀上的手,说:"织田课长,您身后这张天皇画像,能否摘一摘?"

织田脸色微变,李若烟已笑起来,他用纯正的上海话飞快道:"找死啊,这是他们的命根子。"

沈云屏像没听见,镇定地迎住织田不悦的目光。半分钟后,织田问:"画像后面有什么?"

"有只保险柜,里面有个笔记本,是上任特高课课长浅间三白留下的,里面清楚记载着英杨的身份!"

织田把目光转向英杨。

"听他放屁。"英杨面无表情,"我的身份是特工总部情报处处长。浅间课长在时,我是行动处调查主任。"

织田沉默一时,向小宫打了个眼色。小宫很快叫来宪兵,搭梯子爬上去摘下天皇画像,露出包着木板的墙壁。

"左边数过去第十八、十九、二十块木板是活动的,"沈云屏说,"可以取下来。"

宪兵依言找到活动木板,抽开后,发现嵌入式保险柜,钥匙插在锁孔上。

"不要碰密码盘。"沈云屏朗声道，"浅间课长最后一次使用，没有拔下钥匙，也没有打乱密码。我想，他应该是被什么事打扰了，因此匆匆走了。"

"浅间课长真任性啊，"李若烟似笑非笑，"藏在这里的保险柜应该很重要吧，却能留下钥匙和密码。"

听了这话，织田眉毛轻动，问："能打开吗？"

小宫亲自爬上去，转动钥匙和手柄后，柜门开了。他仔细查看后，回身用日语说："空的。"

这句话一出，李若烟先笑起来，英杨随之松了口气，沈云屏却恨恨叫起来："不可能！"

"不可能？为什么不可能？"小宫站在梯子上摊手，"这里面就是空的。"

沈云屏略一思索，立即叫道："这里的东西被人偷偷拿出来了！"

"这是织田课长的办公室，沈先生仿佛了若指掌！连第几块木板后藏着保险柜都知道！"李若烟笑道，"还有谁比你有本事，能偷这里的笔记本？"

织田逐渐脸色泛青，眼神复杂地盯着沈云屏。

"我的事之后会交代，"沈云屏沉着脸说，"但英杨是共产党，这是事实！"

"织田课长，建议您先查查，特高课潜伏着多少军统卧底吧。"李若烟彬彬有礼地说，"太可怕了，他们对您的办公室如此熟悉，也不知进来过多少次，窃取了多少秘密。"

"李主任，你为什么总帮共产党说话？"沈云屏不乐意了，"你在特工总部就偏向赤匪，让上海情报科的重要联络点锦云成衣铺转移掉了！现在，你还要帮着英杨！"

"沈先生这是急了乱咬人？"李若烟笑嘻嘻道，"就算英杨是共产党，他一个人在这里好好的，要抓嘛抓掉好了，你们军统藏在特高课的可不止一个，再拖拖要全跑光了吧？"

织田脸色微变，道："沈先生，李主任说得不错。"

"我有浅间日记的翻拍！"沈云屏孤注一掷甩出个信封，啪地砸在桌上，"我见过这本日记，它就放在这个柜子里！"

小宫拿过信封，掏出照片呈递给织田。李若烟凑上去看看，说："这能证明什么？谁知道是不是浅间写的？"

"你，你……"沈云屏气得发抖，"特高课总有识得浅间三白笔迹的人，叫他来认认便知真假！"

这话却叫织田尴尬。他新官上任，把浅间留下的亲信一个不漏都换了，现要找熟悉浅间笔迹的，还真不容易。

"或者做笔迹鉴定！"沈云屏又道，"通过鉴定，就能证明我提供的照片是浅间亲笔！"

李若烟微咳一声："沈先生，做笔迹鉴定要老长时间的，你说是来投诚，军统的事只字不提，一味拖延是在保护谁呀？军统有什么大行动吗？"

沈云屏怔一怔，急道："我没……"

"沈先生要得到信任，就要拿出诚意来！这事情很简单，作为军统上海站的站长，把所有小组和联络站交代出来，当然包括特高课里的人。我们当然相信你，立即把英杨关起来！"

沈云屏的脸灰了灰，闭口不言。

织田注目沈云屏好一会儿，说："沈先生，你很应该谈谈上海站，不要来了先检举共产党！"

"晚了。"沈云屏颓然说，"重庆不相信我，已经把上海站交给我的手下郁峰了，如果我没猜错，他已经置换了全部联络点和联系方式。"

"沈先生，你这就不厚道了。"李若烟不高兴，"弄一个空保险柜、几张不知真假的照片，缠着英杨说到现在，结果军统上海站全部置换掉了！你这是故意的吧！"

"不！当然不是！"沈云屏抬起发红的眼睛，咬牙道，"明天！明天上午十点，专员冰刀约见郁峰，在码头附近的雅恩咖啡馆，你们可以一网打尽！"

"专员？重庆来的专员？"李若烟仿佛生出兴趣。

"是的！你们捉到他，就该相信我的话了！英杨真的是共产党，我没有瞎说！"沈云屏嘶声道。

李若烟不再理他，转向织田道："课长，我们应该连夜行动，部署捉拿军统重庆专员！"

"我可以参加行动吗？"一直沉默的英杨开口了，"我对和平政府一片忠心，请给我证明的机会。"

李若烟欲言又止，织田桌上的电话却响了。他听了一下，伸手捂住话筒，说："你们到隔壁等我。"

小宫立即拉开门，示意众人到隔壁会客室。李若烟招呼英杨大步走出去，沈云屏却被宪兵押进对面的小房间。

会客室里，珍姨抱着睡着了的小虾米，满面焦急。看见英杨进来，她急忙站起身道："小少爷，我们、我们能回家了吧？"

"要等一等。"英杨轻声说，"小虾米没事吧？"

珍姨含泪点头，强自镇定道："他哭累了，睡着了。"英杨知道这"哭累了"的意义，这么小的孩子就要受惊吓，让他心痛不已。

"英杨，你过来。"

李若烟却没有给英杨与孩子团聚的时间，直接把他拉到角落里。

"织田办公室里的浅间日记，是我拿走的，怎么发现的你不要管。今晚我会在雅恩布置炸药，明天爆炸之后，你趁乱赶紧走！"

英杨早知道浅间日记不会在原位，听李若烟自己爆出来，他配合着露出感激神色："那么重庆专员呢？"

李若烟叹了口气："炸死他，算我为军统做了件好事！英杨，他们要怪就怪沈云屏，不要怪我！"

英杨沉默一会儿，点头道："好。"

"我只能给你制造机会，却不能送佛送到位，怎么出上海要靠你自己了。"李若烟又说，"你有打算吗？"

"我当然回后方。"英杨煞有介事地说，"从汽车站走，坐车去滁州，经定远先上大别山。"

"好。明天做事之前，你直接上车站。"

"那么小孩呢，能提前送他们走吗？"

李若烟沉吟一时，道："行动之前，我先让骆正风送他们去车站，这样你也放心。"

"多谢。"英杨佯作感叹，"离开上海，就喝不到无名咖啡了！这么好的地方，您是怎么发现的？"

"我的一个朋友介绍的，"李若烟一笑，"他是个美食家，喜欢做菜。"

英杨露出笑容，说："咖啡伤身，还是少喝吧。"

这话刚说完，会议室的门开了，织田长秀一脸严肃地走进来，道："明天在雅恩露面的，除了重庆专员，还有八路军办事处的政治处主任！"

七十一 千帆尽

"什么?"李若烟不敢相信自己的耳朵,"与八路军办事处有什么关系?"

"具体情况等抓捕成功后再说吧。"织田冷淡道,"李主任,赶紧召集人手,布置明天的抓捕行动。"

"好!那沈云屏如何处置?"

"放在新亚饭店吧,"织田道,"他是主动投诚。"

李若烟答应,道:"那么我带英杨回去开会了,他是情报处长,应该参加明天的行动!"

织田眯了眯眼,看着英杨不说话。

"课长,"李若烟向前一步,低低道,"您不会真相信沈云屏的鬼话吧?此人被重庆免了职,气不过跑来投诚,又不敢全盘交出军统上海站,才想出这样的花招!"

织田想了会儿,说:"比起重庆,我更讨厌延安!"

"所以明天的行动必须让英杨参加!这也是试探!"李若烟劝说道,"毫无情由怀疑自己人,传出去兄弟们寒心,就没有诚心做事的人了。"

织田迟疑半响,道:"还是让英杨留在这里吧!明天可以让他参加行动,但今天晚上,最好别让他乱跑。"

李若烟见他态度坚定,知道多说无用,只得答允了。

******

李若烟走后,会客室只剩下英杨,还有珍姨和小虾米。英杨找小宫要了张毯子,让小虾米睡在沙发上。珍姨愁道:"这里没有奶粉,虾米要哭闹的,可怎么办!"

英杨也没办法。然而比起小虾米的夜奶,他更发愁明天的事。为什么八路军办事处会掺和进来?下午和郁峰见面时,他根本没提到这事。

这么晚了,登报来不及,呼叫仙子也没可能。等邮递员不现实,联系高云更没办法。英杨不能出去,他完全束手无策。

所有渠道都堵死了,留给英杨的唯一办法就是袖手旁观。

他坐在沙发里,努力理清思路。明天在雅恩咖啡厅的三个人,郁峰、贺景枫、八路军办事处政治处主任,但是很明显,李若烟只肯放走英杨。

英杨开始烦躁,就在这个时候,小虾米忽然哭了。

珍姨抱着他拍哄，却无济于事，小虾米越哭越响亮。"小少爷，"珍姨急起来，"小虾米到时间喝奶了，就算没有奶粉，至少给些温水，孩子又渴又饿啊。"

英杨心头牵痛，说："我去找他们要！"

他转身打开会客室的门，用日语对宪兵说："我的孩子饿了，如果没有奶粉，请给些温水。"

宪兵当然听懂了，但他冷冰冰地看着英杨，并不答话。英杨急起来，厉声道："请您把这事汇报给小宫少佐，我是特工总部的情报处长，不是你们的犯人！"

"没有奶粉，也没有水。"宪兵冷冰冰地说，"找谁都没有用。"

英杨正要发怒，忽听着织田办公室的门一声轻响，冯其保从里面走出来。英杨看得真切，不由激动道："冯处长，请你帮帮忙！"

冯其保捏着只文件袋，仿佛是为公事来的。他见到英杨非常惊讶，奇道："小少爷？你怎么在这里？"

"我的孩子没有奶粉也没有水，"英杨忙道，"冯处长有办法吗？"

"哦哦，这孩子哭得叫人心疼，我去想想办法。"冯其保说罢匆匆走了。

小虾米已哭得声音嘶哑了，又等了十多分钟，冯其保拎着个纸袋子，跟着小宫走过来。

"让他把东西送进去，"小宫说，"冯处长，你放下东西就出来，不要耽搁。"

冯其保点头哈腰，连连答允，这才进了会客室。英杨仿佛见到救星，赶紧接了纸袋，里面是奶粉和杯勺。

珍姨赶紧去冲调奶粉，英杨顾着拍哄小虾米。就在这时候，冯其保忽然说："小少爷，钱先生求租吉屋，两小间即可，有意者，请联络保罗路71号。"

一听这话，英杨如遭雷击，不可置信地盯着冯其保。

借着小虾米的哭声掩护，冯其保低低说："我去特工总部送奶粉，听骆正风讲，沈云屏投敌自首，把你给供出来了。现在需要我做什么？"

"您是……"英杨轻声问。

"仙子小组的现任组长，时间不多，有什么需要我做的吗？"冯其保再次催促。

英杨忽然明白了，微蓝回上海刺杀魏耀方，能够不出展翠堂就与仙子联络，因为冯其保常来展翠堂。还有，为什么微蓝能到冯家去做家庭教师，现在都有了答案。

"替她联系组织，也是您帮的忙？"英杨低低问。

"她在根据地失联后，组织上通知仙子小组帮助寻找，于是我约她去了展翠堂。"冯其保匆匆说，"她见到我，说了心里的难处，主要还是怕伤了孩子。"

"那么您……"

"我同她商量，应该向组织报个平安，但只说胎象不稳要静卧三个月。最后组织回复，给了三个月的假。"

英杨几个月来积攒的愧疚得以缓解，却叹道："她还是超假了！"冯其保急道："小少爷，她的事就放放吧，咱们先说眼下。"

英杨回过神来，忙道："请通知八路军办事处，明早十点在雅恩的约见是个陷阱，千万不要去！"

事情牵扯到八路军办事处，冯其保显然也吃惊，他立即问："可他们凭什么相信我？"

英杨没有别的办法，只能拿出贴身收着的半枚硬币。这是他未来与组织恢复联络的凭据，但眼下顾不着了！他咬咬牙把硬币交给冯其保："姬冗时看到这个会相信你。不过也请带话给姬先生，让他千万再设法还给我！"

看着英杨的无可奈何，冯其保虽不解其意，却没有多问。他收起硬币说："我这就去！但你如何脱身？"

"我的事都安排好了，您给八路军办事处带到话就行！"英杨想想又说，"再给骆正风带句话，让他把我儿子送到码头，交给华明月，此事万万不能叫李若烟知道！"

"骆正风？他可靠吗？"

"他知道我的身份，此人只要挣钱，不管别的事。"英杨说，"麻烦您垫付他四根金条，等脱险之后，我再设法寄还给您。"

"这时候还说这些？"冯其保一摆手，"我那许多生意，也不是白做的。"

他说罢匆匆而去，英杨的心头大石轰然落地。

小虾米喝了奶粉，渐渐止住哭声，在复归安静的会客室里，英杨想，也该收网了。

******

第二天早上九点半,英杨被带到雅恩咖啡厅附近。李若烟带着特工总部熬了一夜,脸色很不好看,见到英杨,他懵着眼睛吩咐:"去把英处长的衣服拿来。"

随从立即拿来一套咖啡厅侍者服饰。

"把这个换上,"李若烟玩笑道,"织田课长口谕,让你扮作服务生等在东包间,人到齐了由你实施抓捕!"

"我?"英杨看着李若烟,眼睛里有很多话。

李若烟拐着他走到一边:"织田忽然抽风,我也没办法。我昨晚去看了咖啡厅,厕所有个气窗,外面没有看守,你找机会跳出去吧。"

"那你呢?"英杨问,"你不怕织田秋后算账?"

"我自然有办法,"李若烟挤眼睛笑道,"放心。"

"那好吧,"英杨说,"能不能把我儿子先送到车站?他不走,我什么也不执行,叫织田杀了我吧!"

李若烟的笑凝固在眼睛里,但他很快调整了表情,说:"我昨晚就同骆正风讲好了,现在就叫他跑一趟。"

"好,"英杨说,"他出发了,我换衣裳。"

李若烟果然叫来骆正风,让他把珍姨和小虾米送到车站去。骆正风答应得很爽快,他甚至不要司机,自己开车送珍姨和小虾米。

汽车发动起来,骆正风对英杨敬个礼,笑道:"小少爷!我可是够意思了,亲自做司机!"

看来他已经收到了冯其保的金条。

英杨微微鞠躬,说:"多谢,骆处长费心了。"

目送他们离开后,英杨开始换衣服。

"现在是九点三刻,"李若烟看着手表说,"估计八路军办事处主任和重庆专员不会准时进去,总要迟两三分钟。"

"是,那我出发了。"英杨回眸看看李若烟,"李主任,少喝咖啡,多保重身体。"

李若烟亲昵地拍了拍他的肩膀,笑容温暖。

英杨于是过马路,走进被重重监视的雅恩咖啡厅。他敲了敲东包间的门,里面传来郁峰的声音:"进来。"

英杨推门进去，悄悄反锁了门，说："沈云屏叛变了，他出卖了今天的约见，你赶紧从窗户逃走吧，咖啡厅里全都是炸药。"

听了这话，郁峰并不慌，反而笑起来："我知道。"

"你知道？"英杨怔了怔，"什么意思？"

"说要炸掉咖啡厅，是我和李若烟商量好的。"郁峰看着英杨满脸的震惊，微笑道，"英处长，时间紧迫，你坐下来，听我细说吧。"

"我知道了！"英杨脱口而出，"你就是李若烟设在军统的内线！"

郁峰微笑点头："不错，英处长果然机敏能干。"

"血洗龙华机场和江苏银行都是你透的风，还有那次不痛不痒的街头刺杀，也是你和李若烟联手表演，为了血拼军统找个借口！"

"是的，都是鄙人的手笔。"郁峰得意笑道，"这些是你知道的，还有你不知道的，比如刺杀魏耀方。"

"怎么说？"

"更新舞台只是开场，经过那次，魏耀方开始变现资产，他想溜了。我当然不能让大肥羊跑了！必须让他死在上海！他死后，日本人忘了有这么个人，可魏耀方的债主都没忘啊！他做了几年汉奸，害死的人不计其数，正房和两个儿子被吓破了胆，花掉大半家财买了去美国的路。"

"他们问谁买的路？"

"出面的当然是李若烟。"郁峰笑道，"铺路的照旧是我。"

"你们这是赤裸裸的讹诈啊！"

"魏耀方是臭名昭著的大汉奸，没人会为他鸣不平，英处长要替汉奸出头吗？"

"你假装借高利贷，引着我结识陈玄武，又安排下罗小莲，一步步把陈玄武喂到我嘴边。"英杨感叹道，"郁峰，姬先生说你不满国民政府消极抗日，因此弃暗投明，看来也是假的了。"

"我做的生意，就是把情报炒到最高价，再卖给需要的人。不管是重庆还是延安，是汪派还是日本人，我都要玩得转。"郁峰微笑道，"比起来姬冗时最好骗，只要扮演热血就行了，军统要困难得多，他们还要钱。"

"那今天这局是什么？你要见重庆专员就罢了，为什么把八路军办事处也扯进来？"

"欧洲战场已经完蛋了，法国只坚持了三十九天！"郁峰泰然道，"这世界说不准就是德意日的天下了,我当然要向日本人表示忠诚!重庆专员和八路军办事处主任,是我给织田送的见面礼,他们开出的价钱好,我还有多多的供应!"

"这礼物也包括我吗?"

郁峰发出轻蔑的笑:"对不起,小少爷,你的分量不值得。相比起来,你应该回到重庆,以备不时之需。"

"什么意思?"

"日本人不差你这个共产党,但贺明晖的大儿子是共产党,这却很重要。"

"等我到重庆同贺明晖相认,你们才好拿出浅间日记,像讹诈魏耀方那样,要挟贺家做事。"英杨说,"你们能查到我的身世,一定知道贺明晖没有再娶亲,他很在意自己的两个儿子。"

"特别是你,"郁峰得意地指向英杨,"贺明晖一直在打听你的消息,当姬冗时让我查查贺家时,我立即就明白,大肥羊又送上门了!"

李若烟说了那么多,又是曾经做过共产党,又是以后只求留条命,果然都是演戏。他的根本目的是和郁峰搭档,利用情报赚取更多私利。

在这乱世里,许多人不为任何党派工作,他们只为自己做事,就像静子曾经说过的"职业间谍"。

看着泰然处之的郁峰,英杨回想与他相识的点点滴滴,不得不感叹此人才是真正的特工。他没有信仰,不谈理想,不讲感情,只认钱,只论得失。

"你们也是有组织的吧,"英杨道,"我不敢相信,你和李若烟就敢周旋在重庆、延安和日本人之间。"

郁峰笑道:"英处长果然精明,我正在等您发问呢。您听过宝莲山堂吗?"

英杨摇了摇头。

"山堂本部在南京,在黑市能购买到的情报,百分之七十源自山堂。"

"你是宝莲山堂的成员?"

"我的事就不多说了,"郁峰笑道,"您只要乖乖地去重庆,到达之后,山堂的人会主动联络你。他的右肩有一枚和我相同的刺青。"他一边说,一边拉开衣裳,让英杨看肩胛处的纹身。那是一朵黑色的五瓣莲花。

英杨脸色微白,盯着郁峰不说话。

郁峰却理好衣服,抬腕看表道:"还有几分钟,八路军办事处主任和重庆专员就要来了。你现在去洗手间,锁上门从气窗爬出去,这条路是李若烟留给你的。"

"李若烟说,这里会炸掉。"英杨道。

"怎么可能!"郁峰笑起来,"重庆专员和八路军办事处主任,两头大肥羊,不献给日本人我怎么能同他们谈判?"

他停下来,欣赏着英杨变幻莫测的脸色,得意着摊了摊手:"英处长,你没有选择了,除非愿意陪着八路军办事处主任和重庆专员被捕,那又有多大价值呢?"

英杨皱起眉头,郁峰却越发得意:"英处长到了重庆,要多给我们金融情报,还有关于重庆高层的动向。"

"我在党内休眠,却要为你们做事。"英杨说,"传出去真是丢人。"

"你出卖的不是自己党派的利益,是重庆政府的利益,何乐而不为呢?还有,你若有钞票上的需求,可以提出来。山堂最喜欢的,就是爱钱之人。"

英杨不置可否,却说:"但我还有件事不明白,八路军办事处政治处主任,为什么突然要来这里?"

七十二　尘满面

"是我告诉姬先生,重庆专员想见他们,谈谈共同抵制中储券的事。"郁峰说着叹气,"你们共产党就是爱管闲事,这小钩子一钓,立刻就上钩了。"

原来是这样。英杨看看手表,时间不早了。

"也许你不知道,李若烟早就同我摊牌了。"英杨慢条斯理地说,"他说知道我是贺景桐,也知道我是延安的,他说愿意帮我,希望等日本人走了,我也能帮帮他。"

郁峰有些意外。他不明白英杨为什么在这时候说这个,于是安静听着。

"所以我一直在想,有什么人既知道我和贺家的关系,又知道我的政治身份。开始我以为是沈云屏,但是沈贺两家不和,如果他知道我是贺景桐,一定会汇报给重庆,甚至把我卖给日本人。"

"看来李若烟挺没脑子的,"郁峰冷冷地说,"他多了这句嘴,让你想到我了?"

英杨点头:"但我不敢确定,毕竟你是姬先生亲自背书的人,是我在上海唯一的联络员。"

郁峰发出短促的冷笑。

"直到罗小莲暴露。"英杨叹道,"我早就怀疑家里有鬼,但没想到是这个十几岁的小丫头。但即使她露出马脚,我最初也以为,她是沈云屏派来的。"

"那是什么让你怀疑我?"

"罗小莲服毒自尽,毒药藏在她的牙齿里。这死法让我想到了金灵遇刺时,凶手也是咬碎牙齿服毒。我于是送罗小莲去尸检,她牙齿里的毒药和山猫服下的毒药一模一样。"

"没想到英处长躲在家里,还能做那么多事。"郁峰有些意外。

"我做总务处长时,干得最多的就是善后。"英杨道,"处理尸体是日常。"

"可这也不能说明是我!山猫吃下的毒药也可能是沈云屏给的,事情还是指向沈云屏啊!"

"是的,我怀疑你,却不敢认定是你。但沈云屏去特高课投诚了,我本来以为事情要终止在昨天晚上,但是突然冒出一个八路军办事处政治处主任来。"

英杨紧盯着郁峰:"这事总和沈云屏无关了吧?"

郁峰抽动嘴角:"沈云屏真是猪啊,我也没想到,他会跑到特高课投诚,就为了拿浅间日记同你鱼死网破。"

"他去了特高课,你代理站长的价值就不高了。所以你才要加码,重庆的专员、延安的主任,两大筹码加持,你才好张口开价。"

"不错。"郁峰坦然承认,"本来我今天的任务很简单,把山堂的刺青告诉你,然后卖掉重庆专员。至于军统上海站,等我上任之后,可以把它卸成八大块,慢慢卖给织田。但是被沈三给搅了。"

"沈云屏怎么知道是我做了那张汇款单?这是你告诉他的吧!昨晚他要去我家,偏偏你约我到面包房见面,这是巧合吗?"

郁峰咧了咧嘴角:"英处长聪明人,猜得不错,为了方便沈云屏找你算账,我特意打电话约你出来。"

"这话我听不懂,"英杨道,"不想让他投诚日本人的是你,给他创造条件劫持我儿子的也是你,为什么?"

郁峰冷笑不答。英杨心里一动，道："你没想到他会去特高课，在你的计划里，我不在家，沈三一怒之下应该杀了我儿子！"

郁峰露出森森笑意，算作默认了。

"你真阴毒啊，小孩子才多大？"英杨皱紧眉头，"所以罗小莲也是你的人！"

"她不是我的人，她是宝莲山堂的人。"郁峰漫声道，"和李若烟一样，是山堂派来辅助我的。"

"那么刺杀金灵是你做的，和沈云屏也没关系！"英杨恨声道，"我真不明白，金灵怎么惹到你了？"

"你不觉得她碍事吗？"郁峰道，"等你到了重庆，作为贺明晖的长子，有多少不敢想的好姻缘在等着你？那个什么美术老师！除了有张漂亮面孔一无所有，她死了最干净！"

在英杨的婚姻上，李若烟和郁峰的看法如出一辙。现在事情很清楚了，他们并不想英杨娶林奈为妻，他们要的是英杨以未娶之身到达重庆。

所幸送走了林奈，否则郁峰要解决的，就不只是小虾米了。这是英杨初次听闻宝莲山堂的名头，却被这样狠毒的行事手段震惊了。

"那么你让小莲给金灵下毒好了，为什么只是挑拨？"

郁峰犹豫了一下，悻悻道："听说她有个表姐，是八卦门十爷的相好。"

英杨恍然："原来你不敢惹十爷！"

"李若烟跟我讲，那丫头的爹很可能在八卦门混过，能叫十爷的相好陪着去东亚大菜楼。"他皱眉道，"英处长，这事给透个底吧，她和八卦门什么关系？"

英杨到了这时候，才佩服微蓝的狠。她十六岁离开家，只为救高云回去过一次，这么多年过上海不入家门，为的就是雁过无痕。

"她爹爹是练武的，在八卦门认得几个故人。除了远房表姐是十爷相好的，没别的深交。"英杨说。

"我曾经以为她是卫清昭的女儿，"郁峰说，"但想想不可能，她都怀孕了，卫清昭能不闻不问？"

英杨暗吸凉气，真切体会到什么是如履薄冰，若踏错半步，后果不堪设想。

"宝莲山堂也忌惮八卦门吗？"他嘲讽着问。

"江湖规矩，练武的最好不要沾。"郁峰道，"这群人不求财不要命，为了些没用的大道理,油盐不进好赖不分!谁有空同他们纠缠!"

"所以你不敢动她,只想气走她。"

"是啊,她不是有个姑母在苏州嘛。"郁峰懒洋洋说,"但我不明白,她为什么把小崽子留下了?贺大少拖个孩子,婚姻筹码就要降格,我只好动用沈云屏,借他的手把这崽子除掉!"

他说完了,有些忌惮地看看英杨,然而英杨非但没生气,反而平静得吓人。

"金灵是走了,可是小莲也失踪了,你没起疑吗?"

"我说了,小莲是宝莲山堂的人,她又不是我的人。有事她联系我,没事不联系我也正常。我这头顾着沈云屏被免职调查,哪有时间管她?"

郁峰不耐烦地看看手表:"已经过十点了!你再不走就来不及了!难道真想陪着那两位进去?"

英杨笑了一声:"你想过没有,我既然怀疑你有问题,怎么会让今天的约见照常进行?"

郁峰这才呆了呆:"什么意思?"

英杨拔出腰后的枪,平放在桌上:"八路军办事处主任和重庆专员都不会来,你的计划落空了。"

郁峰扫了眼桌上的枪,语带讥诮:"你没时间登报联络专员,也不可能通知到八路军办事处主任,别想讹我。"

"你若不信,就等着看吧,现在已经十点零五分了。"英杨敲一敲手表说。

时间分秒流逝,面对气定神闲的英杨,郁峰渐渐坐不住了。

"你真通知到他们了?"

英杨不回答,却转开了说:"如果我是你,会先想一想,重庆专员为什么要选在这里见面。"

"为……什么?"

英杨指指废弃的壁炉:"这后面有个通道,可以绕出这条街,直达码头。"

郁峰的眼睛慢慢睁大,不可置信地看着英杨,半晌道:"那又怎样?外面被围成铁桶,你敢进壁炉我就会开枪,听到声响李若烟的人会马上进来!再说你的手废了,论到动枪,你未必能走到壁炉!"

"说到我的手,我还有件事求教!无名咖啡馆是你介绍给李若烟的吗?那咖啡里究竟有什么东西?"

"咖啡馆是宝莲山堂的联络点,它本名叫十三号咖啡室。"郁峰得意洋洋,"咖啡里当然有东西,英处长已经体会到了吧!"

"你害我也就罢了,为什么要害李若烟呢?"

郁峰笑起来,然而在他要说出答案时,英杨左手急抬,几道银光从他袖口飚出。

郁峰的手早已搁在枪套上,他的眼睛也紧紧盯着英杨的右肩,但他没料到英杨动的是左手。

成没羽送给英杨的盒子派上用场,十枚钢针穿透郁峰的额骨,血流出来,瀑布般遮住他的面孔。

验实郁峰断气后,英杨打开壁炉的机关,从容不迫地走进去。上海沦陷前,雅恩咖啡厅曾是军统的秘密执行点,因为这条密道直通码头,他们会把目标人物骗到这里,杀手从壁炉现身,刺杀后从容离开。

沪战失利后,雅恩也被军统废弃了,现在的老板是日侨,并不知道这里的机关。这次贺景枫来沪,由于任务特殊、身份特殊,她被告知了这条密道,以备不时之需。

在圣保罗教堂,英杨提醒贺景枫小心郁峰,并且商议了最终除掉他的办法。专员约见本就是英杨与郁峰摊牌的,贺景枫当然不会来。

这条密道英杨事先走过,虽然废弃了两三年,但是畅通无阻。

密道出口在一处空置民居。英杨爬出来,换上事先放好的衣物,压低帽子走出去。码头就在对街,他过马路直接到贵宾休息室,华明月已经等在门口。

看见英杨,他一脸惊喜地迎上来:"处长!"

"小虾米和珍姨呢?"英杨立即问。

"骆处长送过来了,在休息室,和贺小姐在一起。"

英杨一颗心放下来,问:"拿到船票了吗?"

"拿到了,十一点开船,大菜间可以提前登船。"

英杨进了贵宾休息室,带着他们从特别通道上了船。验看证件船票后,英杨抱着小虾米走上船板,然而就在这时候,身后传来巨大的爆炸声。

李若烟还是引爆了炸弹。重庆专员和八路军办事处主任迟迟不出现,郁峰死了,他没办法交代了。

不只是向日本人交代,他也没办法向宝莲山堂交代。

四周一片惊慌,英杨眺看不远处腾空而起的黑烟,在心里说,上海,再见了。

※※※※※※

到达武汉之后，贺景枫联系军统，给英杨等人办了入渝特别通行证，自此一路顺利，到达重庆。

重庆与华盛顿、伦敦、莫斯科，并称为"反法西斯战争四大名都"。作为其时国民政府军事指挥中枢与外交中枢，重庆有着得天独厚的地理优势，长江天险在前，群山环抱在侧，迫使日军只能运用空中优势实施打击。

英杨下榻在嘉陵宾馆，又名"国际联欢社"，各国使馆人员喜爱在此聚集。这里是贺景枫推荐的，说是热闹又安全。

这一路英杨与贺景枫时常谈心，知道她在军统机关里做文员，因为中储券的任务特殊，所以抽调她去上海。现在试探到何立仁愿意与重庆合作，贺景枫算是完成任务，后期跟进军统会另派他人。

想到贺景枫不算真正的军统特务，英杨不由松口气。安顿好英杨之后，贺景枫就告辞了，临行前说要让成没羽来看望，英杨却阻止了。

"因为你姐姐的事，十爷那边与我断绝了往来。"英杨说，"成没羽跟着十爷多年，来看我不好，不来也不好，何必要他为难。"

贺景枫叹气道："那么你和姐姐只能这样了？"

到了重庆，英杨的斗争目标改变了，他不能对贺景枫说实话，只好笑笑不答。

"我真想带你回家，叫我爹看看，你像不像我哥。"贺景枫说，"他一定很惊讶，世上有这样相像的人！"

英杨想起姬冗时的嘱托，他不能主动出现在贺明晖面前，于是拒绝道："看见和自己一模一样的人，会很尴尬，等等再说吧。"

贺景枫无奈，只得独自告辞了。

在宾馆待了三天，军统首次约见英杨。地方定在邹容路路口的露天广场。等待军统来人时，英杨习惯性地观察四周，但他很快意识到，这里是重庆，不会有日本宪兵的刺刀马靴，不必时不时就鞠躬叫"太君"。

英杨忽然觉得，重庆的空气无比自由香甜。就在他沉醉时，一个穿中山装的男人走过来。

"你是英杨吗？"那人说，"你好，我姓王，王仁桂。"英杨与他握手，称他王先生。王仁桂很客气，说英杨在和平政府工作过，要经过一段时间的考察。

"应该的,"英杨说,"我接受安排。"

"我们会给你安排一份工作,让你在考察期能生活无虞。但是战时谋职艰难,希望你不要嫌弃。"

"我不嫌弃,"英杨说,"能吃饱饭就行。"

"是这样的,重庆大学美术系缺一个校工,不知你可能接受?"

听到美术系,英杨立即想到微蓝,莫名其妙涌起了好感。他不假思索地说:"我能接受。"

"那就好,每月工资十六元,虽然少点,但吃饱穿暖没有问题的。"

英杨怔了怔,他在上海每月薪水四百余元,也只够基础开销。动不动成千上万的应酬,都要动用灰色收入,现在收入锐减到十六元,只能坐吃老本了。

"没问题,"英杨说,"我什么时候去报到?"

王仁桂见他爽快,也很高兴:"下周一就报到!"

"那么,我之后如何与您联系呢?"英杨又问。

王仁桂却迟疑了一下,讪笑道:"考察期没什么大事,咱们也没必要保持联系。"

英杨忽然意识到,军统这是不接收的意思。换句话说,若非贺景枫居中协调,军统对英杨投诚不感兴趣。这也没错,和平政府高层埋着多少军统的眼线,英杨这个职位无足轻重。

一个月薪十六元的校工职位,就把英杨打发了。

"好吧。"英杨笑笑,"王先生,麻烦您跑一趟了。"王仁桂多少有些尴尬,僵笑两声道:"您客气了,那么,我就不打扰了。"

他说罢掏出四个小本,是贺景枫托他办的,英杨一家的在渝证件。英杨再次道谢后,王仁桂飘然而去。

英杨独自坐在广场上,看着寒风卷起三两片落叶簌簌向前,又是冬天了,1940年快要过去了。

七十三 燕归来

英杨按时到重大美术系报到,校工的任务是打扫卫生、收发报纸杂志以及各类跑腿杂事。英杨气质出众,衣裳做工考究,刚去时许多教授不敢使唤他，待他十分客气。

过了几天，英杨便换上粗布衣裳，心甘情愿泯然于人群。然而有几个教授仍旧对英杨另眼相看，其中有位陈雪莹，待英杨格外亲近。

英杨初来乍到，当然想处好关系，因此也愿意帮陈雪莹做事。有时替他写几封回执，又或者编排些目录表格，被陈雪莹大加赞赏。他认定英杨明珠蒙尘，说他不至于来做校工。英杨只得说谋事艰难，为了养活孩子，只能做这份工糊口。

陈雪莹十分同情，多次向系里建议，因此三个月试用期满，英杨便从校工转做了文书，不再做体力活，只帮教授们做些案头杂务。薪水自然也升了，每月二十八元。英杨十分珍惜，也很感谢陈雪莹。

入职重大后，英杨便退了嘉陵宾馆，在左近租了间房，但是重庆大小轰炸极多，那套房没有地下室，躲轰炸十分不便。英杨便同陈雪莹讲起，说想重新租房子。

陈雪莹闻言笑道："我正有个朋友，在松林坡有个宅子出租，带院子带地下室，你可要去看看？"

松林坡离重大不远，英杨满口答应，跟着陈雪莹去看了房子，当即定下来，转天便搬入了。直到这时候，他这一家子才算在重庆安顿下来。

这几个月，华明月跟着英杨颠沛流离，显出许多优点来。他自小混在码头车站，知道凡事要动脑子想办法，比张七要灵活许多，英杨不在时，他将珍姨、小虾米照料得十分周到。

英杨渐渐松下心来，午夜梦回，想想现在的生活，英杨是满足的。没有如履薄冰的危机，也没有挖空心思的算计，每天只是柴米油盐，活得轻松自在。如果微蓝能在身边，他就更满足了。

人一旦轻松，时间便如丝滑水，哗哗地过去。转眼小虾米快八个月了，能够爬来爬去，咿咿呀呀地和英杨说话。英杨每日陪着他，舒畅无比，用什么也不肯换的。

学校的工作并不复杂，英杨闲来无事，便去听陈雪莹上课。他虽没有功底，却很愿意跟着画几笔，陈雪莹赞他有天分，很高兴英杨好学。一来二去，陈雪莹做学术小课题，也要捎着英杨一起。做学问的间隙，陈雪莹时常带英杨出入艺术界，常去的是会仙桥的心心咖啡厅。

这间咖啡厅门面不大，十色压花玻璃弹簧门光泽夺目，门头上两颗红心代替汉字宣扬店名,下头一排花体英文,龙飞凤舞。

英杨感叹,重庆的时髦比上海要杂烩得多。

心心咖啡厅不仅卖咖啡,也有红茶、可可并着各式西点。陈雪莹聚会多设在此,英杨带了耳朵跟去,那里头高谈阔论,他只坐着不说话。

他的形象加分,又肯出头结账,懵懂谦虚招人待见。慢慢地,郭沫若、田汉、梁实秋,甚至张恨水、茅盾,这些与英杨八竿子打不着的名人,都成了熟悉面孔。

平心而论,在重庆大学的生活是愉快的。英杨乐在此间,恨不能接了微蓝来,同他一起过过这样的日子,谈书论画,清心度日。

这天听罢了课,陈雪莹笑道:"英杨,下午四点轮着我做东,依旧在心心咖啡厅,你不要迟到。"

英杨满口答应道:"我下午没事,不如早些去。"陈雪莹没想到英杨要早去安排会账,随口答应了。

英杨三点半到了心心咖啡厅,订下小沙龙的位置,点了咖啡、红茶和几色西点。他安排妥当,看看时辰还早,取了份当天的报纸,一面看一面往窗口的空位去。到了窗前,他被报纸吸引,只顾站着看报,忽然一只公文包扑拉一声丢在桌上,有人沉声道:"你怎么在这儿!"

英杨侧脸看去,来人已自顾坐进对面沙发,取下鼻梁上的眼镜,掏了软布擦拭。英杨在那瞬间有些恍惚,不知该怎样形容这人,他脸上的皱纹极深,却又英俊沉静,显得气度非凡。

无数关于他身份的猜测席卷英杨,可他仿佛政客,仿佛精英,仿佛学者,仿佛生意人,每个词都像为他所造,又不能涵盖其万一。

英杨头一次尝到震慑,只呆呆站着,没有说话。

见英杨不说话,那人有些不快,抬起脸说:"我听说你今天放假回来,为什么不先回家?见到你妹妹了?"

英杨不动,不知该怎么办。就在这时,那人收起眼镜布,重新戴上眼镜,从容示意英杨:"你坐吧。"

英杨仍呆站着,那人忽然一愣,轻声说:"你不是贺景杉?"

是他。英杨想,就是他了,贺明晖!

一股巨大的夹杂着激动不安的复杂情绪,绞得他仿佛落进东海龙王的无底漩涡,旋转着失去了感官。

"很抱歉,"贺明晖的语调立即温和了,"我认错人了。"

英杨低下头,匆匆说:"没关系。"

他攥着报纸转身要走,贺明晖却叫道:"这位先生,你等一等。"英杨鬼使神差地站住了。

"能坐下聊两句吗?"贺明晖柔声说,"只耽误你一会儿。"

该来的总会来的,英杨攥紧的手慢慢松下来。他转身坐下,道:"我没什么事,不耽误的。"

"好。"贺明晖眼睛里闪着期盼的光,"请问你贵姓?"

"我姓英,落英缤纷的英,单名一个杨字。"英杨说。

"哦?这个姓十分少见,据说起源在满洲。"贺明晖眯眯眼睛,"你是满族人吗?"

"我不是,我是汉人。"

"好,好。"贺明晖又说,"我之前也知道一个姓英的朋友,他在上海,他叫英华杰,你听说过吗?"

英杨怔了怔,抬眼看向贺明晖,说:"他是我父亲。"

贺明晖明显愣住了。他不可思议地看着英杨,喃喃道:"我记得,他的儿子不该是你这个年纪。"

"我是他收养的。"英杨回答。

然而真相就在眼前,英杨忽然害怕了。一股不安催着他站起身,说:"这位先生,我要先告辞了。"

贺明晖早已魂不守舍,听说英杨要告辞,他只是茫然地点了点头。就在英杨转身要离开时,天边一声尖锐的鸣号,紧接着,低沉的警报声呜咽贯空而来。

咖啡店老板尖叫一声:"炸弹!"闪身便往外跑。明亮的大玻璃窗外,流水一样的平安人生被丢进激起千层浪的石头,行人抱头乱窜,恐怖气氛四下蔓延。

英杨无暇细想,回身扶了贺明晖便往外冲。他在心心一带混得极熟,知道最近的防空洞在哪里。出了心心,街上行人全在逃命哀号,妇女的尖叫声和孩子的哭泣声四散而起。

人群向着一个方向飞奔。英杨扶着贺明晖跟着往前跑,冲进最近的防空洞。里面人满为患,汽灯的光亮微弱,沉默笼罩着一张张麻木的脸。炸弹落

167

下的声音钝重而遥远,像山神挥了石锤,一记记砸向人间。

各种气味充塞着,浓烈的汗酸味,食物的鲜辣味,复杂的脂粉味,呼出的沉浊气息,这些混杂着渐渐难闻。

英杨在这里体会到生的平等,没有三六九等,没有上等人与下等人,所有人都在求生边缘艰难挣扎。

不知过了多久,直到警报解除的低鸣声响起,英杨才惊觉,贺明晖一直牢牢抓着他的手。

出了防空洞,贺明晖问:"你还回心心吗?"英杨匆匆道:"不,我要回家。"他转头就走,贺明晖却叫道:"等等!我用马车送你!"

英杨站了站,重庆坡多,汽车没有马车方便,可这时候哪里有马车?

"我去打个电话。"贺明晖匆匆说,"你在这儿等我。"

他也许怕英杨走掉,不由自主小跑起来。英杨看着他的背影,这是常年优渥生活养出来的绅士,根本不习惯小跑前行,他这样奋力跑着,显得很滑稽。

贺明晖跑进最近的烟杂店,借用电话拨回家里,要马车来接。他匆匆说完放下电话,一回头,看见英杨站在不远处。贺明晖一颗心放下来,推了推眼镜笑道:"我很怕你等不及,先走了。"

英杨没说话,隔了很久,才轻轻点了点头。

在等待贺家马车时,贺明晖和英杨并没有过多交流,他们站在烟杂店的门檐下,看着一片狼藉的街景,远远有人在哭喊,不知是为了塌倒的房子,还是为了死去的人。

"重庆一直都这样吗?"英杨忽然问。

贺明晖轻叹一声:"空袭说来就来,谁也不知道下一秒会发生什么。"他说罢看英杨,问:"你是从上海来的?什么时候来的?"

"有几个月了。"英杨含糊说。

贺明晖正要问他在哪里谋事,却听着一阵马蹄声响,家里的马车来了。

车夫吁住马匹,车厢里先下来个五十来岁的男人,他头顶半秃,生着一双肿泡眼,习惯性地低头含胸。

男人快步走到贺明晖身边,低低说:"行长,您受惊了。"贺明晖不置可否,却向英杨道:"这是傅管家。"

傅管家抬起眼睛,飞快地扫向英杨,却立即吃惊得后退半步,眼神不确定地围着英杨上下打量。

"你也眼拙了吧，"贺明晖呵呵笑道，"他不是景杉，他是，是，嗯，是英家小少爷英杨。如果不是他，也许我今天要被炸死在街上。"

"哦哦，"傅管家惊疑不定，冲着英杨鞠躬道，"这位先生，鄙人傅秋痕，多谢您今日看顾行长。"

英杨略退半步，道："傅管家客气了。"

"不要站在这里了，我们赶紧上车吧。"贺明晖含笑道，"英杨，你不是急着要回家吗？"

傅秋痕听说，赶紧几步走到马车前，拉开门让贺明晖、英杨上去，自己却挤在车夫身边，回身问："英少爷，您要去哪里？"

英杨报了松林坡的地址，马车便起行了。路上，贺明晖问："你来上海的事，英华杰知道吗？"

英杨想，贺明晖和英华杰八成没有交情，因此并不知他谢世了。他说了实情，倒引着贺明晖唏嘘两声，说起当年在上海，英华杰为办实业，几度找贺明晖商量贷款，算是民族企业家。

"国家要富强，小民才能和乐。"贺明晖沉声道，"要国家富强，必然要经济独立，要有我们自己的实业，不能把钱全让洋人赚去了。"

英杨听着，却不吭声。贺明晖转而又问："那么你独自来的重庆？"

"我母亲去法国长住，我就带着我的儿子……"

"你的儿子！"贺明晖眼睛放光，"你有儿子了？"

"是的，快八个月了。我急着回去，就是担心他。"

"那么，快些快些。"贺明晖也急起来，"秋痕！让马车跑快些。"

马车到了松林坡，远看着房子一片完好。所幸这里靠着嘉陵江，敌机怕炸弹落江不肯光顾。英杨跳下车直冲进屋去，等不及地叫道："虾米！小虾米！"

叫了几声无人回应，英杨赶紧进了厨房，拉开地下室的盖板，冲着里面喊道："珍姨！小虾米！"

华明月的声音立即传来："处长，我们在这儿！"

英杨这才放下心，华明月很快抱着小虾米出来，后面跟着珍姨。小虾米倒不慌乱，只是有些愣神，见到英杨立即便伸出小胖手，哼哼唧唧要他抱。

英杨一把接过小虾米，亲了又亲，问："你没事，怕不怕的？有没有哭？"

珍姨忙说："虾米很勇敢，一声没有哭，还摸我的脸安慰我，懂事的来。"

169

英杨又是心疼又是欣慰，抱紧小虾米走出去，看见贺明晖站在客厅里，正伸着脖子张望。眼看英杨抱着孩子出来，他立即喜笑颜开，张开手说："这胖小子，叫什么名字？快给我抱抱。"

英杨只得把孩子递过去，却说："他叫英晓瑕，小名叫作虾米。"

小虾米并不怕贺明晖，乖乖伏在他肩上，还伸手摸了摸贺明晖的眼镜腿。贺明晖高兴得不知如何是好，一迭声说："今天来得急，什么也没带，下回爷爷送你见面礼可好？"

珍姨不知他的来路，只看他真心喜欢孩子，便打趣道："小虾米谢谢爷爷，抱着亲一个。"

小虾米很听珍姨的话，立即抱住贺明晖的脸，叭唧亲了一口。引得华明月噫一声，嗔道："瞧你那口水，涂了人家满脸。"

小虾米咧嘴露出仅有的两颗牙齿，咯咯笑起来，引得大家都笑了。

英杨说不要让爷爷抱着累，接过小虾米交给珍姨。贺明晖便问："你太太呢？"

"她……她不在重庆。"英杨吞吞吐吐说。贺明晖瞧他像是有内情，也不便再问下去，便转而打量房子，问："你租住这里，一个月要多少钱？"

"房租是十七元。"

"那么你在哪里谋事，一个月赚多少钱？"

"我在重大美术系做文书，每月二十八元。"

贺明晖听了，皱眉道："你每月收入大半都付了房租，还要养孩子，这怎么够开销？"

英杨不知怎么回答，便默然不语。

贺明晖却叹一声："今天时候不早了，我先告辞了，改日再来看小虾米。英杨，你不会嫌我烦吧？"

"怎么会？"英杨忙说，"您言重了。"

贺明晖满意地点头，又逗着小虾米表达再见，这才告辞出来。马车上路后，贺明晖问："秋痕，你说是他吗？"

傅秋痕恭敬道："当年韩小姐抱走大少爷，是把出生纸也带走了。如果是他，应该有那张纸。"

"可他为什么会被英华杰收养呢？"贺明晖皱紧眉毛，"英家虽无根基，也不会娶舞女为妻，难道韩慕雪养不了，把他送给了别人？"

傅秋痕沉默一会儿，提醒道："行长，当年英华杰仗着有宋家的关系，为了贷款的事和您闹得不愉快。若他知道是大少爷，未必会养在身边。"

贺明晖默然点头，却长叹一声："怎样试探他才好呢？若是太直接了，只怕唐突。"

傅秋痕不便接话。马蹄嘚嘚声中，他们逐渐远去了。

七十四　天欲雪

贺明晖心事重重到了家，看见贺景杉站在院子里。

因为常年在军旅，贺景杉身姿挺拔，站在那里十分精神。相比之下，英杨习惯微躬着背，仿佛总想躲在人后似的。适才在心心咖啡厅，若非他在窗边歪着头凑亮看报，只凭身形，贺明晖应该能认出他并不是贺景杉。

"这孩子不知吃了多少苦头。"贺明晖心ष泛起苦涩。他与英华杰打过几次交道，知道英家是地道的生意人，对待养子不会太热情。

看见爹爹的马车进来，贺景杉迎上去道："您去了哪里？外头在轰炸，我们可担心极了。"

贺明晖从车上下来，望望儿子说："你怎么有空回来了？他们说前线吃紧，你们团应该结束休整开拔了。"

"开拔之前，回来办点事。"贺景杉含糊着说。

贺明晖问："是你妹妹的事吗？"

"嗯……是。"贺景杉咧嘴笑笑。傅秋痕一看不好，忙打岔说："行长，少爷，别站在院子里呀，咱们进屋吧。"

贺明晖迈开步子边走边道："你不要宠着小枫乱来，她去上海公干，结果带个不明来路的男子回来，还说要嫁给他！这不是胡闹吗！"

"爹爹，"贺景杉紧跟着他说，"您要不放心，可以见见那人，也许没有那么差。"

贺明晖默然不语。父子俩进了屋，贺景杉陪着父亲到书房更衣，等弄妥诸事坐下，喝了半杯茶，贺明晖才说："你这么说也有道理。"

"是啊。"贺景杉笑道，"小枫看着单纯，其实鬼精。她什么时候吃过亏？我想，能让她看中的人，应该不会太差。"

贺明晖沉吟道:"那么你安排吧,找个安静些的地方见面。啊,是了,我记得重大美术系附近有个馆子,是从江苏搬来的,叫做三品堂,淮扬菜很够水准。"

"那我订下雅间,让小枫把人带来瞧瞧。"

"嗯,"贺明晖点头,又说,"雅间订大些,也许我要带几个朋友来。"

贺景杉一怔:"几个朋友?这是咱们的家事……"

然而贺明晖已经想到了小虾米圆乎乎的小脸,他摸了摸脸上被小虾米亲过的地方,微笑道:"是啊,就因为是家事,才要请他们过来。"

贺景杉生起狐疑,觉得他爹不对劲。

******

从父亲的书房出来,贺景杉直接到楼下,截住正要匆匆出门的傅秋痕。

"傅大人,"贺景杉使用昵称,"我爹今天怪怪的,在外头遇见什么人什么事了?"

傅秋痕的肿泡眼一抖:"没有。"

"看看,还瞒着我!"贺景杉笑道,"你这两只眼睛,一说谎就眼皮乱抖,还想瞒着我!"

傅秋痕伸手按住眼皮,退开半步道:"少爷,您可饶了我吧,外头真没事!"他说罢转身就走,生怕贺景杉再缠着。

晚上贺景枫要值班,晚饭只有父子俩吃。偌大的餐室里没有声音,只有碗碟碰撞的轻响。然而贺景杉抬了几次眼,都看见父亲嘴角含笑,不知在偷偷高兴什么。

这老头肯定有事。贺景杉想。

吃罢晚饭,贺明晖坐在客厅里吸烟,却叫来车夫,说明天还要去重大美术系,让他收拾好马车。话音刚落,贺景杉放下报纸:"为什么说还要去?您今天去重大美术系了?"

"啊,去了。"贺明晖索性承认,"怎么了?"

"您是做金融的,没事去美术系干什么?"贺景杉眯起眼睛,"您懂艺术吗?"

"没规矩!"贺明晖不高兴,"不懂就不能学了?"

贺景杉撇撇嘴,放下报纸走进院子。他溜达到门口平房前,咳嗽两声。

刘副官应声跑出来,问:"团副,什么吩咐?"

"明天我爹要去重大，"贺景杉说，"你带两个兄弟跟一跟，瞧瞧他干什么去。"

"啊？"刘副官面露难色，"万一被贺行长发现了，我还能活吗？"

"你不会小心点啊！"贺景杉愤怒，"连个老头儿都跟不住，上了战场你能干什么！"

刘副官咽了咽唾沫，小声说："我又不是特务。"

贺景杉作势要打，刘副官连忙立正："是！"眼看着贺景杉脸色好转，他又凑上来："团副，贺行长去重大也正常，您在怀疑什么？"

贺景杉摸了摸下巴，说："我爹几十年都孤独一个，也许老了扛不住寂寞了。"

刘副官眼睛放光："行长给您找了个娘？"

"呸！"贺景杉啐道，"哪到哪就娘了！你明天老老实实跟去，我听说重大里幺蛾子极多，明白没？"

"放心吧！"刘副官挤眼睛，"保证完成任务！"

******

第二天下午，贺明晖处理完手头上的事，便叫傅秋痕把家里马车放过来，载他去松林坡。

路上，傅秋痕小心道："行长，这个点只怕英杨还在美术系坐班，咱们跑他家去，不好吧？"

"就这样才好，"贺明晖笑眯眯说，"英杨不在，我才能找小虾米的娘姨详细打听。英杨若在，保准又是吞吞吐吐问不出来。"

傅秋痕喏喏答应，一时又道："行长，您确定英杨是失散的大少爷？"

"他和景杉太像，"贺明晖叹道，"他不是景桐，却和景杉百分百相似，这样的概率有多大？"

傅秋痕嗯了一声，说："这概率是不高。"

"你打小就在我家里，说是管家，我拿你当兄弟看的，"贺明晖又说，"你见过素雪的，英杨那双眼睛，是不是同素雪一模一样？看人的样儿都一模一样！"

傅秋痕叹一声道："这么说来，景杉的神情还是更像你，英杨像他娘。"

"是吧！是吧！"贺明晖激动起来，"踏破铁鞋无觅处，得来全不费功夫，真是上天垂怜！"

看着贺明晖这么高兴，傅秋痕却脸色发僵。他想说什么，最终欲言又止。

也许是局外人，傅秋痕比贺明晖清醒，知道贺家长子的身份有多少人盯着。

马蹄嘚嘚声里，车子到了松林坡。珍姨抱着小虾米在门口看风景，看见贺明晖下来，小虾米高兴得手舞足蹈。

珍姨见是昨天来的老先生，便抱着小虾米走过去，笑盈盈道："这位先生，您又来啦！"

"是的，是的。"贺明晖笑呵呵道，"昨天走得匆忙，不知道怎么称呼呀？"

"英杨叫我珍姨，"珍姨有点不好意思，"我在他家里做事的。"

"哦，珍姨！你真是厉害，把小孩子带得白白胖胖！以后我家里添了孙子，要向你取经的！"

珍姨的劳动成果被肯定，乐得合不拢嘴："先生找小少爷吗？他还没有回来，侬里面请，里面坐坐。"

贺明晖满口答应，又向小虾米伸手："虾米啊，来抱抱好吧？"

也许是血浓于水，小虾米一点儿不怕，还伸出小胳膊热情求抱抱。贺明晖接过虾米，先在他脸蛋上亲一亲，这才抱着进门了。

傅秋痕长叹一声，摇摇头跟进去。然而他留了心眼，往门外看看，又关上了门。

等小宅院的门关上了，远处大柳树后面冒出刘副官。他冲着宅子咂舌半日，对跟在身后的勤务兵说："快回去报告团副，他已经有弟弟了！"

******

屋里，贺明晖掏出一只赤金盘丝手镯，套在小虾米的胖手上。珍姨连忙说："哟，这东西太贵重了，小少爷不在，我们不敢收的。"

"不妨事，不妨事。"贺明晖笑道，"我问问你啊，你为什么叫英杨小少爷？"

"他是英家小少爷啊。"

"哦，那么，英家待他好吗？"

"不好！"珍姨撇嘴，"英家大少爷是汉奸！坏得很呐！他把英杨从大宅子里头赶出来，不许他回家的！"

"哦？"贺明晖变色，"是为什么？"

"我没在英家做过事，是小少爷自立门户之后，才上他家里去的。"珍姨叹道，"具体为什么我也不知道，但我听说哦，好像大少爷喜欢的小姐，一门心思要嫁给小少爷，才弄成这样！"

贺明晖一时瞪目，哦哦两声，又问："小虾米是那位小姐生的？"

"不是不是，"珍姨头摇得像个拨浪鼓，"小少爷不喜欢那个小姐，我们虾米的娘老漂亮的，是个美术老师，虽然有几个亲戚在上海，但是斗不过那小姐。"

她说着长叹一声，鼻子发酸道："可怜金小姐，刚出月子就被逼走了！那家人真是，真是，作孽啊！"

贺明晖听着也气起来："刚出月子就被逼走？那家人姓什么！叫什么！简直欺人太甚！"

"他家姓林！是个很大的官！我听他家小大姐讲，是个什么部长……对了！他家和日本人很熟的！"

姓林的部长，和日本人很熟。贺明晖寻思一会儿，问："是不是林想奇？"

"对！"珍姨一拍巴掌，"就是这个名！哎呀先生，小少爷就是不肯娶他女儿，才被逼到重庆来的，唉！唉！"

见她又摇头又叹气的，贺明晖已经痛心。他儿子在上海被林想奇欺负，这在南京或重庆是绝无可能的事！

珍姨瞧他神色愤愤，不由又多一层好感："先生，讲了这么多话，我还没问你贵姓啦。"

"哦，"贺明晖恍然回神，"我姓贺，祝贺的贺。"

"啊呀，姓贺的都是好人！我认得一位贺小姐，也是老客气老大方的！"

贺明晖只当她说客气话，没有多琢磨，又逗着小虾米玩去。眼看着天色将晚，华明月出去找事还没回来，珍姨想着要去做饭，索性将小虾米托付给贺明晖。

贺明晖十分乐意，让她放心自去，自己哄着小虾米不亦乐乎。他想不到还有含饴弄孙的一天，实在喜上眉梢。

客厅里正热闹的时候，英杨回来了。

他人没进门，先看见外面的大马车，知道贺明晖来了。按说这是好事，英杨距离潜伏成功越来越近，但不知怎么，事到临头他有些胆怯。

心心咖啡厅的偶遇以及后来的种种，都让英杨清楚，贺明晖热切且热烈地盼望着找到贺景桐。然而越是这样，英杨越是迷茫。

如果有一天，贺明晖知道英杨回来的真正目的，他会伤心吧？英杨也是父亲，以前不能理解的他现在很明白了，假如有一天小虾米骗了他，他一定会心痛。

英杨心事重重地跨进家门，先看见傅秋痕四肢着地趴在地上，贺明晖抱着小虾米，正要往傅秋痕背上放。

"小虾米！"英杨连忙阻止，"使不得！"

"这有什么使不得？他要骑大马，让傅管家给他骑一下好了。"贺明晖满脸无辜。

"不，不。"英杨连忙抱过小虾米，又去扶傅秋痕，"傅管家请起，这太失礼了。"

小虾米眼瞅着能骑到的大马飞了，委屈的小嘴撇了又撇，终于哇地哭了。贺明晖急道："你看看，把他弄哭做什么？他只是想骑个大马，又没有过分的要求！"

傅秋痕本已爬起来一半，见此情景又伏了回去，抬头道："虾米不哭，给你骑，这就骑啊！"

贺明晖顺势瞪了英杨一眼，夺过小虾米放在傅秋痕背上，边扶着他边嘴里"嘚儿驾"的。英杨简直无奈，他束手站了一会儿，转身进去厨房。

"珍姨，华明月去哪儿了？为什么叫客人带着小虾米？"英杨急匆匆问。

珍姨正在做鸭掌烧鸭翅膀，闻言偏过脸说："华明月这几天不着家，不晓得干什么去了！贺先生人老好的，他愿意带小虾米！"

英杨不便数落珍姨，把一股子恼火都放到华明月身上，恨恨道："这小子越来越淘气，等他回来打断腿！"

七十五　为君开

听英杨说要打断华明月的腿，珍姨笑道："小少爷，你也就嘴头上凶，这家里就你最惯着他！"

英杨张张嘴，无言以对，只得又悻悻回客厅。小虾米骑了一圈大马，高兴得嘎嘎笑，傅秋痕却累得半死，坐在沙发上擦汗喘气。

英杨忙倒了茶水过去，道："傅管家辛苦了。"傅秋痕急忙起身，半躬了身子双手来接，一迭声说："不敢劳动，不敢劳动！"

贺明晖在边上看着，笑道："他给你倒茶水也是该的，你到这个年纪了，在小辈面前要自在受用。"

这话说出来，傅秋痕和英杨都是一愣，暗想贺明晖等于把事情挑明了五成。贺明晖却没察觉似的，又说："英杨，你最近有没有空？我想请你们吃顿饭，算作感谢你空袭时救了我。"

"那点小事是我该做的，您不必客气。"

"哎，虽说是小事，但借此认识了你们一家，又有这么可爱的小虾米，就当作是缘分使然，彼此多些来往好了。"贺明晖笑道，"你这周哪天有空？"

只要陈雪莹没有事，英杨晚上极少应酬。他想了想便说："也许后天可以。"

"那就定在后天！"贺明晖高兴，"后天晚上六点在三品堂，到时候让傅管家来接！"

"不必，我们自己去就是。"

"你来重庆不久，道路不熟悉，还是叫傅管家来接吧。小虾米这样小，我并不放心。"

贺明晖刚说完，珍姨便捧着只青花瓷盆出来，叫道："贺先生！傅管家！开饭了，留在这里吃夜饭吧！"

"哟，哟，这怎么好意思？"

贺明晖嘴上客气，脚并没有要走的意思，反而往饭桌前凑了凑，惊道："呀，这是什么菜？"

"贺先生，您刚刚讲重庆什么都好，就是吃不到南京的鸭四件！我这里没有鸭心鸭肝，只有鸭掌和鸭翅，烧起来给您尝尝，是不是这味道？"

"好，好！"贺明晖大喜，"这味道闻起来就正宗，太香了，重庆找不到这东西！"

他拖椅子要坐下吃饭，英杨也无法，只得帮着珍姨拿碗筷开饭。除了那盆"鸭两件"，珍姨还做了毛豆米炒萝卜干、冬瓜火腿、猪油渣炒青菜，给小虾米炖了鸡蛋羹。

贺明晖大呼丰盛，提筷子便吃，每吃一口总要夸一句。珍姨笑道："贺先生，家里之前借住过一位小姐，也像您一样，吃一口便要夸一句！啊，那位小姐也……"英杨赶紧在桌子底下踩她脚，珍姨这才刹住了。

小虾米把鸡蛋抹得满脸都是,贺明晖顾着给他擦,没察觉珍姨缩住了话头,只是笑道:"我家里的厨子少些烟火气,不如珍姨的饭菜,满满家常的味道。"

听贺明晖这样说着,英杨不由搁了筷子,看向电灯下的欢聚满堂。这场景似真似幻,英杨仿佛再世为人,竟不知该欢喜还是伤感。

吃过饭,贺明晖并没有要走的意思。英杨只好沏了茶,又拿烟卷奉上。

贺明晖接过来看看,道:"你一个月挣不了几个钱,吃穿用度却都是上品,这样能撑多久?"

英杨确实钱包告急。重大美术系是清水衙门,不比特工总部有权有势,浑水摸鱼的灰色收入也多。今天贺明晖来了,珍姨才多做几样菜,英杨也拿出好烟来,素日他们晚间只吃薄粥馒头,肉和蛋省给华明月和小虾米。

贺明晖见他不答,情知英杨有存款也熬不了多久,再说英华杰那样的商人,并不会给养子多少家财。

贺明晖略略沉吟,问:"你在哪里读的书?学的什么?"英杨据实回答,说是去法国学的建筑艺术。

贺明晖皱眉不语,暗想英华杰真是误人子弟,建筑艺术这花架子学了做什么?究竟不是亲儿子,不会认真规划前途,而且"建筑艺术"念下来要比金融经济哲学等便宜,所以才轮到英杨。

他心里不平,嘴上却说:"既然学的艺术,何不在美术系做教员?哪怕助教也比校工好些。"

英杨不便说这职位是军统安排的,只好搪塞道:"美术系并没有开设相关课目,因此不敢提起。"

贺明晖唔了一声,又问:"那么你在上海做些什么呢?"英杨知道躲不掉,只好说:"我在特工总部。"

"特工总部?"贺明晖一惊,"李若烟的特工总部?"英杨点头称是,贺明晖奇道,"你是学艺术的,为什么跑到那地方去?"

"英华杰的大儿子,也就是我名义上的大哥,是和平政府林想奇的学生。因此我……"

这段话同下午珍姨说的对上了。贺明晖暗自点头,接着问:"你在里面具体做什么?"

英杨默然一时,道:"情报处长。"

这四个字吐出来，原本其乐融融的客厅忽地静了下来，贺明晖不再说话了。正趴着玩球的小虾米也觉出不对，拖着小胖腿爬到贺明晖脚边，仰着脸"咿咿啊啊"。

贺明晖这才回转脸色，逗着小虾米笑了。又坐了一会儿，贺明晖便带着傅秋痕起身告辞了，英杨直把他们送到门外，眼看着马车嘚嘚而去。

路上，贺明晖一言不发，只看着街景发呆。等到家进了书房，傅秋痕伺候他换上居家衣裳，才问："行长，英杨在上海做的事，要不要去查一查？"

贺明晖点点头，算作答应了。他拧开自来水笔，伏在桌上写字，说："特工总部是大名鼎鼎的魔窟，他能在里面混到情报处长，你说，这是怎样的人？"

傅秋痕不假思索："精明、狠辣、果断、冷静。"

他说完了，小心探看贺明晖的脸色。后者低头写字，脸上没有表情，屋里静极了，只听见派克金笔摩擦纸张的沙沙声。

过了好久，贺明晖忽然说："我昨日去心心见陶翰听，隔着玻璃窗看见英杨，猛一眼是十足十的景杉，谁知面对面细看了，才发觉并不是景杉。"

傅秋痕不敢吭声，静默着听他讲。

"我说对不起，把他认作了景杉，又邀请他坐下聊聊。我问什么，他便答什么，到后来警报响，他原是要走的，却又跑回来扶着我。再后来送他回家，看到了小虾米。直到今天，我不打招呼又跑到他家去，带他的孩子玩，同他们吃饭……"

他说到这里顿住，良久才喃喃道："一个陌生人偶然闯进生活里，可英杨从未问过我是谁，甚至连句先生贵姓都没有。你说，这是为什么？"

傅秋痕静默两秒，说："他知道您是谁。"

贺明晖落寞道："他知道我是谁，可为什么不来找我？"

"是啊，"傅秋痕叹道，"他做过特务机关的情报处长，很知道如何打听您的住处，即便没有出生纸，他的容貌足以证明身世，也不必在重大做校工！"

"可他不来找我，是为什么呢？"贺明晖再次发问。

傅秋痕低头不语，不敢说。片刻寂静后，贺明晖说："他还是责怪我的。"

他说到这里，摘下眼镜努力擦拭着，压抑着翻涌而上的情绪。

傅秋痕连忙劝道："当时并非您不愿寻找，大少爷若知道其中隐情，必定不会……"

"不管怎么说,是我欠了他,"贺明晖打断他,眼眶微红说,"子不教总是父之过!他再有错,那也是我的错!"

"行长!"傅秋痕劝道,"不是这样……"

贺明晖阻止他说下去,坚定道:"不管他是什么人,是汉奸,是特务,又或者是共产党,他也是我儿子!"

傅秋痕知道再劝无用,只得道:"是。"

"重大不要再待了,他为政府做过事,还是让他回到正途上来。"贺明晖说,"你替我打听着,哪个部门缺人。"

"好的。"傅秋痕立即答允,又道,"用英杨的名字,还是用大少爷本名?"

"我不想他和英家有关,"贺明晖道,"但这事要他愿意,不管怎么说,英华杰养了他这么久。"

"大少爷知道身世,肯定是跟在韩慕雪身边。"傅秋痕道,"韩慕雪到上海也只能做舞女……我猜英家待大少爷不会有多好,改换名字应该不难。"

贺明晖默然点头,却又道:"咱们瞎猜也是无用,等摊牌之后,直接问英杨好了。"

"行长打算什么时候摊牌呢?"

"后天。"贺明晖笃定满满,"景杉、小枫都在,借这个机会把话说清楚!"

*****

贺明晖走了之后,英杨心潮起伏,久久不能平静。

知道他在特工总部做过情报处长,贺明晖明显不悦。英杨能理解,在重庆,谁也不想和汉奸扯上关系。然而想到要失去贺明晖的信任,英杨很不舒服。

这种感觉很奇妙,也是英杨不曾体会过的。当年英华杰在时,他从未认真取悦过养父,所想无非是不惹祸,至于英华杰怎样看待自己,英杨横竖无所谓。

然而面对贺明晖,他的心思改变了。

珍姨哄着小虾米睡了,英杨心思郁郁,独自坐在客厅里。这时门轻轻响动,华明月回来了。他情绪高涨,整个人发着光,嘴里还要哼着歌。英杨皱起眉头,冷眼旁观不说话。

华明月一步跨进客厅,猛然看见英杨,惊得倒退三步,挣扎出笑容道:"处长,您怎么静悄悄坐着?可吓坏我了。"

"你做了什么亏心事？见我就害怕？"

"哪有亏心事？"华明月讪笑道，"就是出去找份工，想帮您贴补些家用。"

"我的钱还够开销，"英杨不客气地打断，"用不着你跑出去挣钱！我同你讲过多少次，重庆不比上海，咱们人生地不熟，惹出事来我可救不了你！"

"没有惹事。"华明月呵呵笑，蹭到英杨身边坐下，说，"处长，您知道雾季公演吗？"

英杨愣了愣。

他听说过雾季公演，是在心心咖啡厅的沙龙里听说的。重庆多雾，每年十月至次年五月称为雾季，这天气不利于日机轰炸，文艺界于是举行盛大演出。据说第一届雾季公演正在筹办，许多剧团剧社都在加紧准备作品。

"你还知道雾季公演？"英杨戏谑道，"在哪儿听说的？"

华明月一笑起身，捏了拳头怼在嘴巴边上，充沛情感吟诵："我们只有雷霆！只有闪电！只有风暴！我们没有拖泥带水的雨！"

英杨被他逗笑了，伸手指挠一挠眉尖。

"处长，我那天在街上闲逛，正好碰上怒吼剧社在招人。他们说我长得好，很适合演戏。"华明月骄傲道，"所以我就报名参加了！听说公演开始后，我们能卖门票拿钱的，到时候我也能负担些家里的开销！"

1938年10月，文艺界抗敌协会和戏剧界抗敌协会在重庆举办了戏剧节，持续二十三天，二十五支剧社参演，因采用街头演出，观众高达数十万人。而负责剧本的，大多是左翼作家，例如郭沫若、阳翰笙、田汉、夏衍、老舍、曹禺等。

老实说，英杨很愿意华明月多接触这些活动，总比成天小偷小摸的好。他因此笑道："我并不指望你能赚钱，但是做点有意义的事，也是好的。"

"您也觉得有意义吗？"华明月眼睛放光，"我就怕您说这事不靠谱，不许我参加呢！要知道在上海，演戏可是下九流！"

"上海是顶摩登的城市，怎么养出你这样守旧的人！只要你自己争上游，下九流也能高尚起来。"

华明月似懂非懂，连连点头："那么我每天要出去排练的，您放我去吧？"

这么大的孩子，成天关在家里陪小虾米，听起来也够委屈了。英杨知道关不住华明月，于是说："我同意你出去，但你自己要学好，走错路没有人能救你的。"

"我知道。"华明月一甩头发,态度潇洒。

七十六　又逢君

第二天中午放工,陈雪莹说晚上有堂公共课,讲西方美学思想,邀请英杨去听一听。英杨打电话去邻近烟杂店,叫了华明月来听,问清他今天不必排练,这才答应陈雪莹去听课。

没有外务叨扰,做学问是很有意思的。这一课讲到七点半钟,课后英杨与陈雪莹道别,悠闲走出学校。

回松林坡并不远,路也是走惯了的,六月天气和暖,身边已有了呢喃虫语。

重庆什么都好,就是路上太黑,英杨随身带着手电筒,拧开来照着路。这支手电的玻璃罩破了一片,英杨用块胶布贴着,投在地上的光就不是圆的,像个心形。

他走到一半微微出汗,因此停下来,想脱了长衫再走。然而手刚摸到扣子,便听着脑后一阵风响,英杨急忙矮身,迎面拳风已到。

他两难之下身子斜扦,跟踉跄跄挣出数步,急挥手电去照来人。

然而伴着叮的一声,一股力道撞在手电筒上,英杨拿捏不住,手电筒噗地落在地下。

黑暗里有人嘿呀出声,英杨听音辨位,错手夹住袭来的拳头,沉腰急扭出去,便听砰的闷响,那人被摔在石板路上。

没等英杨松口气,脑后拳风已至。他向后急仰,一条腿又绊过来,英杨只得使个驴打滚,滚到一边刚要跃起,忽然眼前一黑,整条麻袋套了下来。

英杨大急,背心已叫人踹了一脚。他下盘不稳,直冲出去两步,双臂立即被反剪。有枪顶在脑袋上,有人沉声喝道:"老实点!"

这声音太熟悉了。英杨刚拎起来的心坦然落下。他涌起看好戏的兴趣,瞧瞧这帮人要干什么。

很快,有人低低问:"刘副官,现在怎么办?"

"带回去见团副!"刘副官得意道,"没想到这小子会功夫!幸亏团副给咱们拨了帮手!"

"刘副官,咱以后别给帮手添乱行吗?"说话的人道,"人家出手便成功的事，偏要上去舞弄花拳绣腿，差点叫人跑了！"

"你懂什么！"刘副官瞪眼睛，"帮手能成天跟着你啊？你不要锻炼提升啊！"

说话的人喏喏连声，不敢讲了。另一位却道："这小子难道是个哑巴？被捉了为什么不出声？"

"他敢出声！他敢出声我把他给捅喽！"刘副官直眉瞪眼，"快点带走！团副等着呢！这事还有天理吗？我们团副二十八九岁的人了，凭空多个弟弟！"

"可是刘副官，这是个男人！"先前说话的又怯怯道，"团副的弟弟总不能是他生的，捉他干什么？"

"捉他回去问问情况呀！"刘副官理直气壮，"团副弟弟的娘，将来说不准是贺太太，你敢捉她？"

"行了，"英杨熟悉的声音不耐烦地阻止，"有什么话回去再说吧。"

刘副官这才收了神通，招呼人把车开过来，又把英杨隔着麻袋捆紧，丢进后备箱里。

这一路晃晃荡荡的，也不知过了多久，车子停下来。有人开了后备箱，一头一脚抬着英杨下来，没走几步，那个多嘴的又说话了："刘副官，这人会不会死了？为什么动也不动？"

"也许是吓晕了。"刘副官说，"没见过世面！"

"没见过世面的会功夫吗？我瞧他并不是！"

刘副官着实嫌他话多，抬脚直踢在屁股上，骂道："有说话的力气，人都抬进去了！快干活！"

这位再不敢碎嘴，吭哧吭哧抬着英杨走。英杨默数了百十来步，便被放了下来。有人在他肩上一推，英杨站不稳，向后一倒，却坐在张椅子里。

他随即被连麻袋捆住。刚刚被捆好，英杨便听见一串皮靴踏地声，紧接着刘副官换了谄媚笑声："团副！您来啦！这人我们捉来啦！"

短暂安静后，贺景杉的声音响起："确定是这人吗？"刘副官讨好着说："就是他住在松林坡！我远远盯着呢！"

贺景杉捏了捏下巴，打量一动不动头套麻袋的英杨，问："这男人和那小孩有什么关系？"

"这个不清楚，但肯定有关系！"刘副官嘿嘿笑，"您想知道还不容易，这一问便知!"

"好吧,把麻袋解开。"

刘副官答应一声,取了刀子划开麻袋底,剥香蕉似的露出英杨。在黑暗里待得久了,乍然到了光亮的地方,英杨低着头,努力要睁开眼睛。

"抬起头来!"刘副官喝道,"叫爷看看你的脸!"

这话先惊到了贺景杉,他简直不敢相信:"没看到脸你就往回捉?搞什么鬼?"

"团副莫慌,我认得他那支破手电。"刘副官笑嘻嘻说,"他昨晚打着手电出来关门,投出来的光不是圆的,缺个角。就是他住在那宅子里,准没错!"

他说着看向英杨,正对上后者不慌不忙的面孔。这屋里点着四十瓦的灯泡,亮堂堂照着英杨,刘副官看清的瞬间,啊地向后直蹦出去。

英杨被他的夸张动作逗出笑意:"怎么了?我既非妖魔,也不是鬼怪,何必吓成这样?"

他说话的工夫,跟着刘副官的两个大头兵也惊得把手指塞进嘴巴里,看看英杨,又看看板脸站着的贺景杉。

英杨的目光越过贺景杉,看向站在一侧的成没羽。成没羽激动不已,却能控制着不出声,只是眼睛亮晶晶的,已经浮出了泪花。

英杨冲他笑笑,问:"是你打掉我的手电筒,把我踹倒的?"成没羽动了动身子,却不知如何答话。英杨又道:"我还是你妹夫呢,你就这样待我?"

成没羽听他这样说,不由自主向前半步,喃喃道:"小,小……"

英杨摇头,不让他叫下去,却笑道:"你妹妹回苏州姑母家了,我们听你的话,最后没有吵架。"

贺景杉听到这里,转脸问成没羽:"你认识他?"成没羽静默一时,点了点头。

贺景杉又注视英杨,继续问成没羽:"他是谁?"

英杨这才转过脸,面对同自己一模一样的面孔,像照镜子似的看着贺景杉,这感觉奇妙极了。

"你有什么话问我好了,不要问他。"英杨说,"我姓英,叫做英杨,在重大美术系做文书。你们监视的那间宅子是我租的,宅子里的小孩是我儿子。"

他说着用下巴指指成没羽："我妻子就是他妹妹。"

"那小孩是你儿子？"贺景杉皱起眉头。

"那不然呢？你以为他是谁？"英杨闲闲问。

"刘副官！"贺景杉气急，"你说什么我有弟弟了？"刘副官还没完全缓过来，喃喃道："那小孩也许不是弟弟，但这位很可能是弟弟。"

英杨忍不住，笑了开来。

然而贺景杉没有哥哥闲庭信步的从容，他根本不知道自己还有孪生哥哥，这张一模一样的脸出现在面前，他实在是乱了方寸。

"走！"贺景杉咬咬牙说，"回家！"

******

贺景杉气呼呼地走了，成没羽却没跟着。

等他们走后，成没羽赶紧替英杨松了绑，急道："小少爷，你怎么也到重庆来了？你来了为什么不找我？"

"我和小枫一起过来的，有半年多了。"英杨边说边打量着环境，这里是间废弃仓库。

"小枫为什么也不告诉我？"

"是我叫她别说的，你不要怪她。"英杨道，"她在哪里做事，你总是知道的。我和兰儿身份特殊，当着小枫总要装装样子，咬死了我与卫家断了往来。"

成没羽扯掉麻袋，愤愤丢在地上。英杨便问："你在这里好不好？在哪儿做事？平时住在哪儿？"

听到这些，成没羽不由叹气："这些事说来烦人！小枫托他哥哥设法把我安排在中央银行里。可是小少爷，我哪里是坐银行的人？金财主来差不多！"

他愁眉苦脸的，英杨不由失笑："贺景杉待你也算诚心，上来就安排进他爹的嫡系。只是兄妹俩不知道，在你看来银行好比监狱，关在里面好生难过。"

"是！是！"成没羽忙道，"小少爷说得对极了，这感觉十分难受，再碰不着你，我就要设法回上海了！"

"上海万万不能回去！咱们既然见面了，就把重庆的事做做好吧。"

成没羽在这里快要憋闷死了，除了贺景枫，真连个说话的人都没有。现在见了英杨,他仿佛在黄梅天里看见太阳,完全地身心舒畅。

人轻松了,成没羽说话也随意了:"小少爷,我第一次见到小枫她哥哥,差些儿吓死。"

"为什么?因为和我很像吗?"

"是啊,虽然小枫事先说过,但我没想到能这样像,简直双胞胎似的。"

"我和他就是双胞胎,"英杨说,"孪生兄弟。"

他说得轻描淡写,成没羽却愣住了,一时间不知英杨是正经的还是说笑。

"有些事我也该同你讲了。咱们是偶然相遇,小枫那里能说得过去,你索性跟我回家看看珍姨、小虾米,路上把该说的事都说说吧。"

成没羽满口答应,跟着英杨回松林坡去。这路上英杨把他的身世说了,又道:"我被沈云屏出卖,不能留在上海,只好跟着小枫逃到重庆来。关于我之前的身份,你可不能向小枫吐露半个字。"

"是。"成没羽依旧恭敬,却又担忧道,"贺行长在国民政府很受重用,他若知道你和北边有关系……"

重庆习惯称延安为"北边"。英杨不便多说,只含糊带过:"我在这里找不到组织,也没法工作,之前的事没必要告诉他,之后嘛,走一步看一步吧。"

成没羽点了点头,忽然又问:"你的手好了没有?罗下凡有没有找来紫浆果?"

"这事我成日心烦。"英杨皱眉道,"我在上海没等到罗下凡,匆匆来了重庆。过了这几个月,我的手并不抖了,只是时常肿胀酸痛,然而舌下开始发麻,许是毒素淤积,反倒加重了。"

成没羽寻思一会儿,道:"我设法问问金财主,能不能让罗下凡来重庆。"英杨连忙摆手:"不必了!他们若是顺着罗下凡摸出老爷子,那可太危险了!"

"他们是谁?日本人吗?"

英杨犹豫了一下,道:"有件事我想问问你,你知道有个叫宝莲山堂的组织吗?"

"我知道,宝莲山堂干收买人命的买卖。"成没羽沉声说,"日本人来之前,南京黑市有个赏金榜,排前十的有九个是宝莲山堂的人。"

"这么厉害!那还有一个呢?"

"排榜首的叫做邹芳,就是我和小飞儿的师父。"成没羽低低道,"我师父年纪大了,嫌这行血腥味大,有了金盆洗手的念头。谁知宝莲山堂等不及了。"

他回忆着往事,苦笑道:"当时榜首和榜二之间差二十根金条,我师父常年霸着榜首,宝莲山堂很不高兴。他们的杀手按莲瓣排位,瓣尖越少等级越高,为了对付我师父,他们派了九位顶尖高手……"

他说到这里,声音有些沙哑,忍了忍才说:"那年我只有十四岁,小飞儿更小,宝莲山堂赶尽杀绝,若非遇到来南京拜佛念经的五爷,我,我……"

"原来是这样,"英杨喃喃道,"从没听你提起。"

"老爷子跟我讲,要把这段事烂在肚子里,从此不提报仇,他才能保住我和小飞儿,我只能答应了。"成没羽说,"当年五爷同宝莲山堂谈判,对方来的是一瓣高手,叫做黛玉,我当着他的面承诺不替师父报仇,又按江湖规矩,自请逐出师门,改入八卦门。"

听到这里,英杨不知该说什么,想难怪成没羽总是冷冷的,看着不高兴似的。不能替恩师报仇,还要自请逐出师门保命,这在练武之人是莫大耻辱。

"你师父知道的,你是为了小飞儿。"英杨无力地安慰。成没羽笑了笑,道:"小少爷,你要对付宝莲山堂吗?"

"现在不忙。"英杨沉吟道,"听说他们改卖情报了,咱们先把底数摸清再说。"

"好。"成没羽的眼底隐隐透出光来,"我只知道宝莲山堂的主人叫潘兴,人人都叫他兴爷。"

两人话说到这里,松林坡也到了。英杨指了宅子说:"你看,这就是我安下的家!"

华明月和珍姨见到成没羽,自然欢喜不尽,大家聊得热闹,成没羽道:"我现在住在银行的宿舍里,又贵又不方便,小少爷这里可有空铺,我来交个租子可好?"

"你要住就搬来好了,"英杨笑道,"要什么租金?"成没羽知道英杨是贺家大少爷,往后不缺钱的,于是笑而不答。华明月却不高兴:"成大哥,我都要上街演戏挣钱了!你可不能不交租!"

"你演什么戏?"成没羽笑问,"我们也去看看。"

"现在不能告诉你,"华明月害羞起来,"过几个月开始公演了,你们自然能看到！"

英杨懒得怼他，只同成没羽讲定，明天就收拾东西搬过来。成没羽却说："明天不行！贺景杉约我明天去三品堂吃饭，说贺行长要见见我。"

三品堂？英杨猛然想起，明晚他也在受邀之列。看来，贺明晖是打算摊牌了。

七十七　卷绣幕

贺景杉回到家，眼前总晃着英杨的脸。他和我长得一模一样，贺景杉想，我看着他，就像看着另一个我在说话在做事。

贺景杉知道这不是巧合，加上贺明晖三番五次去找英杨……

他越想越是心思荡漾。贺景杉没见过母亲，也没听任何人提起过，也许英杨和母亲有关，这让他生出奇特的向往。

就在他靠着床头乱想时，贺景枫敲门唤道："哥，你在屋里吗？"

"嗯。"贺景杉懒懒答应。贺景枫推门而入，笑道："晚饭后你去了哪儿？爹爹找你去散步，却找不到人。"

"他何必找我散步？"贺景杉酸溜溜，"他现在另有合心意的人。"

"什么意思？"

"他这几天总往重大美术系跑吗？"贺景杉坐直了说，"那人就住在松林坡！"

贺景枫大惊："美术系？是年轻小姑娘？"

"年轻小姑娘就好了！"贺景杉悻悻道，"是个男人！还带着个孩子！"

"啊？"贺景枫魂飞魄散，"哥！你在说什么啊！"

贺景杉话到嘴边说不出，捉过枕头捶了两拳，这才气道："是个和我长得一模一样的男人！"

贺景枫只凝固了三秒，立即反应了过来，不由脱口道："英杨？"

"你知道他？"这下贺景杉出乎意料，"原来你们都知道，只是瞒着我！"

"不不！"贺景枫忙道，"我是去上海认识他的！但是，他和爹爹有什么关系啊！"

见贺景枫也被蒙在鼓里，贺景杉好受了些，但仍然气得像只河豚。

"你说这老头在搞什么鬼?"他说,"不会在外面另有个儿子吧?"

贺景枫盯着他端详良久,自言自语道:"另有一个儿子?我怎么就没想到呢?"

贺景杉奇道:"没想到什么?"贺景枫猛然回神,讪笑道:"我只觉得英大哥同你相像,却没想到,他真有可能,有可能……"

随着贺景杉的眼睛越瞪越圆,贺景枫的声音也越来越低,最终没声了。

压制住妹妹胡说,贺景杉哼了一声,偏腿下床。

"你去哪儿呀?"贺景枫问。

"院子里,透透气。"贺景杉没好气地回答,绕过妹妹去院子里看月亮了。

******

第二天傍晚,英杨刚走到校门口,就看见傅秋痕站在马车边上,冲他热情招手。英杨只得走过去,傅秋痕笑道:"小虾米和珍姨已经去三品堂了,咱们也动身吧。"

"好。"英杨点头,"有劳您来接。"

傅秋痕连忙拉开车门,伺候着英杨上车起程。

自从国民政府搬过来,重庆的餐食也丰富了许多。江浙人吃辣只能蜻蜓点水,沪上、苏南又嗜甜食,因此许多淮扬菜、浙菜、苏菜相继开业,生意竟比本地的好些。三品堂是个中翘楚,非但菜品精致,环境也优雅,因此许多政府要员爱来此设席。

傅秋痕订下席面后,三品堂早在三楼设了雅间,安杯放箸等候。

英杨推门而入时,里面已是欢声笑语。贺明晖正哄着小虾米玩耍,珍姨和华明月在边上凑热闹。见英杨进门,贺明晖笑道:"快来快来,你喜欢吃什么,讲两样给傅管家,叫厨房做去。"

"我不拘吃什么。"英杨客气说道。然而看着小虾米踩在贺明晖腿上蹦跳,又忍不住说:"那样踩着爷爷会痛吧,你快些下来!"

贺明晖听他顺口说出"爷爷",心里又酸又甜,忙道:"他这小腿哪有力气,我又不是豆腐做的,这都经不起?"

小虾米蹦得正高兴,哪里舍得下来?有爷爷护着,他咧着小嘴,得意洋洋地看着英杨。

英杨正没奈何,雅间的门开了,贺景杉带着贺景枫来了。屋里瞬间静了下来,珍姨和华明月睁大眼睛,盯着贺景杉看呆了。

冰冻似的寂静里，贺景枫笑道："珍姨！你不认识我了？还有华明月啊，难道你忘了贺姐姐！"

"哦哦，贺小姐！我怎么能不记得您！"珍姨心不在焉说着，眼睛仍巴在贺景杉脸上。

"小枫，你认识他们？"贺明晖吃惊，"看见那么像你哥的人，你为什么不告诉我？"

贺景枫为难地看向英杨，英杨立即道："是我不让她说的。我从上海来重庆，只想带着虾米清静度日。"

"英大哥，可你不该连我也躲着。"贺景枫委屈道，"我去嘉陵宾馆找你，却扑了个空。回去问特行处如何安置你，他们又不肯说！"

这小半年失了英杨的下落，她想到就头痛，更加不敢告诉成没羽。昨晚听贺景枫提起，今天又看见大家整整齐齐在眼前，一时间心思翻涌，不由红了眼睛。

英杨并不知军统隐瞒了他的去处，贺景枫不来找，他也不去添麻烦，这时只好说："对不住，我应该在宾馆给你留个口讯。"

贺景枫按下激动，振奋起来笑道："那么我来介绍吧，这是我的哥哥贺景杉。"她说着又挽住英杨，冲贺景杉道，"这是我在上海认的大哥，英杨。"

贺景杉鼻子里嗤一声，骄傲地转开脸去。华明月不高兴了，故意大声说："处长，他为什么和你长得一样！"

英杨瞪他一眼，那意思是——你这声"处长"再喊大声点！华明月厌了，缩头不吭声。

"英杨为什么和贺景杉长得一样，我可以回答。"贺明晖接住话头道，"我心里有个故事，藏了很久，久到我以为这辈子不会再提起。然而所幸，今天我有机会把它说出来。"

他说着把小虾米交给珍姨，道："麻烦你带他到走廊里转转，不要走远了，我们很快就说完。"

"华明月，"英杨补充，"你陪珍姨一起去。"

他们出去后，贺明晖示意英杨、贺景杉和贺景枫都坐下。开口之前，他习惯性地摘下眼镜，掏出绒布擦着。

几十年岁月碾过心间，贺明晖已经青春不再，可丁素雪依旧红颜绿鬓，隔着漠漠烟尘，冲他微微笑着。

贺明晖眼眶酸涩，他抬眸看向英杨，说："能找到你，我日后见了素雪，总能说，我把儿子找回来了。"

英杨早知道这段故事，见贺明晖如此动情，也不由心下泫然。贺景杉却不知道，皱起眉毛道："爹爹，你说的是什么意思？他是你儿子，那么我呢？"

"你当然也是！"贺明晖叹道，"英杨和你是孪生兄弟，他本名叫做贺景桐！"

屋里陷入绝对寂静，只有贺景枫骨碌着眼睛，望望这个，望望那个。良久，贺景杉哼一声，看向英杨道："我瞧你一点儿也不惊讶，你是知道这事的？"

英杨静了静，说："我知道，我在上海时就知道。"

"你在上海就知道？那天你在出租车里见到我，就知道我是谁！"贺景枫睁圆眼睛，"英大哥，你真的好厉害，一些儿也没漏出来！"

"你也很厉害。"英杨意有所指，"很能干。"

想到他们初遇时的各种演戏，贺景枫感到十足滑稽。

"英少爷，"傅秋痕插话，"您是怎么知道身世的？"

"我养母去法国之前告诉我的，"英杨说，"她给我留了一封信，还有一张出生纸。"

"你的养母是韩慕雪吗？"贺明晖小心翼翼问道。

"是的。"英杨回答，"她告诉我这事时，我已经二十六岁了。二十六年，我从没想过，她不是我的亲生母亲。"

他说到这里，小时候跟着韩慕雪的一幕幕都涌出来。七岁之前，英杨的生活并不算好，他们总是搬家，因为母亲要不停地换舞厅。

直到遇见英华杰，韩慕雪对英杨说："儿子，咱们以后不必搬来搬去了。"

英杨见她高兴，自己也高兴。为了娘这份高兴，他在英家二十多年，无论遭遇怎样的冷眼奚落，英杨始终称英华杰"爹爹"，叫英柏洲"大哥"。

要说他没有怨言，那是不可能的。刚得知生父是贺明晖时，英杨心都冷了。他不理解，贺家声名显赫，贺明晖又身居高位，怎么可能任由亲子失散？若换作英杨，就是全世界都不要了，也要找到小虾米的。

除非，贺明晖嫌弃英杨是舞女的儿子。

英杨把这份难受埋在心里，直到遇见贺景枫，才逐渐知道贺明晖并非自己所想象的那样。

"原来韩小姐嫁给了英华杰，"贺明晖喃喃说，"我是真没有想到。"

"我养母并没有隐姓埋名，"英杨忍不住说，"想找她，应该能找到。"

这话戳中了贺明晖内心的敏感，他急着要开口，嗓子里却呛了风，以至于咳嗽起来。

"爹爹！您慢些说话，难道怕他跑了？"贺景杉埋怨着，起身替贺明晖扶背。贺景枫立即乖巧地去倒茶。

在贺明晖的咳嗽声里，傅秋痕道："英少爷，行长并非不肯找你。这几十年，他在江浙一带四处打听韩小姐的下落，可是韩小姐嫁给了英华杰，就算没改名，旁人也只叫她英太太！"

"你这么说，他不明白。"贺明晖咳声稍缓，道，"这些事，我不仅要告诉英杨，也要告诉景杉，因为素雪是你们的母亲！"

贺景杉这是头回听到母亲的名字，他偷偷看了眼英杨，最初的不满慢慢消散了。

贺明晖略略讲述了他和丁素雪的相遇，讲到母亲坚决不许丁素雪进门，讲到了产了双胞胎之后，丁素雪遭遇夺子之变。

这些和姬冗时所说出入不大，英杨都知道了，贺景杉和贺景枫却是头回知道，听得目不转睛。

"动手抢夺你俩那天，我母亲特意找了件事，把我绊在西湖边的别墅里。等接到秋痕送来的消息，我赶过去已经迟了。"

贺明晖说着摘下眼镜，默然镇定心神，良久才道："素雪没等到去医院，就已经不行了。她在弥留之际，说了三次'儿'，我当时以为她惦念儿子，悲痛之际并没有细想。"

他说到这又停下来，仿佛回到了与丁素雪诀别那日。贺景枫却小声问："那后来呢？"

"后来，我带着景杉搬出贺家大宅，想尽办法寻找景桐，却如大海捞针一般。直到景杉周岁那日，我触景生情翻看素雪的遗物，见到她们五姐妹的合照。我才猛然想起，素雪临终前念着的'儿'，也许是指她二姐韩慕雪！"

贺明晖说到这里，再也说不下去，长叹一声。

"行长抱着一线希望，转而去寻找韩小姐，"傅秋痕接话道，"但是韩小姐早已离开杭州，下落不明。英少爷！您说韩小姐没有隐姓埋名，那肯定不对，当时我跑遍上海所有舞厅，名字带雪的都见过，并没有韩小姐！"

英杨没吭声。韩慕雪在舞厅用什么名字，他当时年幼，的确不知。他只知道韩慕雪出去赚钱，就把自己反锁在家里。

他幼年时总是独自在屋里玩，盼着娘亲回家。波耶夫最欣赏英杨身上的"沉静感"，他并不知道，这是被活活关出来的。

"傅大人，"贺景枫轻声提问，"英太太对别人改换姓名，对英先生总是用真名的。爹爹大肆寻找，英先生是惯去舞厅的人，总能知道些风声吧？"

"小姐说得不错，"傅秋痕冷笑道，"但这只有英华杰自己知道了。"

"你是说，英华杰买通了舞厅，隐藏了韩……的下落。"贺景杉急问，"他为什么要这样？"

"他当年为贷款和行长闹得不愉快，若非陶翰听出面调停，宋家那几个要恨上行长的。"傅秋痕冷声说，"我猜英华杰知道英杨少爷的身世，这才是他肯娶韩小姐的缘故！只是他没算到，全面抗战爆发，上海沦为孤岛，国民政府移往陪都重庆！"

没等到英杨发挥作用，英华杰就谢世了。这应该是最接近的真相了，但这也只是傅秋痕的猜测，个中内情，恐怕只有英华杰知道了。

但英杨认同傅秋痕。从英柏洲多年鄙薄韩慕雪母子就能看出，英家不是能无故娶舞女作续弦的。

听傅秋痕这样讲，贺明晖不由问英杨："英华杰待你好吗？"英杨想了想，说："很好。上海滩人人知道我是英家小少爷，英华杰还送我去法国留学。"

"英大哥，你不说实话！"贺景枫不高兴，"英家哪里对你好？英柏洲恨不能把你拆骨做菜，一口便吃了！"

"英柏洲是谁？"一直不发言的贺景杉忽然问。

"就是英华杰的大儿子呀！他把英大哥赶出了英家，逼他赁房别居！"贺景枫气呼呼地说，"我记得清楚呢！他骂英大哥，说他是舞女的儿子！"

"贺小姐！"英杨低声阻止，然而来不及了。还没等贺明晖不高兴，贺景杉先炸了。

"舞女的儿子怎么了？"贺景杉怒道，"英华杰不过是个做生意的，自以为多少斤两？若不是他人在上海，我现在就带人，去把那个什么洲轰了！"

"景杉！"贺明晖斥道，"兵跟着你是要上战场的！不是陪你作威作福的！"

贺景杉哼了一声，昂头不语。贺景枫咋舌道："哥，幸亏抱走的不是你，否则英家早被搅翻了天！"

贺明晖听这话却笑起来："他们当时刚刚满月，那性格都是后来……"

他突然停住,想到英杨多年寄人篱下,不知忍受了多少冷眼嘲弄。

是我的错。贺明晖再次自责,都是我的错。

七十八　细思量

贺明晖陷入自责,却忽然想到珍姨讲的,小虾米的妈妈被林家逼走一事。他虽不能替英杨找补童年,却能把这事解决了。

"听说小虾米的娘刚出月子,就被逼走了!"贺明晖皱眉问,"有这回事吗?"

这话问出来,贺景枫先叫了起来:"何止是刚出月子被逼走!英柏洲那个混蛋,到英大哥家里撒野,害得姐姐……就是虾米他娘早产!小虾米没足月就被生出来,可危险了!"

事情涉及宝贝孙子,贺明晖淡定不了,他一拍茶几,怒道:"这个英柏洲太不像话!"

"行长,"傅秋痕忙道,"您心脏不好,不要动气。"

见父亲如此动怒,贺景枫不敢再煽风点火,虽然气鼓鼓也不说话了。

"小枫不要再叫英大哥,他和英家没什么关系。"贺明晖青着脸说,"他是你大哥,也是景杉的大哥!"

他这话说完,又转向英杨道:"你把事情讲清楚,为什么要把虾米娘逼成这样?"

英杨哪敢说出真相,只得含糊道:"英柏洲个性凉薄,也不去说他了。但我养父去世后,英柏洲在生意场失了靠山,就想转投政界,因此十分巴结他老师林想奇,想娶林想奇的女儿林奈为妻。"

"但是林奈看上你了。"贺明晖冷冷地说,"是不是?"

英杨不知道珍姨做了耳报神,只是感叹贺明晖竟能猜中狗血剧情,不由尴尬道:"是。"

"可你已经有妻子了,就是虾米的娘,对不对?"

英杨刚刚点头,贺景杉就咦一声:"你说你妻子是成没羽的妹妹,她就是虾米的娘?"

"这怎么又扯出成没羽了?"贺明晖望向贺景枫,"你认识成没羽,又是你大哥介绍的?"

事情忽然转到自己身上,贺景枫微带羞赧道:"爹爹这么说也没错,不过我当时不知道他是我大哥!"

"大少爷,"傅秋痕呻吟,"究竟怎么回事,您快些说清楚,我的头开始晕了,哎哟。"

知道今晚要摊牌,英杨早已打好腹稿,此时便道:"小虾米的娘叫做金灵,是上海汇民中学的美术老师。"

他把如何结识金灵订下婚约,因为韩慕雪去了法国未能办婚礼,之后金灵怀孕回沪待产等事一一说了。

贺明晖听了,心下明白七分,道:"林想奇的女儿看中了你,李若烟也是林想奇的学生,必定使了不少绊子,逼得金灵出走,你也离开上海了?"

"爹爹,他离开上海是我联系的。"贺景枫插话,"您猜得不错,受林家逼迫,大哥在上海待不下去,于是他用重要证据检举了军统上海站的沈云屏,军统因此同意他投诚来重庆。"

"沈云屏是你检举的?"贺明晖眉毛皱成疙瘩。

"是啊!他拿到了沈云屏倒卖中储券的汇款单!"贺景枫夸耀,"还拿到了日方的指导要领,若不是有大哥,我都不能完成任务!"

贺明晖却叹道:"检举沈云屏这事,咱们都要烂在肚子里!沈家难缠得很!"

"爹爹放心,这是军统的机密,没人敢乱嚼舌头。"

"景杉,秋痕,你们俩绝不许说出去!"贺明晖正色道。贺景杉嗤之以鼻:"我都听不懂你们在说什么,上哪儿说去?"傅秋痕却老实鞠躬:"是,行长放心。"

"金灵和成没羽又是什么关系呢?"贺明晖问。

"金灵有个远房表姐,嫁给了八卦门十爷。这位十爷与成没羽结成异姓兄弟,所以金灵算是成没羽的妹妹。"

"原来是这样。"贺明晖道,"今晚我也要见见成没羽的!说实话我并不放心他!但是有你作保,我倒是觉得无虞。"

他说着望向贺景杉:"成没羽来了吗?"

"早就来了,坐在底下等呢。"贺景杉撇嘴,"谁知道您长篇大论搞这么一出,让人等这么长时间。我若是他,必然扬长而去,玉皇大帝的女儿也不娶了！"

"你瞧瞧！我说一句话，你就能说出这么大一篇！"贺明晖皱眉道，"快叫他上来就是！"

贺景杉望望英杨："你去还是我去？"

"他是你哥！"贺明晖顿足，"长幼有序！跑腿的当然是你！"贺景杉虽不服气，却也无奈，只好大长腿一扬，起身下楼了。

片刻之后，贺景杉带着成没羽进来了。他顺手掇把椅子过来，示意成没羽坐下，成没羽却不敢坐。

英杨望望正低头喝茶的贺明晖，冲成没羽道："你坐吧。"成没羽这才一声不吭坐下。贺景杉一手支肘摸摸下巴，不满道："为什么我说话你不听，他说话你就听？难道我就不是小枫的哥哥？"

他独占贺少爷的名头二十多年，忽然冒出个人来，吸引走大部分的目光，这不得不让贺景杉酸溜溜，仿佛一条刚浇上番茄汁的松鼠鳜鱼。

贺景枫看着好笑，便道："哥，成没羽是老实人，你何必为难他？"贺景杉气哼哼："那么我就不是老实人了？我瞧这屋里，真就我最老实了。"

别说，他这是实话。英杨忍不住嘴角微勾，浮出笑来。贺明晖却已放下杯子，皱眉道："这一屋子人，就你喳喳喳说个不停。"

贺景杉手指交叉封住嘴，说："得了，话也不能说了！"

贺明晖不理他，转而打量成没羽。他沉默良久，目光最终落在成没羽的手上。成没羽显然很紧张，他的大拇指不自觉地抠着食指。

"听说景杉把你安排进中央银行了，"贺明晖说，"做得还习惯吗？"

"不习惯，"成没羽老实说，"我弄不懂存存取取的事，也不会拨算盘，兑换美钞黄金更是艰难。"

他这样坦白说出来，贺景杉和贺景枫默默对视，一个说"瞧瞧，不领情"，另一个说"那现在怎么办！"

英杨看着他俩无声交流，倒觉得好笑，于是说："成没羽是八卦门数一数二的高手，他的掌力能凝水成冰杀人于无形，飞檐走壁轻如狸猫，关在银行里太可惜了。"

这话说出来，屋里安静着，因为贺家用不着杀人于无形，也用不着飞檐走壁。要贺明晖讲，最理想的女婿还是何锐涛，虽然此子浪荡多情，但他在行业内精明聪慧，却是贺明晖的好帮手。

然而想到他自己,因为母亲干涉,最终与相爱的人阴阳两隔,虽然留下两个儿子,这几十年的生死两茫茫,是真不能细思量。

小枫虽是养女,贺明晖却待她视如己出。她的幸福,还是交给她自己做主吧。成没羽能得到英杨的信任,总是人品过关的。

"你若不喜欢银行,就不必委屈自己。"贺明晖于是说,"男子汉大丈夫,该做喜欢的事,立自己的事业。"

"是,多谢行长!"成没羽眉梢飞出喜色,"那么我明天就办离职。"

"你就不谢谢我吗?"贺景杉不满,"要知道我把你搞进银行多么地难!要不是我作威作福……"

"好了好了!"贺明晖打断,"贬义词都当褒义词用了,这还得意呢!快去叫珍姨、小虾米他们进来,我们要吃饭了,菜都要凉了。"

贺景杉瞪圆眼睛一指鼻子:"又是我?"

"我去,我去!"成没羽忙站起来,把椅子放后,闪身出门。贺景杉这才松口气,望望小枫说:"多亏你还是有人要的,否则我在家地位垫底!"

******

珍姨和华明月坐在走廊里,一面带小虾米玩,一面猜测里面的事。等到被请进去,听贺明晖公布了英杨的身世,华明月不由瞠目,只觉得现实比他演的戏还要曲折。

珍姨却低了头,扯袖子揩了揩眼角冒出的泪花。自从到了愚园路,英杨待她实心,她也把英杨当自家孩子看待,嘴里叫着小少爷,心里疼爱英杨与张七无异。作为过来人,她晓得英杨能忍,也晓得英杨受的苦,今天知道他有这样的身世,又心酸又高兴。

众人安席坐下,满斟杯中酒后,贺明晖道:"今天大家都在,事情都已说开,那么也该把名字改回来。英杨,你没有意见吧?"

改名换姓,有利于英杨抛弃上海往事更好地潜伏。他于是点头答应,只是心里隐约担心,微蓝并不知他的本名,日后终不知如何重逢。

贺明晖见他答允,心下高兴,举杯道:"珍姨,这杯酒我要敬你。多谢你照看景桐、小枫,也多谢你把小虾米养得这么好!"

珍姨也算苦出身,丈夫早逝,为了拉扯张七长大,往来各家给人做娘姨。运气好遇上主人家和顺的,日子便好过些;运气差撞到刻薄人家,那也只能忍辱度日。

今天,她坐在这华席软座之上,受着贺明晖一杯敬酒,眼泪再不争气,全部挤出眼角来。她匆忙站起身,捧了杯子道:"贺先生,我说句话你不要见怪,我这心里,是把英杨和虾米当作自己的孩子!"

"是,是。"贺明晖笑道,"我知道。"

贺景枫连忙起身,扶了珍姨肩膀道:"那么珍姨就只拿我当客人了?"珍姨这才收了泪,回眸笑道:"我说贺小姐这样和善亲切,原是家风好,得了贺行长的真传!"

"珍姨说得对,都是家风好。"傅秋痕接道,"贺家家风,行长不动筷子,别人不许吃饭!可是我已经要饿死了,行长,咱们边吃边聊好不好?"

众人哈哈一笑,丢开前话开席。

这屋里笑语喧哗,又有小虾米凑趣,越发气氛热烈。英杨却有些坐不住,他从记事起最怕这样的场合,无论是童年时的聚会,还是成年后的应酬,坐在人群里的英杨,总不是他自己。他一直在扮演某个人。听话懂事的养子,风度翩翩的小少爷,推杯换盏的特工总部处长,这些人都不是英杨。然而在这里,面对着真实的亲情,他觉得自己能放下所有,做彻底的英杨,可他又不会了。

席开一半,英杨走出去抽烟。重庆的夜风潮湿温暖,为了防轰炸,晚间总是黑漆漆的,不像上海,永远是霓虹闪烁的夜都市。英杨打火点上烟,烟头一明一灭,像眨着眼睛的孩子,也像浩瀚天际里传下的星光。他已经顺利完成了潜伏任务,英杨想,接下来,就是进入休眠,等待被唤醒了。

******

三品堂家宴之后,贺明晖急着给英杨安排前程。他不再跑去松林坡,却让马车把英杨一家子接来。

贺家宅第不比英宅,用"有钱"形容这里显得没见过世面。开门进去是极深的院子,主楼是四层新古典派建筑,屋里棕色地板亮到反光,静得落针可闻。

家具全部是棕黄配墨绿。比如棕黄写字台,要用墨绿皮革铺出桌面,棕黄扶手椅,里面要嵌着墨绿软皮菱格垫。总之是端庄方正的棕黄木结构,配着墨绿色的西式慵懒,是中国人骨头搭架子,再融进西方的思想。

客厅铺着蓝黑提花地毯,足有几寸厚,小虾米扑在上面就不肯起来。楼里太安静,小虾米的"咿咿啊啊"显得格格不入,弄得珍姨小声警告,叫虾米不要太吵。

贺明晖却给虾米撑腰,叫他爱怎样就怎样,又向英杨说:"松林坡的房子在江边上,小孩子出去玩很危险,你们搬回来住吧。"

英杨抬头望望几乎看不见顶的天花板,不吭声。

"你怕回来受拘束吗?"贺明晖体贴地说,"景杉后天就要回去了,小枫时常要值班,我忙起来也是几天不回家。这屋子交给你,按你的喜好来就是。"

"我和珍姨、小虾米就罢了,"英杨犹豫道,"华明月和成没羽也住在我那里,难道让他们也搬来?"

"华明月就罢了,成没羽搬来不好,"贺明晖沉吟道,"小枫还没出阁呢,就这样住到家里来,讲来总是不好听。要么松林坡的房子不要退,叫他们住着就是。"

"可是松林坡离重大近,我上班方便些。"

"还说什么重大?我已经托了人,把你安排到运输统制局!"

英杨一怔:"哪里?"

"运输统制局!这地方归属军事委员会,和战地党政委员会、后方勤务部、抚恤委员会同级,都是战后增设的。"贺明晖道,"风头虽不比军令、军训、经济三部,却是极实惠的去处。听你讲在上海做过总务处长,那么这些事于你也算擅长!"

"可是隶属军事委员会,是要穿军装吗?"英杨道,"我并非黄埔出身,又没有从军经历,这样也行吗?"

"这有什么不行?"贺明晖奇道,"黄埔出身就比你有才干吗?我不信。"

英杨无言以对。

这样重要的部门,对贺明晖来说竟是一句话的事,可见"贺景桐"这三个字多么加分,所以姬冗时要选他开启"沉渊行动"。

"这次安排你的事,陶翰听帮了很大的忙。"贺明晖叹道,"等你安置妥当,总要谢谢人家。"

"总听您说起陶翰听,他是什么人?"

"财政部秘书长,孔先生最信任他。"贺明晖道,"你明天就搬过来,报到之前,我要把政府的事同你讲清楚!"

"好。"英杨答允。

吃了午饭，贺明晖把英杨叫到书房，掩上门就问："钱够用吗？"英杨顺口说："够的。"

"你哪里够？"贺明晖斜眼望他，"做文书校工那几个钱，养你自己都难，更别说拖着这么些人。"

他边说边扯下几张支票，递给英杨道，"进了政府不要捞钱，缺什么家里都有，你只诚心做事就行。"

英杨接过支票看了，都是钤了章签过字空着金额的。他抬头望望父亲，忽然觉得手上沉甸甸的，拿不动似的。

❖ 七十九　又一村 ❖

听说英杨要带着珍姨、小虾米搬去贺宅，成没羽和华明月连忙表示，他们可以继续住在松林坡。英杨知道他俩是"江湖人士"，受不得拘束，由着他们去。贺明晖给的支票发挥作用，松林坡的房租不必发愁。

辞掉中央银行的职位后，成没羽也没了收入。英杨找到陈雪莹，疏通关系把成没羽安排进美术系做校工。英杨叫他暂时忍耐，等自己到运输统制局报到后，再想别的办法。成没羽却宁可做这个，说进银行穿上西装浑身长刺似的。

有成没羽看着华明月，英杨也算放心。他第二天带着珍姨、小虾米搬进贺宅，把贺明晖高兴得一晚上合不拢嘴。小虾米洗了澡躺在床上，贺明晖也要过来看看，又抱又亲一会儿才舍得去睡觉。

这几日贺明晖与英杨详谈，说陶翰听找人给"贺景桐"做了全新履历，除了黄埔经历和军功不便造假，英杨摇身一变有了军事背景，是某训练大队出身，并且加入三新团。

"外头称三新团为'太子团'，"贺明晖说，"能加入的，都有军政要员的家世。你是孔先生特批的，千万要珍惜！"

英杨一时感喟，不知该说什么，很有被卖上贼船回不去的难受。贺明晖却说："我看你为人沉稳，遇事不乱，在上海又有那样的经历，仕途上准定比你弟弟出息！你可要好好做事，务必光耀门楣！"

英杨心下叹息，嘴上只能答允。

一周之后，英杨到运输统制局报到，用贺景桐的名字，被分在油料二处，领参谋一职。处长叫做王昌田，长得肥头大耳，对英杨笑脸相迎，十分客气。

英杨知道，这是看着贺明晖的面子。

报到之后，运输统制局给英杨分了宿舍。英杨本想推拒，可看地址离贺宅较近，暗想不如让成没羽和华明月搬过去，离得近好照应。

他于是领了钥匙，带成、华两人去看房子。那是幢三层砖楼，一共住六家，英杨分在二楼靠西头，统共一间屋，卫生间楼层共用，厨房设在一楼，六家公用。

房间也很破败，地板都剥了漆，一眼望去像印象派的画作，乱糟糟的一片。英杨的邻居是后方勤务部的兵员参谋，叫做齐陌川，一个人住着两大间。

成没羽和华明月搬进宿舍，住了一段时间，和齐陌川混得厮熟。有天，成没羽同英杨讲，齐陌川没别的爱好，就是喜欢喝咖啡。英杨留了心，到贺明晖的仓库里找出两筒看着很贵的咖啡，让成没羽送给齐陌川。

齐陌川很喜欢这礼物，于是在宿舍安席，买了卤菜备下洋酒，请英杨来吃饭。英杨欣然前往，结识了入职机关以来的第一个朋友。

油料处不算太辛苦，英杨又在休眠期不必工作，加之重庆再怎样也是抗日的，做事不必违背良心，因此比上海要轻松得多，只管跟着干活就是。

有了小虾米，英杨的日子被填得满满当当，有点闲工夫也被虾米耗尽。如此睁眼一个月，闭眼一个月，时间过得飞快。

转眼到了年底，小虾米也有十四五个月，正在努力练习走路。珍姨成日弯腰扶他，大呼吃不消，所幸贺宅下人多，傅秋痕便排了班，要他们轮流上阵伺候虾米走路。

英杨远远站着，看着被簇拥的小虾米，心里也不知什么滋味。他怕这孩子被惯坏了，却又舍不得他吃苦。虾米没有娘在身边，英杨能补偿给他的，也就是被捧在手心里的童年了。

到了年跟前，贺景杉又回来了，说团长找了个送密件的任务，让他顺便回来看看，住两天又要走。

比起上次见面，贺景杉黑了也壮了。贺明晖知道儿子上前线危险，心里疼惜嘴上不说，只让珍姨多做几样好菜，说重庆雇的厨子烧菜不爱放糖，贺景杉吃不惯。

珍姨拿出看家本领，做了糖醋鱼。鱼端上桌，英杨拣一块给虾米，自己先尝了尝，却说："珍姨今天失手了，这鱼好淡。"

他话说出来，收到满桌异样目光。已经被糖醋鱼折服的贺景杉看妖怪似的看英杨："这还淡？你也太重口了！"

英杨心里一凛，知道是毒素越发积重，吃东西已失了味觉。他脸色微变，却笑一笑搪塞过去，满桌人不疑有他，接着吃饭说笑。

然而没过几分钟，成没羽忽然将筷子一放，站起身说："行长！有件事我不能瞒着，必须得说出来了！"

贺明晖一怔："什么事？非要在饭桌上讲？"

"大少爷在上海中了毒，"成没羽直说出来，"那毒性起初叫人手抖，再让舌头麻痹，他现在吃东西都尝不出味道，想来是毒性淤积，再不治，只恐攻心难救啊！"

贺明晖头回听见这事，呆了一会儿才反应过来，转脸急问英杨："可是有这事？"

英杨望着成没羽皱眉，却无奈承认是有其事。贺景枫听了便问："这毒是谁下的？"成没羽气道："还有谁？不就是李若烟！就是那个咖啡馆！"

英杨暗想，这却冤枉了李若烟，贺景枫已经绘声绘色描述了无名咖啡馆多么诡异。贺明晖听她一番谈论，更加着急："这可有医治之法？"

"我认得一个神医，叫做罗下凡，给大少爷诊过脉，说用药蒸浴七日，能拔除毒素！"

"那么，快叫这位罗神医给景桐蒸浴啊！"

"行长，罗下凡在上海！我们到了重庆，想与上海联络十分困难，打电话回去怕被监听，打电报回去又讲不清楚，写信更可怕，听说信出重庆都要一封封打开看的！"

贺明晖沉吟一时，看向傅秋痕："用我的专线联络？"傅秋痕怔了怔，情知贺明晖这样做会落下把柄，却也不能出言阻止，只得不吭声了。

想到亏欠英杨几十年的时光，贺明晖再不犹豫，道："成没羽，你跟傅管家去书房，联络那个神医！"

成没羽答应，跟着傅秋痕去了书房。

餐厅里，刚刚的欢乐气氛冷淡下来，贺明晖心不在焉地吃两口菜，搁筷子叹道："我一个儿子要上前线，一个儿子身中奇毒，这叫什么事呐！"

"我上前线又不一定死。"贺景杉懒洋洋道，"担心什么！"

"呸呸呸！"贺明晖气道，"你这孩子就是胡说！"

这底下正说着，傅秋痕领着成没羽下来了。成没羽道："大少爷，十爷讲罗下凡在黟县，他来不了重庆，咱们设法去黟县可好？"

听了这话，全家人面面相觑，黟县可是在沦陷区里。良久，贺景杉放下筷子说："我可以带他过去，但是人不能多，最多两个。"

"能带两个就好，"贺明晖道，"让成没羽陪景桐走一遭，路上千万要小心！"

"可是爹爹，"贺景枫担忧道，"大哥要怎么回来呢？"

贺明晖沉吟不语，看向傅秋痕。傅秋痕的肿泡眼凝固了半分钟，才扑地一眨，说："也许，能请安徽那边的地下钱庄帮帮忙。"

"你去找他们，"贺明晖小声说，"用你的名义，不要透露景桐的身份，别让他们觉得和我有关。"

"是。"傅秋痕道，"我去安排。"

"那是决定跟我走了？"贺景杉道，"我可是后天就出发了。"英杨不答，却看向小虾米。这一路也不知有多少曲折，他实在不放心虾米。可是毒素淤积，不管它也是不行。

******

黟县在安徽南端，峰峦绵延，山高谷深，相传日军飞机在上空盘旋，只见山脉不见村落，因此掉头而去。然而黟县的深山里，藏着建于宋朝的村落，其中建成牛形的宏村和建成船形的西递，保存得特别完好。

金财主购置的房产，就在西递。贺景杉把英杨和成没羽送到县城，便告辞而去。英杨在县里雇车去西递，却被告知山里走不了车，只能用骡子进去。

赶骡子进山的生意没人做，老乡只肯卖骡子，说买两匹骡子出向导领他们进山。英杨于是买了两头骡子，请老乡带路往山里去。

他们曙色微明动身，到村口时太阳刚刚升起。天边一线金光穿透云层，均匀涂洒在大地上。英杨先看见一个水池，碧蓝天际上飞着几缕流云，全都倒映在水池里。

水静如无，好像有神仙把天空扯下来，铺在村子正中做装饰，美不胜收。

老乡到这里告辞，说只管沿路进村即可。英杨和成没羽牵了骡子走进去，远眺炊烟轻袅，耳闻鸡鸣犬吠，入目是粉壁黑瓦的房子，连墙壁上的渍痕也是美的。这样宁静自足的一方净土，简直如同仙境，让英杨看傻了眼。

再往里走，便遇着早起的村民，打量着他们问："找谁家呀？"成没羽道："烦您问一问，金财主家在哪里？"村民听了便说："你们也是金财主的亲戚？"

成没羽知道这个"也"有故事，却不敢多问，只点头说："正是，我们是来投奔他的。"

那人便叹口气，道："真是亲戚多了吃穷家呀。这里头绕得很，我领着你们去吧！"

成没羽连连道谢，跟着往里走时，村民就问："外头打得怎么样了？"他猛然提问，成没羽竟没接上，村民又说："听说小日本炸了美国人的什么港？那他们还能混下去？咱们快赢了吧？"

成没羽不知说什么，望了望英杨，英杨只好道："是的，快要打赢了。"村民于是高兴道："那太好了！"英杨不由说："你们躲在这里横竖挨不着，又何必操心？"村民正色道："话不是这样说，国家兴亡，匹夫有责嘛！"

英杨觉得自己格局小了。

聊着走着，到了村子中段。村民忽然抬腿，进了敞着门的一户院落。英杨连忙跟进去。那里头有个小天井，设着半人高的酱色大水缸，里面漂着青萍养着红鲤鱼。

村民在天井里放声叫："金财主，你家又来亲戚了！"

等了一小会儿，里面木头门吱呀一声，金财主摇摇摆摆出来了。他大冷的天甩着只折扇，凹着荒腔走板的京片子，说："哟！又是打哪儿来的亲戚？这天天有穷鬼来冒认，我地主家也吃不消啊！"

然而一眼瞅着成没羽似笑非笑地站着，金财主呼啦一声收了折扇，忙凑过来道："这回可是真亲戚，五服内的近亲！谢谢啊，回头多送你一担粪！"

那村民笑笑，寒暄两句自去了。

等他出了门没影了，金财主才压低嗓子道："我的老天爷啊，我怎么在这里遇见你？不是说你去重庆了？"

成没羽拉过英杨，道："你别只看见我，见着小少爷没有？"然而金财主见到英杨惨叫一声，忽地跳开来，叫道："有鬼！"

"你胡说什么！"成没羽沉声道，"哪里有鬼！"

"这英家小少爷……分明是死了！"金财主抖着手指英杨，道，"说是被军统炸死了，英家连讣告都出了！"

成没羽不知上海最后的情况，不敢多言。英杨却想，李若烟算是极照顾英柏洲了，只说英杨死了，没提他是什么身份。

"金财主，你也是见过世面的，怎能在白天见鬼？"英杨温声道，"爆炸之前，我从气窗跳了出去，并没有死。"

"那么……你大哥为什么说你死了？"

"我只是不想做汉奸了，我大哥生气，于是说我死了。"英杨简单解释，又问，"你为什么在这里？上海那头不必管了吗？"

"唉，我实在是劳苦命！"金财主愁眉苦脸道，"五爷非要我到乡下来，总之上海的金店也关张了，我就回来了。"

金财主一边说，一边让他们进屋，叫人倒了茶来吃。成没羽坐下便问："听说罗下凡在你这儿，可是有的？"

"罗神医是在这儿，不过现在不在。昨晚上隔壁碧阳村有急诊，他去照看了！"

成没羽心下焦急，道："那他什么时候回来？"

金财主摸摸下巴："这个不好说。"然而他又左右看看，低低道："隔壁村有不少这个！"

成没羽看他比个"八"，心下会意。金财主又道："罗下凡就是去给他们的伤员看病！时间真说不准，有时要待两三个月，有时一两天便回来了！"

"两三个月！"成没羽惊呆，转目看向英杨。

"那我们去隔壁村找他吧，"英杨道，"金财主，烦请你带个路。"

见英杨和成没羽不问别的只找罗下凡，金财主便答应带他们去找人。

三人刚走到村口，便见前面走来一人，他穿件补丁叠补丁的长褂，远远看不出颜色来，像面百色旗似的挑着。

这衣裳完全是幌子，金财主见到就惊喜，开嗓叫道："罗下凡，你回来啦！"

✦ 八十　复何夕 ✦

罗下凡见到英杨十分激动，一时间说不出话来，憋了半晌才道："小少爷，我以为你，你……"

成没羽忙道:"小少爷贵人无事,你不要被外面的消息骗了!"罗下凡这才按捺激动,道:"小少爷,自从您找我诊过脉,我四处找寻解毒的紫浆果,偏偏就在这山里有大片野生浆果!可等我赶回上海,黄仙女他们讲,英家把讣告都登了出来。"

他说到这里,声音哽了哽,道:"老爷子为这事居然病了,吃了大半个月的汤药才好。"

英杨离开上海前,已经同卫家做了绝断,论理他死了卫家不说高兴,冷眼旁观总是行的。然而卫清昭居然伤心,想来十爷也不好过,英杨心生感激,想八卦门声誉好实属必然,从卫清昭往下,一干人等义气为先,也令人敬服。

"老爷子现下身体可好?"英杨忙问,"还有六爷、十爷,他们也好吧?"

"老爷子年纪大了,本就要时常调理着,六爷、十爷都好。"罗下凡道,"不过小少爷,你看上去不大好。"

"是!小少爷体内毒素未清,现在已经从手麻恶化到舌下麻痹了,前些日子,他吃饭竟尝不出味道!罗神医,你赶紧给他看看!"成没羽忙催道。

"那么别站在这说,咱们回宅子里坐下,该诊脉诊脉,该抓药抓药!"金财主连忙招呼,带着众人回去。

徽派风格的建筑,客厅就在小天井后面,晴天漏光雨天漏水,雪天赏景都不必出门。今天是晴天,罗下凡掇凳子对光坐下,先看看英杨脸色,又叫他伸出舌头来验看,这才闭目伸指,按在英杨腕上诊脉。足足半炷香工夫,罗下凡才面色凝重地放开手指。

"小少爷,这毒性拖了一段时间,要拔出不如之前容易了。"他叹着气说,"之前说要蒸七日,现在只怕七日难解了。"

"啊?那要多久呢?"成没羽急问。

"具体多久我也说不好,只能先蒸七日看看。"罗下凡说着提笔点墨,在金财主备下的纸上唰唰疾写,道,"这单子上要的东西,在县里都能买到。"

"这好办,"金财主说,"我这里没别的,就是吃闲饭的多,叫他们牵骡子上县城买就是。"

"除了去采买的,你还要拨些人手给我,每天上山去采摘紫浆果。"罗下凡笑道,"这果子要现摘现用,隔夜就腐烂出水,没有药用了!"

金财主满口答应,只说小事一桩。英杨坐到现在,只没听他们提起五爷,不由说:"我到这里来,应该先拜见五爷,他老人家也住在这宅里吗?"

提到五爷，金财主和罗下凡脸色微僵。片刻后，金财主道："他虽住在村里，但人并不在。"

英杨没听懂："人去了哪里？"

金财主挠挠头，叹道："这已经是夏天的事了，咱们这村来了个老和尚，法号守声。我瞧他成天装神弄鬼，走路都闭着眼睛，五爷却当他活佛，非要跟着他云游四海去。"

"五，五爷出家了？"成没羽听呆，"这事老爷子知道吗？六爷、十爷他们知道吗？"

"就是董小懂急报老爷子，我才被派回来，揪住五爷不许他胡来！"金财主叹道，"好在守声老和尚并不想云游四海，他就在这山里晃悠，今天到这个村化缘，明天到那个村积善，过得悠游自在。"

"所以五爷陪着他四处悠游？"英杨这下明白了。

"是啊，"金财主叹一声，"今天不知在哪里悠游。"

"在碧阳村。"罗下凡插话，"我刚回来时，见五爷陪着老和尚在茶馆喝茶。咦，金财主怎会不知道，我看你派了人跟在后面。"

"跟的人回来报信要不要时间？"金财主不耐烦，"说得我们有千里眼顺风耳一般。"

"好了，小少爷拜见五爷放放再说吧。"成没羽道，"咱们先把东西买集，采了紫浆果回来做蒸浴，此事可耽搁不得！"

几人称"是"，分派任务后分头准备去了。

******

紫浆果并非是紫色，是赤红的一小颗，和草莓形状相仿，只是颜色更深，果子也稀软些，手指头一碰就败出个坑来。金财主带人忙碌一上午，也只能收集一箩。

罗下凡把它们放锅里隔水蒸，得一碗赤红的汁水，气味难闻。金财主站边上看，嘴角抽动问："这是要喝了？"

罗下凡摇头，另起炉灶包些清热宁神的药材，煮了大锅热汤，连同那碗汁倾在木头澡桶里，让英杨进去泡着，桶口用湿毛巾围着，不让药气出来。

除此之外，他每日替英杨施三次针。日出一次、正午一次、日落一次。这三个时辰应着阴脉转阳、极阳生燥、阳脉化阴，绝不能错了点。

同时，罗下凡又替英杨开出口服方子，每三日诊脉换方子，缓慢调理。

又用安眠宁神的药做了个枕头包儿,让英杨枕着睡觉,说是睡眠充足,才有力气抵抗毒性。

小虾米留在贺明晖身边是最安全的,又有珍姨看顾,因此在这宁静村子里,英杨除了挂心微蓝,心头并无杂念,每天吃好睡好,身体倒将养得强健了。

堪堪过了七日,英杨觉得身体轻松许多,味觉也渐次恢复,舌下麻痹好转,以前七天里总有三五天是麻的,现在只有一两天觉得不适。

但罗下凡替英杨诊脉,说毒性未除,还要再来七日。英杨无奈,只得任由他操作。然而在村子里待久了,难免寂寞无聊,这天英杨同金财主、成没羽商量,要去拜见五爷。

金财主拗不过他,问了守村的眼线,说前面放鸽子回来,说五爷这两天又在碧阳村。罗下凡正巧接了消息,要去碧阳村出诊,因此给英杨、成没羽带路,都往碧阳村去了。

碧阳村离西递不远,历史也不如西递久远,村子建造得不算太讲究。然而他们进村时,村口大树下坐着个老头,开声喝道:"喂!你们干什么的!"

"郑伯,"罗下凡忙道,"是我啊,罗下凡!"

郑伯知道罗下凡常来看病,这才和缓了脸色,道:"罗神医又来了?今天是哪家人病了?"

"还是汪老太太家。"罗下凡笑道。

"这汪老太身子太弱,"郑伯感叹,"三天两头要你跑过来,真麻烦你了。"他说着又望望英杨、成没羽:"这两个面生,是你带来的?"

"他们是我的帮手,"罗下凡说,"请我看病的村子越来越多,我有时忙不过来。"

郑伯听了,冲罗下凡竖竖大拇指,放他们进去。

进了村子,罗下凡领着英杨、成没羽到一间四姐茶馆,说五爷常跟着守声老和尚在这里喝茶,让英杨和成没羽守着,自己去汪老太太家出诊了。

乡下茶馆不比城里,没掌柜的也没伙计。屋子正中有只煤球炉,上面坐着大号的白铁水壶,柜台上放着一碗茶叶、八只粗瓷茶壶,谁要喝自己冲水泡茶,完了把铜板投进一只瓦罐即可。

这自助茶馆颇为新鲜。走了一上午的路,英杨也是口渴了。他们正要去弄茶叶,却听茶馆外有老乡招呼:"喂!你们喝茶啊?他家里人下地去了,店里光有茶叶没别的!我家有兰花干子和烀蚕豆,你们要不要?煮花生也有。"

同一个村子,有人做生意漫不经心,有人做生意十分努力。英杨倒觉得好笑,不由向成没羽说:"去他家买点炸蚕豆,带给金财主尝尝。"

成没羽答应,便跟着老乡左拐,进人家去买蚕豆。英杨自去柜台冲茶,他挑了个干净些的茶壶,又见茶叶碗边放着断了柄的瓷调羹,想来是充作茶匙的。

英杨小心翼翼捏着断柄调羹,舀了满满一匙茶叶,想想又觉得浪费,抖着手又倒回去些。正在忙碌之间,忽听着身后有人说:"青姐,你先歇一会儿,我去冲茶。"

另一人却温声说:"大牛,咱们带的钱不多,还要去买草药,不要冲茶了,弄些白水解渴就好。"

这声音一出来,英杨脑子里先打了个霹雳,整个人像被从头到脚砸了枚钉子,直直钉在柜台边上。

他当然听得出来,这是微蓝的声音。

黟县就在皖南,华中局在这一块十分活跃,特别是藏在深山里的村庄,老百姓大多喜欢"八路",觉得他们不是兵老爷,和蔼可亲又肯帮着干农活。

微蓝能出现在这里,是再正常不过的。然而英杨想过这样的可能性,却不敢盼着能见到她。

此时此刻,英杨一面心如油煎,想回头看看是不是微蓝,一面却百爪挠心,害怕回过头便是梦一场。

就这么几十秒的时间,大牛已经走到柜台前,动手拿茶壶去冲白开水。英杨微微转目,大牛是个十八九岁的男孩子,是生面孔。

大牛拿了只壶,提开盖子往里看看。英杨的手不受控制,把装好的半匙茶叶倾在他的壶里。大牛咦一声,惊讶地望望英杨,说:"老乡,我们不喝茶的。"

"我请你们喝,"英杨哑着声音说,"我给钱。"

然而这句话却吓到了大牛。他不自觉地往后退一步,手摸向腰间。英杨在重庆待久了,这一刻才拾回在沦陷区的紧张感。

他慌忙间正要解释,忽然有硬邦邦的东西顶在他后颈上,是枪!微蓝的声音在他身后不急不忙地响起来:"别动,老实点,手举起来。"

英杨的心漏掉一拍,人晃悠得简直要上天。他闭了闭眼睛,慢慢举起手。

站在他面前的大牛也拔出枪来，指着英杨道："青姐！他是奸细！他们知道伤员在村里了！"

英杨想分辩，又不知从何说起，他怕激得大牛开枪，只得闭嘴。微蓝却戳了戳枪，冷冷道："你不是本地人，来这里做什么？快说！"

"我来治病，"英杨轻声说，"我生病了。"

他说完这两句话，明显感到后颈的枪口松了，然而身后静悄悄的，没人说话。大牛发现微蓝的异常，他更紧张了，举枪平肘对准英杨，喝道："你生什么病？找谁治病？从哪来……"

可他话没说完，掠空一道黑影嗖地飙过，正击在大牛肘弯麻筋上。大牛吃痛低哼，枪脱手落在地上，没等他去捡，成没羽已经飞身而上，一脚踢开了枪。

他满脸的激动，眼睛盯着英杨身后的微蓝，却不敢出声。

"大牛，"微蓝轻叹一声，"他不是奸细，你去茶馆外面等我，我很快出来。"

大牛惊疑不定，却不敢违抗微蓝，只得匆匆答应，拾起枪转身出去了。直到这时候，成没羽才轻声唤道："兰小姐！"

英杨知道微蓝就在身后了。他的心扑突突地往嗓子眼里冲，迫不及待转过身。微蓝穿着最寻常的藏蓝棉袄，头发依旧梳成两条辫子，折个弯别在耳后。她微皱眉尖看着英杨，眼神充满了不确定和怀疑。

"我，我去外面等，"成没羽边说边走，"我就在门口。"

茶馆里只剩他们。一年多没见，英杨有太多话要说，可又一个字都讲不出来。过了好久，微蓝说："他们说你死了。英家的讣告，还有特工总部的追悼会，全都登报了。"

"不，我没有……"

然而微蓝打断了他。"我不想知道你怎样，我想知道我儿子！"她的声音颤抖了，"小虾米呢，他怎么样了？"

"他很好，"英杨的泪花浮上来，"他能扶着茶几走几步了，有时候能叫一声爸爸，哦，还有，他四个多月就长牙了，比别的孩子要早。"

他每说一句，微蓝的表情便垮掉一点，等他说到小虾米长牙齿，微蓝的泪水不受控制地流下来。

"我四处找你们，"微蓝说，"李若烟说你协助抓捕军统的新任站长，一起被炸死了！可是小虾米和珍姨，还有华明月，我找不到他们！"

"对不起，我当时，我……"

一时之间，英杨不知该怎么解释。他看着微蓝的泪滑过脸颊，一滴滴掉落到地上，完全能感受到这一年来她的痛苦和绝望。

丈夫被炸死了，儿子下落不明，这换了谁都要崩溃的。可微蓝刚同大牛讲话时，仍旧是沉静温和，仿佛什么事都没发生过。

英杨的心像被锋利的锯齿划过，疼得血肉模糊。他向前一步去抱微蓝，说："对不起，是我的错。"可是微蓝用力推开了他，她泪水模糊的眼睛里含着愤怒。

"他们说你叛变了！说你出卖了八路军办事处打入军统的谍报员郁峰！"微蓝绝望地问，"这是真的吗？"

八十一 念山盟

听说自己叛变了，英杨一时也傻了。他大脑一片空白，呆呆望着微蓝，答不上来。

然而微蓝误会了，以为他是无话可说，她于是抬起臂弯抹掉眼泪。

"组织上找我谈话，说郁峰是你的下线，是社会部给你派的单线联络员！"她一字一句说，"但是你把他出卖给李若烟，以至于郁峰在码头牺牲了！"

"不！我没有！"英杨急忙分辩说，"我如果出卖他，为什么还要请冯处长给八路军办事处送信？"

"冯先生是说过，"微蓝说，"可是八路军办事处讲，他们根本没和郁峰相约见面！你传递的事情，根本就是子虚乌有！"

英杨完全傻掉，他盯着微蓝喃喃道："不可能，不可能是这样！"然而他立即反应过来："如果我要做叛徒，为什么不出卖冯处长？难道仙子不比郁峰更有价值吗？"

"就因为这事说不通，我一直不肯相信。"微蓝嗓子微微发哽，"他们不知道冯先生是仙子组长，他们不知道！"

"是的，"英杨急忙道，"我根本没有出卖谁，那天晚上，是郁峰……"

话说到这里，他忽然打住了，姬冗时严肃的面孔浮了出来，他的声音在英杨脑海里徘徊。

"'沉渊计划'是绝密，特别不能让魏青知道！"

微蓝充满期盼地看着英杨，盼着他能说出截然相反的故事来。关于英杨叛变的处理意见，是由社会部委托华中局传达给微蓝的，可她盼着这是个误会，哪怕所有人都说，英杨出卖了同志，她也不肯相信！

可是英杨打住了。

短暂沉默后，英杨问："我想问问，八路军办事处的政治处主任，他还好吗？"

"他当然没事！那个约会是不存在的。"微蓝急问，"你接着说下去，那天晚上怎样了？"

英杨却没理会她的追问，接着问道："那么，那枚硬币是冯处长亲自送去的吗？"微蓝摇了摇头："冯先生不敢暴露身份，他找了个报童，拿着封好的信封交到八路军办事处。"

英杨明白了。所谓叛变，应该是姬冗时为英杨设计的。如此即便军统动用在延安的卧底调查，英杨都与组织彻底脱钩了。

只是姬冗时并不知道，给他送硬币的人，不只是和平政府事事投机的冯其保，也是仙子的组长。英杨做了叛徒，出卖郁峰却不出卖冯其保，明知内情的微蓝是不能相信的。但是英杨仍有一事不明白，他从密道离开只有贺景枫知道，姬冗时是怎样判定英杨已经安全到达重庆的？

看着沉吟不语的英杨，微蓝渐渐着急了。

"你说话啊！"她几乎在哀求，"我请冯先生以仙子的名义给延安发了密电，请求复查你叛变的事，可是延安不肯回复！这究竟是怎么回事，那天晚上究竟怎么了？"

太平洋战争爆发后，日军加紧了清乡扫荡，华中局的抗日局势日益艰难。在这种时候，微蓝不能揪私事缠着组织回复，只能忍耐等待。

天知道这样的日子有多难熬！

英杨明白她的心情，他编出话说："那晚我打听到李若烟在咖啡厅安放了炸弹，于是从气窗跳出去溜了。"

微蓝眼里渴望的光黯淡下去："溜了？为什么？"

"因为我已经暴露了。"英杨说，"由于沈云屏的出卖，我和郁峰都暴露了。"

"可是他……"

"是的，溜走的机会只有一个，郁峰留给了我。"英杨麻木着说，"我同意了，因为小虾米，我不能让他没有父亲。"

微蓝面白如纸，向后轻退了半步，仿佛要摔倒了。英杨伸手去扶，她却摇了摇头，无力地靠在柜台上。

"那之后呢？"她问。

"我带小虾米去了香港。"英杨说。

微蓝仍旧镇静着问："那么，你愿意回来吗？向组织说明情况，至少把叛徒的帽子摘了！"

良久的沉默后，英杨低低说："对不起。"

微蓝仿佛预料到了英杨的回答，她点了点头，不再多说一句话，转身走了。冲着她的背影，英杨张了张嘴，却说不出一个字来。

他在重庆一切顺利。这半年来，英杨切实体会到"贺景桐"能够发挥多么大的作用，他不能为了挽留微蓝，让他的任务露出破绽。

微蓝跨出茶馆，左转走掉了。英杨渐渐觉得心脏锐痛，这疼痛让人无力承受，他慢慢蹲下来，看着潮湿石板上几道泛黄的裂痕。

好了。英杨想。在她心里，我已经是贪生小人了。

不知过了多久，有人跨进茶馆，低低宣了声佛号。英杨懵懂抬头，看见一个白须白眉的老和尚，穿着敝旧僧衣，垂眸合掌站在面前，应该就是守声老和尚了。

而在他身后，站着的正是白面团子脸，很严肃却依旧喜感的五爷。

英杨连忙站起身，恭敬唤道："五叔！"

五爷自诩带发修行，因此不纠缠红尘琐事。他看见英杨略有惊讶，却很快平静了，只问："你怎么在这里？"

"我找罗下凡看看医，"英杨道，"就在隔壁村，因此顺便来拜见您。"

"哦哦，你有这孝心不易。"五爷泰然道，"不过我跟着师父云游四海，你没有重要的事不必打扰了。"

"是。"英杨道，"我这就回去了。"

五爷刚刚颔首，守声和尚却问："施主是打哪儿来？"

英杨蒙了蒙，说："上海。"

守声和尚点了点头，又问："施主去过南京吗？"

英杨蒙了蒙，道："去过几次。"

"那么，施主可知南京八景？"

英杨不大清楚，因此摇头道："这我却不知道。"

守声和尚沉默半晌，施一礼道："老衲知道了，打扰施主了。"

英杨心里仍牵挂着微蓝，并没有精神同他们寒暄，于是匆匆告辞了。他走出茶馆，迎面成没羽匆匆过来，拦住英杨道："大少爷，你同兰小姐吵架了吗？她为什么气走了？"

英杨神色黯然，只是摇摇头。

"我同她讲了，你被李若烟所害，中了慢性毒，正在金财主那里治病。"成没羽道，"可是她一句话没说，转身就走了。"

他边说边搓搓手："你们好不容易见一面，这，这……"

"你没告诉她我在重庆吧？"英杨冷不丁说。

"没有。"成没羽道，"我没敢提。"

微蓝知道成没羽在重庆，她肯定会疑心，成没羽为何同英杨在一起。也许顺着这条线，微蓝能猜到一点英杨的难处。

英杨抱着这点希望，沉默良久说："早知道能遇见她，我该把小虾米带来。"

******

虽然早上出来前做了蒸浴，但每天还要施三次针，罗下凡不离开碧阳村，英杨也不敢回去。成没羽摸去汪老太家看了，后院里藏着两个重伤员，罗下凡是来给他们看的，说是晚上回不去了。

汪老太见是罗下凡的朋友，热情招呼他们到一处空宅子落脚。宅子的主人做生意发达，阖家搬到城里去了，宅子留下来，平日村民帮着洒扫看顾，有外来户也引来住两日。

宅子挺大，楼上楼下都是空房，屋里弥散着陈年木头的酸味，但床铺桌椅都很干净。英杨和成没羽道了谢，简单安置下来。

等成没羽告退，英杨独自坐在屋里，看着窗外透进的一束光，心里半明半灭的。

微蓝也许还在碧阳村。英杨这时候赶出去，把所有事说出来，还来得及。

可是他说出来又有什么用呢？

微蓝知道了真相，组织上关于英杨"叛变"的认定也不会取消。他们在根据地已经申请结婚了，微蓝依旧要背负着"爱人叛变"的名声，她还是华中局的副书记……

她还是华中局的副书记吗？英杨也不知道。他回想着微蓝的样貌，她比在上海时憔悴多了，黑了也瘦了，可见这件事带给她的打击有多大。

至少说出来了，微蓝能得到情感上的慰藉。

英杨下了决心似的，猛然站起来，可只五秒钟，他又颓然坐了回去。任务已经完成了百分之八十，他不能在这时候违反纪律，没人知道漏洞会出现在哪个环节，英杨能做到的，就是从自己做起严守秘密。

他身处的这间屋，以及外面广袤的天地，都化作渐沸的锅，咕嘟嘟煮着英杨，让他无处可逃。

熬到太阳下山，罗下凡来施针诊脉，只说一切正常。英杨打听病号情况，罗下凡皱眉道："能不能救过来，就在这几天了，小少爷耐性子等等吧。"

"我没问题，"英杨忙道，"只是问问。"

他们讲定，如果明天还走不掉，便叫金财主派人送紫浆果和药材来，在这里借只木桶蒸浴。安排妥当后，罗下凡匆匆赶去汪老太家，英杨和成没羽胡乱吃了晚饭，各自歇息。

村里没电，都用油灯。豆大的光一点点，啥事也干不了，不如吹熄了清静。英杨熄了灯，躺在床上一会儿心潮起伏，一会儿又怅惘神伤，不多时也睡了过去。

他在梦里见到微蓝，穿件淡绿色的旗袍，袅袅婷婷在前面走。英杨急着喊她，微蓝便站住了，回过头来看他，那脸上挂着笑，并不怨责他似的。

英杨受了鼓舞，连忙走上去，他伸手要摸微蓝的脸，却被她反握住了手。她刚要说什么的时候，天上像是下雨了，落在脸上凉冰冰的。

英杨猛然醒了。

然而他醒来就觉得不对，怀里分明有个人，手臂紧紧攀在他颈项间。英杨一身白毛汗，急着要坐起来，却听怀里人轻声说："别动。"

是微蓝。

英杨立即软了身子，反手抱紧微蓝，想说什么却说不出，只是吻着她叹气。不知过了多久，微蓝轻轻哭起来，那声音飘在黑暗里，嘤嘤的，很细。

"怎么了，"英杨低低问，"你不要哭，怎么了？"

"我不该过来的,"微蓝说,"咱们从此后,就是陌生人了。"英杨不敢说话,只是紧搂着她,微蓝又说,"你不肯回来,组织上不能重新接纳你,就算是胜利了,咱们也要过着不见光的日子。"

她说着抬起泪蒙蒙的眼睛,在黑暗里盯视着英杨:"以前再苦,总还有个盼头,等到胜利了就能怎样怎样。可是现在……就算胜利了,又能怎样呢?"

英杨的心痛逼上来,伸手揩着她的泪,不说话。

"我从没求过谁,"微蓝泫然道,"可我想求求你,回来吧!为了小虾米,求生是很可耻,但你没有叛变,回来总能将功补过的。"

英杨说不出绝情的话,沉默良久才说:"即便不说我是叛徒,也要定我私自叛逃香港。我顶着这样的处分,总会影响你吧?"

"我早已不是魏书记了,"微蓝道,"因为违反纪律滞留上海,我被免职了。"英杨一惊,急忙起身要说什么,可又说不出来。他把微蓝留在上海时,就该想到这结果。

"所以你不要怕连累我,"微蓝接着劝道,"我可以陪着你重新做起,革命还没有成功,胜利也遥遥无期,你有的是时间改过自新!"

"上海我是回不去了,"英杨说,"我以前就同你讲过,我的战场在大城市,敌后根据地是高云他们发挥作用的地方,我在这里,我……"

微蓝在黑暗里静了静,轻声说:"也不是这样。你读过书,可以给大家上课,现在鬼子在搞清乡扫荡,高云他们也脱了军装深入后方,组织百姓生产自救,大家都在转行,你也可以!"

"那么小虾米呢?"

"他也可以来,根据地的孩子多呢,他们过得很好!"

"怎么会很好?"英杨反问,"他没有机会读书,没有机会接受教育,到最后只会漫山遍野地疯跑……"

"英杨!"微蓝充满失望地打断他,良久才说,"你怎么变成这样了?"

"我没有变!我只是不适合在根据地!"英杨烦躁起来,"当初组织看中我,把我送去伏龙芝训练,就是看中我能在上海潜伏!可是我到了根据地没有特长,在伏龙芝学的东西,也没了用武之地!"

"可你现在像没有根的浮萍,又能做什么呢?"

"我至少能把自己的生活过好!"

听英杨进出这句话,微蓝彻底没了声音。这沉默持续的时间太久,以至于英杨害怕起来。

他在黑暗里摸索着微蓝,轻声说:"你怎么了?说话呀!"微蓝终于开口了,她低低说:"他们说得没错,西装革履,高床软枕,衣香鬓影,这样的生活能吞噬意志。"

她的声音冷得像冰,把英杨的伪装砸得稀碎。

"我不是这样的,"他低声分辩,"我真的不是!"

"那么,"微蓝郑重地问,"你愿意回来吗?"

英杨沉默了。在这令人战栗的安静里,他还是向自己的心妥协了。

"给我一点时间好吗?"他说,"让我考虑几天。"

紧绷的空气放松下来,微蓝慢慢贴进他怀里,轻声说:"这段时间我都在这几个村子里,我可以等你。"

"好,"英杨吻着她的头发说,"就这几天。"

他们不说话了,窗外传来两声无精打采的狗吠。微蓝躺在英杨的怀里,睁大眼睛看着黑暗。即便英杨不肯回到道路上,微蓝也不可能不爱他。她知道的,因此格外害怕。

八十二 青云志

等到天麻麻亮时,微蓝起身走了。她和大牛也住在这间大宅里,大牛住一楼,她住二楼。

从那天起,微蓝白天不知去向,天黑才溜进英杨屋里。他们在那间小屋里,躺在床上漫无目的地聊天,从天上的星星,说到地里的蚂蚁,只是不谈信仰。

微蓝大方地想,她说了给英杨时间,就彻底给他时间,不催他也不说教。然而她心里也知道,英杨看着温文忍耐,其实认定的事没人能够改变,她唯一能做的就是等待。

英杨也不敢触及信仰,他知道自己没办法给微蓝满意的答案。时间一天天过去,他们心照不宣地维持着表面的平静。

微蓝有时会说老乡家里的事。胡家老二原本在县城里做裁缝,结果去打鬼子了,失了音信,他七十岁的老娘逢人就问,你见过我儿没啊,成天泪涟涟的。又或者张家的幺妹成天缠着大牛,要大牛带她去队伍上,大牛来请示微蓝，微蓝就叹气。

"她不知道外面危险，"微蓝说，"鬼子像发了疯，见村就屠，坚壁清野。这几个村子在深山里，鬼子找不到路。"

"万一找来怎么办？"英杨隐隐有担心。

"连夜转移，"微蓝说，"队伍上的人都散在村子里，平时看不出来，其实每天绷着神经过日子。"

英杨犹豫了一下，还是问："你不分管保卫了，现在负责这一片吗？"

黑暗里却沉默了，微蓝没有回答。

英杨想，她是对的，自己现在没有像样的身份，工作上的事本就不该让他知道了。

可是短暂沉默后，微蓝又靠了过来。她枕着英杨的手臂说："别的都还好，我只是想念小虾米。有时候很后悔，没有给他拍张照片，能带在身上看看。"

"他刚满月你就走了，"英杨叹气，"哪有时间拍照呢？"

他想了想，又自责道："周岁时应该拍一张，带来给你瞧瞧！可我又怎么知道，在这能遇见你！"

说到小虾米，他们的话像是讲不完，渐渐从小虾米身上，又讲到自己小时候如何如何。

仔细想来，他俩并没有这样大把的奢侈时间，可以仔细地说自己，可以认真地倾听对方。在上海时总是一个任务接着一个任务，心头总悬着一柄要落不落的利刃，即便在微蓝待产的那几个月，英杨也没心思这样敞开心扉。

汪老太家的伤员是重病号，罗下凡逗留不回，英杨也不能回西递。白天微蓝走了，他一个人在村里溜达，二月初下了场鹅毛雪，空气清洌得不似在人间。

过了九点，太阳升得高，照着灿灿白雪，南方的雪停不住，不过半日就要融化了。

英杨站在后村，四周悄寂无声，远山上有一圈圈上去的茶园，它们笼着雪浮在半山腰上，冒着轻盈的仙气。

有村民挑担经过，前面筐里是腊肉，后面筐里是粪土。他见英杨站着看雪，便笑说："天冷，外面站着冻脚疼吧？"

英杨也笑着，看着他晃着担子过去，莫名其妙地鼻子发酸。乡下百姓大多是和善的,只想勤勤恳恳过好自己的日子,不想欺负别人,也不想掠夺别人。

为了这样的百姓,英杨总觉得自己是值得的。

当天晚上,他同微蓝讲起这事,说中国人老实。微蓝道:"李若烟、沈云屏也是中国人,我瞧着并不老实。"英杨被她噎住,半晌才道:"我们只能为大多数人活着。"

微蓝从这话里听到希望,忽然坐起身来,惊喜着问:"你想通啦?"英杨这才觉出失言,他伸手抚着微蓝背脊,岔开话说:"你在这一带有六七天了,总要回去见见五爷。"

微蓝低头不语,英杨又说:"金财主给成没羽带话,说五爷明晚回西递。咱们回去见一见吧。"

"我还是不去了,"微蓝轻声说,"劳烦罗下凡各村行医,已经牵累他们了。"

她知道鬼子屠村的花样,谁家有根据地的干部,指认的就全家不死,被指认的就全部杀光。

英杨也不好多劝。他不敢讲出来,今天是第二个七天了,罗下凡来诊脉,说他体内毒素大多清除了,回去按方吃三个月的丸药,可保无虞了。

他要走了,深山里这片村子,已经是半个根据地了,英杨待久了并不方便。姬冗时断了他的退路,英杨能做的就是往前冲。

成没羽按照傅秋痕给的联络方式,联系黟县地下钱庄,从秘密线路回重庆。所谓秘密线路,是地下钱庄用银子砸通的,他们要往来各地兑换票据,没有这些通道不方便。

一切顺利,英杨很快要启程。这晚上的时间很宝贵,可好像该说的话都说完了。他们牵着手躺在黑暗里,看着沉甸甸的帐顶,沉默着。

黎明之前,微蓝照例走掉了。英杨直躺到太阳高照,才穿衣起身。他叫来成没羽,沉吟良久说:"我们下午就动身。"成没羽脱口问:"那兰小姐?"

英杨知道,这屋里每晚来了谁是瞒不过成没羽的。他叹口气说:"她有她的事,咱们不打扰她了。"

成没羽不敢多问,匆匆去办理下午动身的事。英杨独自坐了一会儿,出门找老乡借了秃笔残墨,回来给微蓝写信。

古人说执手相看泪眼,竟无语凝噎,然而英杨手中执笔,心中千言,却是一个字也写不出了。

过了好久，他终于提笔写下十六个字。

山盟犹在，锦书难托。此志青云，霜刃未收。

英杨能说的，只有这么多了。

他把信纸塞进信封里，放进准备好的黑色漆盒里。里面还有厚厚的一沓书信，是他在这十几天里拼命赶出来的，写给韩慕雪的。英杨相信，微蓝会设法按日子寄出这些书信，给远在法国的韩慕雪报平安。

准备停当，他把漆盒交给罗下凡，告诉他微蓝晚上会到这间屋来，让他务必面交微蓝。

吃了中午饭，英杨和成没羽告别金财主，牵着骡子去县城。走到村口时，英杨忍不住回望，因为是阴天，这座美丽的村子显得有些伤感。

******

一九四二年过得很快。六月，中途岛战役日本惨败，成为太平洋战争转折点。七月至十一月，斯大林格勒保卫战胜利，第二次世界大战迎来转折点。

然而中国的命运并未好转。日本在太平洋战场失利，加紧了对华掠夺，加上当年河南的大饥荒死了三百万人，天灾人祸双重掠夺，百姓十分艰难。

英杨在运输统制局，眼看河南遭灾政府却无力救治，也只是悲从心起，无可奈何。多年积弱，加上战事消耗，国民政府也在风雨飘摇之中。

一九四三年开春时，河南灾情好转，但战事依旧胶着。小虾米三岁了，过元宵节想要花灯，英杨带他去买，走了许多路却找不到。

英杨想，战争拖了六年，政府勒紧裤腰带，百姓艰难度日，花灯这样不实用的东西，买的人少，肯卖的人就更少了。

为了补偿虾米，英杨哄他说："爹爹带你去吃西点，好不好？"虾米长得胖嘟嘟的，最爱吃甜食，于是拍手叫好。英杨叫了马车到心心咖啡厅，给他点了热可可和奶油蛋糕，自己要了杯咖啡。

等蛋糕上来，虾米拿匙子戳着吃，英杨自顾看报纸。过了几分钟，他抬头看看虾米，见他握着匙子不动，眼睛定定看着隔壁桌。

英杨也不由转脸去看。隔壁桌坐着三个人，母亲带着一双儿女，他们也在吃蛋糕，小女孩挑一块喂给娘，小男孩也挑一块喂给娘，热闹得很。

虾米就看这个，看得入了神。

英杨哭笑不得，拿手帕替虾米揩脸上的奶油，嗔道："弄得花猫一样，看这一嘴的奶油。"

虾米回过神来，看了英杨好一会儿，突然说："爹爹，我娘呢？"

英杨呆了呆，怔在那里。

"依依有娘，西西也有娘，那两个小孩也有娘，"虾米小手攥着大匙子，奶声奶气地说，"我呢，没有娘了。"

依依和西西是虾米认识的新朋友，住在贺宅附近的。英杨不知道怎么回答他，只好说："虾米也有娘的，但是虾米的娘在苏州乡下，要等到日本人走了，她就能回来了。"

虾米呆呆听着，半响咧了咧嘴，忍着眼泪问："日本人什么时候走啊？"

日本人什么时候走啊？在一九四三年，这是每个中国人都想问的话。

转眼到了四月，有一天下班前，勤务兵送来只厚墩墩的信封。英杨接过来看了，是从香港寄来的，落款是"三江书画社"。

英杨和这间书画社从无往来，心里觉出蹊跷。他带着信封回家，进屋反锁了门，这才小心拆开。信封里是本画册，封面题着：金陵八景图。

画册正图果然八幅，都是印刷品，分别是《钟阜晴云》《石城霁雪》《凤台夜月》《龙江烟雨》《白鹭春潮》《乌衣夕照》《秦淮渔笛》《天印樵歌》。

英杨逐幅看去，翻到最后，看见右下角钤了一印，颜色赤红，分明是拿到画册后再盖上去的。英杨赶紧细看，是个小篆的"姬"字。

英杨脑袋里当地一响，整个人从椅子上跳起来。他思忖半晌，抖着手拆下画册装饰精美的硬壳封皮，果然在书脊处发现用胶带粘贴的半枚硬币。

唤醒英杨要用到的硬币。

那一刻英杨欣喜若狂。这三年多与组织失联的日子，在英杨看来，要比二十多年寄人篱下都难熬。

他也患得患失，以为姬冗时未必知道自己已到重庆，也许组织上对自己的叛徒认定才是真相。

但那些担忧与伤心，全部被这半枚硬币清扫干净。收到这半枚硬币，说明组织仍认可他的潜伏，后方关于他的所有传言，都是为潜伏做准备。

在最初的狂喜过去后，英杨立即意识到，他的身边有同志。这个同志至少能够告诉姬冗时，贺明晖的大儿子贺景桐进入了运输统制局。

可是英杨入职运输统制局已经三年了，也许三年前姬冗时就知道此事，等到这时候才联络英杨,说明沉渊唤醒近在眼前了。

英杨的踌躇满志很快被现实打击了。自打收到画册后,他再也没收到过组织的任何联络。在期盼与煎熬中,时间滑进一九四四年。

这一年是多事之秋。四月,豫湘桂战役打响,国民政府调集三十五万大军,对抗日本十五万兵力,打了几个月,国军全面溃败。五月,黄炎培发表《民主与胜利献言》,要求国民党推行民主,透明经济政策。与此同时,以重大、央大为主体的学生运动再次推向高潮,配合要求改良政治。

豫湘桂战役大溃败,大片国土沦陷,中外震惊,舆论哗然。美国提出让中国战区参谋长史迪威全权指挥中国部队。罗斯福通过宋子文转告蒋介石,要求更换军政部长和财政部长。

十一月,陈诚替代何应钦任军政部长,俞鸿钧替代孔祥熙任财政部长。孔祥熙离任后,四大家族依旧势头凶猛,国内民不聊生,财富聚集在少数人手里。

同年六月,三新团意气风发,对外有独立组党之议。随着三新团崛起,国民政府网罗上层精英的步伐加快。作为炙手可热的"太子党"成员,同年十二月,英杨升任运输局油料二处副处长。

到了一九四五年,战争形势已经明朗。在期盼胜利的同时,人们忍受着屈辱,一九四五年显得特别漫长,把人心折磨得麻木了。

八月的一天,英杨去心心咖啡厅给虾米买蛋糕,等着包装时,心心咖啡厅播着柔靡女声的收音机忽然电波抖动,在刺刺拉拉的噪声后,英杨听见一个衰老虚弱的声音,缓慢钝重地说着日语。

英杨安静听着,直到咖啡厅老板走过来,念叨着去拨旋钮:"又串到日本人频道了!"

英杨闪电般攥住了老板触碰旋钮的手,他直盯着老板讶异的眼睛,说:"日本投降了。"

第一声爆竹响起时,英杨正走在街上。这脆响让他恍惚,以为是日本鬼子的枪声。不多时,遍地的,只属于中国的声音此起彼伏炸响,瞬间席卷街头。

在喜庆的硝烟里,英杨站在异乡街头,他置身人群,看着身边面孔陌生的同胞。除了鞭炮声,没有人欢呼叫喊,只有一双双闪动泪光的眼睛。

天终于亮了。